2020年度河北民族师范学院学术著作出版基金资助项目

河北民族师范学院2019年度校级课题
"彝族《唐王书》与汉族《唐王游地府》关系研究"
（项目编号：PT2019008）研究成果

云南唱本《唐王游地府》整理研究

王树平　著

四川大学出版社

项目策划：徐　凯
责任编辑：徐　凯
责任校对：毛张琳
封面设计：墨创文化
责任印制：王　炜

图书在版编目（CIP）数据

云南唱本《唐王游地府》整理研究 / 王树平著. —成都：四川大学出版社，2021.12
ISBN 978-7-5690-4192-7

Ⅰ．①云… Ⅱ．①王… Ⅲ．①地方戏剧本－研究－云南 Ⅳ．①I236.74

中国版本图书馆 CIP 数据核字（2021）第 013545 号

书　名	云南唱本《唐王游地府》整理研究
著　者	王树平
出　版	四川大学出版社
地　址	成都市一环路南一段 24 号（610065）
发　行	四川大学出版社
书　号	ISBN 978-7-5690-4192-7
印前制作	四川胜翔数码印务设计有限公司
印　刷	郫县犀浦印刷厂
成品尺寸	170mm×240mm
印　张	12.75
字　数	201 千字
版　次	2021 年 12 月第 1 版
印　次	2021 年 12 月第 1 次印刷
定　价	60.00 元

版权所有 ◆ 侵权必究

◆ 读者邮购本书，请与本社发行科联系。
　电话：(028)85408408/(028)85401670/
　(028)86408023　邮政编码：610065
◆ 本社图书如有印装质量问题，请寄回出版社调换。
◆ 网址 http://press.scu.edu.cn

四川大学出版社
微信公众号

目 录

上编 研究篇

导 言……………………………………………………（3）

第一章 《唐王游地府》版本……………………………（8）
 第一节 清光绪木刻本《唐王游地府》…………………（8）
 第二节 民国石印本《唐王游地府》……………………（10）
 第三节 《唐王游地府》不同版本文句异同举隅………（15）

第二章 云南唱本《唐王游地府》与善书……………（20）
 第一节 善书的特征………………………………………（20）
 第二节 善书《唐王游地府》……………………………（22）

第三章 《唐王游地府》与云南唱书……………………（33）
 第一节 云南唱书的基本概念……………………………（33）
 第二节 云南唱书的源头…………………………………（36）
 第三节 《唐王游地府》与石印本唱书…………………（44）

第四章 《唐王游地府》与世德堂本《西游记》………（47）
 第一节 世德堂本《西游记》中"唐太宗入冥"故事体系……（47）
 第二节 云南唱本《唐王游地府》故事体系……………（53）
 第三节 云南唱本《唐王游地府》对百回本《西游记》的改编
  ………………………………………………………（55）

第五章 云南唱本《唐王游地府》与古彝文《唐王游地府》……（71）
 第一节 古彝文《唐王游地府》的汉译本及内容………（71）

1

第二节　彝文《唐王游地府》与云南唱本《唐王游地府》的关系
　　　　　　　………………………………………………………（77）
　　第三节　云南唱本《唐王游地府》对彝族民俗文化的影响……（92）

第六章　云南唱本《唐王游地府》中的地狱观念………（98）
　　第一节　中国古代地狱思想的发展及嬗变………………（98）
　　第二节　《唐王游地府》中地狱思想的张扬………………（102）

结　论………………………………………………………（111）

下编　整理篇

整理说明…………………………………………………………（115）

唐王游地府　卷上……………………………………………（116）
　　第一回　袁天罡化钗赠瓜种　李翠莲尽节寻自缢………（116）
　　第二回　鬼谷子八卦占雨水　魏丞相一梦斩龙王………（125）
　　第三回　唐秦王赴阴许瓜果　十阎君断狱封长虹………（132）

唐王游地府　卷中……………………………………………（141）
　　第四回　二判官保驾游地府　两奸王拦路诉苦情………（141）
　　第五回　凶汉拷打酆都城　女人悲啼血湖池……………（147）
　　第六回　管理司官五七样　细述阿鼻十八层……………（151）
　　第七回　五司官惊跌唐天子　众孤魂大闹枉死城………（158）

唐王游地府　卷下……………………………………………（165）
　　第八回　枉死城外还有狱　天生桥下回转阳……………（165）
　　第九回　遣官偿还阴司债　发榜召来进瓜人……………（170）
　　第十回　刘全舍命赴阴府　翠莲借尸还阳间……………（175）

参考文献…………………………………………………………（182）

附　录……………………………………………………………（189）

后　记……………………………………………………………（196）

上编　研究篇

导　言

一、云南唱本《唐王游地府》研究的学术史回顾

云南唱本《唐王游地府》1949 年前曾以石印本形式广泛流行于云南地区，知名者如云南邱文雅堂 1935 年印行本，其后云南鑫文书局等也于 20 世纪三四十年代多次印行，但国内目前保存的数量较少。虽然当时云南地区流行的《唐王游地府》为石印本，但其文本来源应是清代木刻本，目前我们已知最早的刻本有清光绪三十二年（1906）刻本。值得注意的是，该唱本最早以善书的形式在民间流传，同时又是云南传统曲艺之云南唱书、云南扬琴的曲目来源。

从目前学界的研究成果来看，最早注意到云南唱本《唐王游地府》存在的是陈志良先生，他在《唐太宗入冥故事的演变中》写道："《唐王游地府》一册，我在民国三十四年（1945）调差到昆明时买到的，云南鑫文书庄（在昆明）土纸铅印本。我搜到的其他昆明翻版的土纸铅印俗文学书籍，它的前身是木板印刷的，在湖南和四川又买到了同样的几种，不过木板的《唐王游地府》在别处并未买到。这册《唐王游地府》分上中下三卷，回目如下……"[1]

文中提到的"云南鑫文书庄土纸铅印本"《唐王游地府》较为晚出，实际上此前云南地区曾广泛流行石印本《唐王游地府》。陈先生在文中列出了《唐王游地府》的回目并对具体内容进行了概括，但是在这篇文

---

[1] 陈志良：《唐太宗入冥故事的演变》，见周绍良、白化文：《敦煌变文论文录》，上海：上海古籍出版社，1982 年版，第 757 页。

章中，陈志良先生是将《唐王游地府》作为小说来看待的，他说："此本既有回目，文章是有说白有唱句又有诗，唱句以七字为主，又有十字的。依其内容而论，是我国西南山地的作品，与东南部的作风颇为不同。"这点出了《唐王游地府》形式上的明显特点。

因为《唐王游地府》的故事情节能够和广大民众熟知的唐僧取经的故事联系起来，所以后来有部分学者在研究明清时期的小说、戏曲、说唱文学时都转引了陈志良先生提到的云南唱本《唐王游地府》。如李蕊芹、许勇强《略论明清传奇说唱系统中刘全进瓜故事的嬗变》一文写道："云南唱本《唐王游地府》讲述了完整的唐王游地府故事，但它通过叙事结构的调整，将刘全进瓜故事作为因果报应的重要一环，提到与唐王游地狱相同的地位。"[1] 又有学者提到："明清小说中的唐太宗入冥故事反映了明清时期社会比较流行的冥界观念。唐太宗入冥故事的演变过程中，人物形象、性格特征也发生了改变。"[2] 另外有一些学者在研究民间《翠莲宝卷》时，曾简单述及《唐王游地府》的民间劝善形态。

整体观之，上述研究成果或仅针对《唐王游地府》的部分内容展开，或是将其作为研究其他通俗文学作品的佐证材料，对于它的性质到底是算通俗文学作品还是民间曲艺文本，研究者还有不同的看法。学界更是鲜见直接将它视为云南唱本之一种来探讨的成果，也就是说目前很少有人关注《唐王游地府》。这可能与研究者对民间曲艺文本的不太关注且其存世文本较少不易查寻有直接关系。

二、选题意义

《唐王游地府》自从陈志良先生在《唐太宗入冥故事的演变中》提到后，截至目前，学界还没有出现以唱本《唐王游地府》为主要研究对象的论著，遑论取得深入系统的研究成果。作为善书以及云南唱书的文本来源，《唐王游地府》在民国时期曾广泛流行于西南地区，随着时间

---

[1] 李蕊芹、许勇强：《略论明清传奇说唱系统中刘全进瓜故事的嬗变》，载于《四川戏剧》，2012年第5期，第31页。

[2] 郑红翠：《唐太宗入冥故事系列研究》，载于《哈尔滨工业大学学报》（社会科学版），2014年第7期，第84页。

的推移，大量唱本散佚，收集起来比较困难，值得庆幸的是，目前我们仍然能通过多种方式找到曾经流行于西南地区的唱本《唐王游地府》，因此，研究该书就显得十分必要且迫切，因为至少它在学术史上有如下意义。

第一，为"唐太宗入冥故事"嬗变研究提供依据和补充。

"唐太宗入冥"是一个在民间极富生命力和影响力的故事，其故事系统大体可以分为三个部分：其一是魏徵梦斩泾河龙王，其二是唐太宗魂游地府，其三是刘全进瓜。由这三个部分组成的完整的故事系统最早在"世德堂本"《西游记》第九回至第十一回有所描述，但实际上这三个故事在中国文学史上各有其渊源。"魏徵梦斩泾河龙王"这个故事现在所能依据的文献，最早可以追溯到《永乐大典》第一万三千一百三十九卷保存的文字；唐太宗入冥、魂游地府的故事最早出现于唐人张鷟的笔记小说《朝野佥载》卷六；刘全进瓜的故事在《西游记》中记载得并不详细，对于其故事源头学界目前还没有一致的观点，但可以肯定的是，《西游记》之前一定有刘全进瓜故事的流传。这三个故事在"百回本"《西游记》中合为一体，成为"唐太宗入冥"故事系统的一个新的发展阶段。其后，云南唱本《唐王游地府》的出现，是"唐太宗入冥"故事在民间通俗化、劝善化发展的一个方向，因此有研究的必要。

第二，为古彝文《唐王游地府》研究提供新思路，有助于汉族文学与彝族文学的融合研究。

20世纪80年代以后，在云南陆续发现古彝文《唐王游地府》，系手抄本，无书写年代，亦无确切的成书时间和作者姓名。目前学界普遍认为古彝文《唐王游地府》题材来源于百回本《西游记》，然而仔细考察云南唱本《唐王游地府》《西游记》和古彝文《唐王游地府》三个文本的不同之后，我们发现汉文唱本《唐王游地府》才是彝文《唐王游地府》的题材源头，而非学界认定的《西游记》。通过这两部作品，我们能够看到彝族文学对汉族文学的借鉴和改编，对研究彝族民间习俗以及汉族、彝族之间的文化交融有一定的学术价值，有利于厘清彝族文化和汉族文化之间的交流和融合，有助于增强中华民族的文化认同感。

第三，为研究民间曲艺提供早期文本形态，有助于非物质文化遗产的传承保护。

  云南唱书是云南民间普及面较广的曲艺种类之一，表演时只需手持唱本，用"七字调""十字调"等曲调唱诵，间有说白以连通上下情节。表演不受时间和空间限制，所以1949年前很受普通民众的欢迎。然而随着时代的发展、社会的进步以及民众娱乐方式的现代化，唱书这样的民间曲艺越来越不流行。好在2005年经昆明市人民政府批准，云南唱书被列入昆明市第一批民族民间文化保护名录。2005年《国务院办公厅关于加强我国非物质文化遗产保护工作的意见》发出后，民族民间文化保护统一更名为"非物质文化遗产保护"，2009年云南昭阳区文化馆申报的昭通唱书入选云南省第二批非物质文化遗产名录。作为存世为数不多的唱书《唐王游地府》，反映了当时民间的娱乐和文化传播情况，为我们研究民间文化提供了早期的文本形态，也有助于非物质文化遗产的传承保护。

  又，书稿写成之际，2020年11月中旬，中国文化和旅游部印发通知，公布《第六批国家珍贵古籍名录（752部）》和《第六批全国古籍重点保护单位名单（23个）》，清抄本《唐王游地府》等彝文文献名列珍贵古籍名录，保存这些彝文文献的楚雄彝族文化研究院也成为第六批全国古籍重点保护单位。研究彝文《唐王游地府》本身及其与汉文唱本《唐王游地府》的关系，自然是传承保护非物质文化遗产的题中应有之义。

三、结构安排

  本书以云南唱本《唐王游地府》为对象，分上、下两编展开整理研究。

  上编为研究篇，分六章展开论述。第一章主要论述云南唱本《唐王游地府》的版本与形式，介绍我们目前所搜集到的清光绪三十二年（1906）刻本（残本），云南邱文雅堂、云南鑫文书局石印本的版本特征，并分析石印本与清代刻本之间的关系。第二章在总结善书的内涵、外延的基础上，分析唱本《唐王游地府》所具有的善书特征，论证唱本《唐王游地府》早先曾作为善书的唱本来源。《唐王游地府》"一本多用"，曾主要以唱书的形式风行于西南地区，因此我们在第三章主要探究《唐王游地府》与云南唱书之间的关系。从内容而言，《唐王游地府》的主要故事题材就是"唐太宗入冥"，它继承了世德堂本《西游记》中的情节并有所发展，第四章便以此为中心展开，重点论述了唱本《唐王游地府》对世德堂本《西游记》的改编。另外，我们注意到彝族毕摩文献《唐王游地府》对唱本《唐王游地府》进行了相应的改编，设置了具有彝族特色的人物形象，添加了不少故事细节，突出了劝善的内容，故而第五章以此为观照点，研究彝文《唐王游地府》与汉文唱本《唐王游地府》之间的关系，分析彝族文学和汉族文学之间的交流交融。最后，唱本《唐王游地府》作为民间流行的曲艺，里面明显宣扬因果报应、地狱思想，这是中国古代"地狱观念"发展的产物，是佛教"地狱思想"对中国古代民间俗文学产生重要影响的表现，故第六章对此有所涉及。

下编为整理篇，选择1935年云南邱文雅堂石印本《唐王游地府》为底本，参之以清光绪三十二年（1906）刻本（残本）和鑫文书局发行的本子进行校注整理，以期为《唐王游地府》的研究提供一个准确的文学底本，为学界进一步的深入研究提供一定的便利。

第一章　《唐王游地府》版本

《唐王游地府》为民间通俗文学作品，清末民初曾在云南地区广泛流行，但其书却鲜见载于其他书籍，当然这与其在全国范围内流传不广有关。现在看来，最早介绍此书的是陈志良先生《唐太宗入冥故事的演变》[①]一文，陈先生在文中述及了自己所见云南鑫文书庄印刷的《唐王游地府》的内容和回目。我们以此为线索，几经搜讨，发现了《唐王游地府》的三个版本，其中有清末木刻本，也有民国石印本，分别介绍如下。

第一节　清光绪木刻本《唐王游地府》

木刻线装本《唐王游地府》一册，清光绪三十二年（1906）刊本（图1—1）。是书内封中间标写书名"唐王游地府"，其中"唐王"双行小字，左标"七十二司"，右面标注印刷时间和印制数量，"光绪三十二年刊，一百册"，其后有七幅主要人物图像，均为单人成幅式，其一为唐王，配像赞"天上紫微星，人间有道君"；其二为魏徵，配像赞"主阴曹法律，为唐室忠臣"；其三是老龙，上标"昔日号老龙，今朝封长虹"10字像赞；其四为鬼谷，上标"袖里乾坤大，壶中日月长"10字像赞；其五为翠莲，上标"自缢全名节，还阳做夫人"10字像赞；其

[①] 陈志良：《唐太宗入冥故事的演变》，见周绍良、白化文：《敦煌变文论文录》，上海：上海古籍出版社，1982年版。

六是刘全，上标"一节堪千古，尽义复全忠"10字像赞；其七乃崔判，上标"不因古前正直，怎能死后封神"10字像赞。其后一页有62字，分六栏题写："唐王地府游三十六狱七十二司歌曰：善途恶路随人行，多少轮回报应清。种种作为皆细讲，条条劝戒尽昭呈。死生疾病分原委，富贵贫穷悉指明。劝善篇全部。"此页之后便是正文。

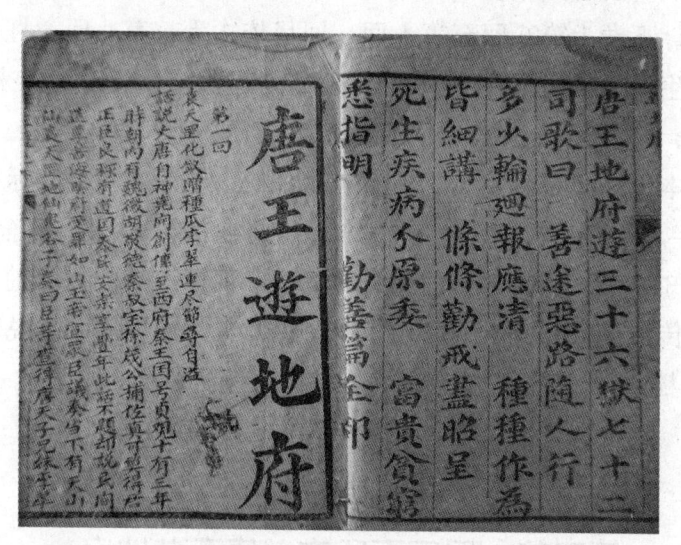

图 1-1 《唐王游地府》清光绪三十二年（1906）木刻本

此本正文版框高15.2厘米，宽9.6厘米。版面无界行，半页十行，行二十三字，四周单边，白口，单黑鱼尾，鱼尾上题书名"唐王游地府"，下记卷次及页码。正文唱词和道白相间，大体观之，唱词整体顶格印制，句与句之间留有一个字大小的空格；道白通常整体低一格印制，但也有道白第一行顶格、之后几行全部低一格印制的情况，并且道白和唱词也有连在同一行印行的情况，不似后出的石印本道白与唱词的排版相对独立。

因此本刊于光绪三十二年，且当时只印了一百册，数量非常有限，又经过一百多年的时光变迁，据我们调查，此本现在传世数量很少，有个别保存在私人手中，国内各大图书馆如国家图书馆、云南省图书馆也难觅踪迹。因机缘巧合购得此书残本，内容包括卷一至卷三。后来又多方搜讨，在网络上发现此书后面部分的多页书影。根据以上掌握的内容，我们知道全书分上、中、下三卷，共十回，上卷为第一回至第三回，回目依次为：第一回"袁天罡化钗赠种瓜　李翠莲尽节寻自溢（缢）"；第二回"鬼谷子八卦占雨水　魏丞相一梦斩龙王"；第三回"唐秦王赴阴许瓜果　十闫（阎）君断狱封长虹"。中卷为第四回至第七回，其中第四回的回目为"二判官保驾游地府　双奸王拦路诉苦情"；第五回至第七回因目前资料掌握不足，具体回目是否与后出的石印本一样还有待考察。下卷为第八回至第十回，回目依次为：第八回"枉死城外还有狱　天生桥下得回阳"；第九回"遣官偿还阴司债　发榜招来造（进）瓜人"；第十回"刘全舍命赴阴府　翠莲借尸还阳间"。

　　清刻本每一回正文完结之后有"×回终"（除第一回后标"第一回终"）三字，第二、八、九、十回的回目前顶格标"劝善编全本大传"七字，可知原书每回的回目前均有此标记，而第三回的回目前标"万善编全本大传"，第四回的回目前作"劝善编本大传"六字，说明此本印刷较为粗糙，时有脱文、讹误，但这些标记都突出说明此本的劝善性质。

第二节　民国石印本《唐王游地府》

　　民国时期，以云南昆明四大书局为代表的地方私营性书庄（局）先后多次印制发行过石印本《唐王游地府》，此类版本较清刻本更为常见，国内图书馆也有收藏。今根据出版机构及发行时间的不同，分两小节予以揭示。

一、云南邱文雅堂石印本

　　云南昆明邱文雅堂本《唐王游地府》一册，民国二十四年（1935）印本（图1-2）。是书封面分为三栏，中间标写书名"唐王游地府"，书名上有双行小字"大字足本"以显示此本之特点"内容完整"，但正文中文字实难当"大字"之名。右标"民国二十四年冬月"，是为印刷时间，下有"全壹册定价贰元正"八字，标明此书当时的售价。左标"云南邱文雅堂发行"，宣告版权。正文前有三幅人物图像，均为多人组合式，第一图画唐王和魏徵，人物上方分别题有"天上紫微星，人间有道君"和"主阴曹法律，为唐室忠臣"像赞；第二图为鬼谷与老龙，上方标有"袖里乾坤大，壶中日月长"和"昔日号老龙，今朝封长虹"像赞；第三图画刘全、翠莲与崔判三人图像，分别标有"自缢全名节，还阳做夫人""一节堪千古，尽义复全忠""不因生前正直，怎能死后封神"像赞。其后一页有"唐王地府游三十六狱七十二司歌曰：善途恶路随人行，多少轮回报应清。种种作为皆细讲，条条劝戒尽昭呈。死生疾病分原委，富贵贫穷悉指明。劝善篇全部。"其后便是正文，共 68 页。

图 1-2　《唐王游地府》民国二十四年（1935）邱文雅堂石印本封面

　　正文页面有框线，高 16.2 厘米，宽 10.5 厘米，四周单边，每页 16 行，每行满行 33 字。正文唱词和道白相间，分别采用不同呈现方式，道白顶格印制，全文加标〇形圈点符号；唱词整体低一格印制，句与句之间不加符号，但留有一个字大小的空格，看起来有眉目清楚之感。石印本的这种排版与清光绪刻本的处理方式正好相反，且为了大众阅读方便，添加了简单的句读符号。正文字体多使用俗简字，如"银"作"艮"、"殿"作"展"、"阁"作"囙"，"钱"作"🗝"、"众"作"₸"等。全书与清刻本一样，亦分为三卷十回，卷上首行标"大字足本唐王游地府"，卷中与卷下均无此文字。卷上为第一回至第三回，回目分别为：第一回"袁天罡化钗赠瓜种　李翠莲尽节寻自缢"；第二回"鬼谷子八

卦占雨水　魏丞相一梦斩龙王"；第三回"唐秦王赴阴许瓜果　十阎君断狱封长虹"。卷中为第四回至第七回，回目分别为：第四回"二判官保驾游地府　两奸王拦路诉苦情"；第五回"凶汉拷打鄷都城　女人悲啼血湖池"；第六回"管理司官五七样　细述阿鼻十八层"；第七回"五司官惊跌唐天子　众孤魂大闹枉死城"。卷下为第八回至第十回，回目分别为：第八回"枉死城外还有狱　天生桥下回转阳"；第九回"遣官偿还阴司债　发榜招来进瓜人"；第十回"刘全舍命赴阴司　翠莲借尸还阳间"。

该本最后一页列有邱文雅堂发售的14种大字唱书的书目，有点类似于现在的广告页。

二、云南鑫文书局石印本

目前我们能看到的云南鑫文书局发售的《唐王游地府》有两个纸型为32开大小的本子，是同一个本子的不同版次。时间在前的为1936年发行的本子，封面中间题写书名"唐王游地府"，书名上有双行小字"大字足本"，左标"云南鑫文书局印行"，右标"民国廿五年春季"，是为此书之印刷时间。封面背面印刷一幅人物图像，与邱文雅堂本明显不同，此页乃多人组合式人物群像，从左到右依次为"老龙王""崔判官""刘全""唐太宗""翠莲""魏徵"，除了表明各自身份的文字以外，并无其他说明性文字。人物群像之后便是正文，共60页。正文有框线，高18.1厘米，宽11.5厘米，页面四周单边，每页18行，每行满行32字，字号较邱文雅堂本为大。正文唱词和道白相间，亦分别采用不同的呈现方式，道白整体顶格印制，全文加标○形圈点符号；唱词整体低一格，句与句之间不加符号，但留有一个字大小的空格，排版方式一如邱文雅堂本。全书亦分三卷十回，每一卷前均标"大字足本唐王游地府"。卷上为第一回至第三回，回目分别为：第一回"袁天罡化钗赠瓜种　李翠莲尽节寻自缢"；第二回"鬼谷子八卦占雨水　魏丞相一梦斩龙王"；第三回"唐秦王赴阴许瓜果　十阎君断狱封长虹"。卷中为第四回至第七回，回目分别为：第四回"二判官保驾游地府　两奸王拦路诉苦情"；第五回"凶汉拷打鄷都城　女人悲啼血湖池"；第六回"管理司官五七

样　细述阿鼻十八层";第七回"五司官惊跌唐天子　众孤魂大闹柱死城"。卷下为第八回至第十回,回目分别为:第八回"柱死城外还有狱　天生桥下回转阳";第九回"遣官偿还阴司债　发榜招来进瓜人";第十回"刘全舍命赴阴司　翠莲借尸还阳间"。

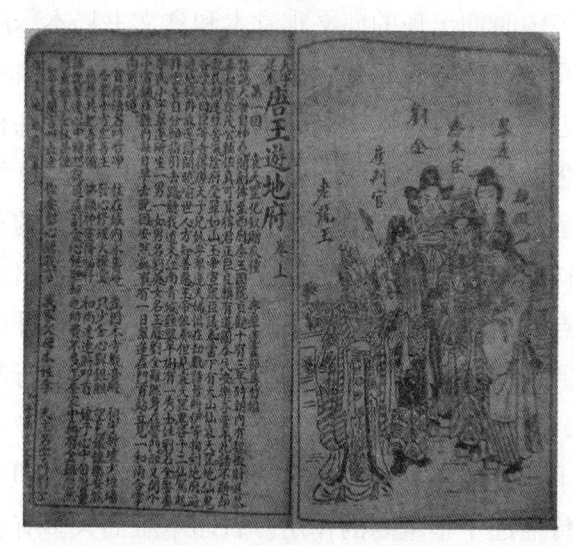

图1-3　《唐王游地府》民国二十五年(1936)鑫文书局石印本

第二个本子为1948年印本,国家图书馆有收藏。此版封面中间书名的题写方式与1936年印本相同,而封面左右两侧的文字却有不同。右侧标注"民国三十七年春季五版",揭示的是后出的印刷时间和不同的印刷版次,也显示出《唐王游地府》唱本当年在云南地区的盛行。左侧在"云南鑫文书局印行"的右边有一行小字:"昆明市正义路壹佰伍拾号",此为鑫文书局的地址,上面还有"七十二司"四字,却又与清光绪刻本的封面类似。至于此本中的人物群像和唱本总页数亦为60页,正文部分有框线,四周单边,每页18行,每行满行32字,行款与1936年印本同,正文中部分文字少有不同,可见此本应该是1936年本的第五次修订印行本。

北京图书馆编《民国时期总书目(1911—1949)·文学理论·世界文学·中国文学》一书中,在中国文学部分戏曲大类曲艺类下就著录了此版本:"(大字足本)唐王游地府。昆明云南鑫文书局。1948年春5

版。手抄影印。60页。32开。"① 对此本的发行机构、印刷时间、页码和开本大小都有记载。但对这本书的印刷方式"手抄影印"的记载，我们觉得未能准确揭示鑫文书局本的印刷特征，尽管国家图书馆官网对这版书籍的说明也是"手抄影印本"，但同样也缺漏了一个信息。据我们观察、了解，民国时期出现的邱文雅堂本和鑫文书局本《唐王游地府》，采用的均是手写石印的方式，是具有20世纪三四十年代特色的石印本。

石印本是近代采用石印术印制的书籍，而石印术是一种西方人发明的以石头为印版的平版印刷方法。石印术早在19世纪30年代即已传入我国，鸦片战争前夕，广州、澳门均有外国传教士开办的石印所印刷中文图书。光绪初期，也即从19世纪80年代起，上海也出现了一批石印所，知名者如点石斋印书局、同文书局、拜石山房、扫叶山房等。在上海这些石印所的带动和影响下，石印本在全国各省区流行起来，形成了以上海为中心、遍及各地的石印本系统。直到20世纪二三十年代以后，大规模的石印事业才逐步衰落，但这一时期所产生的石印本却大量流传于世，对文化传播起了很重要的作用。石印本版面大多有版框，但很少画界行；字迹一般为手写体，装订主要为平装，但早期也有用线装的。② 石印本印制的书籍范围大体可分为四类，一是常见古籍，二是通俗小说和唱本，三是地图和画刊，四是报刊、时务和西学之书。③ 这是近代石印书的整体特点。

在石印技术流行时期，云南地区也出现了不少印书机构，其中值得一表的就是开在昆明市区号称"云南四大书局"的鑫文书局、鸿文堂书局、邱文雅堂书局和新滇文化书局。邱文雅堂书局始于清光绪三十二年（1906），停业于民国二十七年（1938），鑫文书局成立于民国十二年（1923），停业于民国三十七年（1948）。这两家书局先后用石印的方式

---

① 北京图书馆：《民国时期总书目（1911—1949）文学理论·世界文学·中国文学》（上册），北京：书目文献出版社，1992年版，第605~606页。
② 王余光、徐雁：《中国读书大辞典》，南京：南京大学出版社，1999年版，第423页。胡啸、谷舟、周文华：《清末民初石印技术的兴衰》，载于《北京印刷学院学报》，2017年第2期。
③ 曹之：《古籍版本学》（第3版），武汉：武汉大学出版社，2015年版，第423~430页。

印行了大量的民间唱本,内容集中在行义尽孝、因果报应等方面。[①] 就我们目前掌握的资料来看,邱文雅堂书局和鑫文书局都曾印行过唱书《唐王游地府》,而它们印制的版本无一例外地均采用了当时极为流行的手写石印本。

第三节 《唐王游地府》不同版本文句异同举隅

以上所述《唐王游地府》的知见版本,除了版式、图像、装帧形式等有别外,在正文中还存在着一些文句的异同。为进一步了解这三个版本之间的关系,我们从三个版本的道白和唱词中各挑选了一些较具代表性的不同文句,列表比较如下。

首先,我们来看《唐王游地府》唱词部分的文句异同情况(见表1-1)。

表1-1 《唐王游地府》唱词部分文句异同

回次	清光绪刻本	邱文雅堂本	鑫文书局本	不同类型
第一回	裸字拆坏少垣墙	祠字拆坏少垣墙	同邱文雅堂本	误字
	用手指住放声骂	用手指住高声骂	同邱文雅堂本	
	自从归到刘门去,快去恩义实不灵。	自从归到刘门后,夫妻恩义不为轻。	同邱文雅堂本	
	咬住说奴家不正	咬说奴家不正经	同邱文雅堂本	
	自幼我也读书史,看过三从与四德。	自幼我也读书史,也知四德与三从。	同邱文雅堂本	
	与其名羞在世上,不如死了得美名。	与其含羞在世上,不如负屈往幽冥。	同邱文雅堂本	
	既冷笑容骂见人	几番冷笑骂贱人	同邱文雅堂本	调换韵脚字
	双手抱住贤女婿,你归阴路汉归阳。	双手抱住女婿哭,你今岂可入幽冥。	同邱文雅堂本	
	在等月老进门日,令娶贤妻自得人。	待到一年半载后,再娶妻房自有人。	同邱文雅堂本	

---

① 普学旺、龙珊:《清代彝文抄本〈董永记〉整理与研究》,载于《民族文学研究》,2018年第2期,第152页。

续表1-1

回次	清光绪刻本	邱文雅堂本	鑫文书局本	不同类型
第二回	明日溪源潭，午时下网。是称一百斤，尾数五百双。	明日溪源潭，午时下一网。得鱼一百斤，尾数五十双。	同邱文雅堂本	脱文
	今早急急来直讲。越思越想心不思，由如得病战兢兢。	今早未曾来直讲，此时悔恨说已迟。越思越想心不定，由如得病战兢兢。	同邱文雅堂本	
第三回	崔判看罢来书信，精忠义蓄心田出。	崔判看罢来书信，精忠义愤出心田。	同邱文雅堂本	调换韵脚字
	也有老亲哭儿女，为己年迈开言问，崔判殷勤奏得明。	也有老亲哭儿女，为己年迈不相能。君王看了开言问，崔判殷勤奏得明。	也有老亲哭儿女，为己年迈不相能。君王看了开言问，崔判殷勤动哀情。	脱文
	一座高山路长远，行到此处想家乡。	一座高山路途长，世人到此想家乡。	同邱文雅堂本	
	上帝命你为甚么，行雨泽扰害黎民。	上帝命你行雨泽，为甚错数害黎民。	同邱文雅堂本	
第四回	二判保主来地府	同丘文雅堂本	同清光绪刻本	
	今生衣禄前生定，今世福泽前世修。	今生衣禄前生定，来世荣华此世修。	同邱文雅堂本	
	富贵若果侥倖好，劝人何必阴鸷修。	富贵若从侥倖得，世人谁肯苦埋头。	同邱文雅堂本	
第八回	天雨昏昏不可愁，世人何故不回头。今朝巧弄人间已，变个哑巴与小人。若还更遭挖了眼，来世一生不安然。口过之事罪难满，地府轮回事不周。	天道明明不得休，世人何故不回头。今朝弄巧人间事，他日定受冥司究。见色生淫宜有报，损人利己怎无忧。人生切早自当醒，免到临时事折周。	同邱文雅堂本	

从表1-1中我们可以发现以下情况：

第一，清光绪刻本中唱词部分往往存在错字，如"裸字拆坏"四字中竟有三个错字，"放声罢"之"罢"实乃"骂"字繁体字"駡"之误，文中还经常在该用"再"的地方误刻为"在"；也常使用同音替代字，

16

如刘全骂妻子为"见人"。

第二，清刻光绪本在文本中往往出现文句脱落现象，少则脱一两个字，多则脱一句，如石印本"今早未曾来直讲，此时悔恨说已迟"二句，在清刻本中只有"今早急急来直讲"一句，使得清刻本中此段唱词只有七句，显脱一句七字；又如石印本"为已年迈不相能，君王看了开言问"两句，清刻本却将两句合并成"为己年迈开言问"，语意顿时不通矣。

第三，清光绪刻本中的唱词时有表意不清之处，突出者如"上帝命你为甚么，行雨泽扰害黎民。长安中七点雨洒，淹坏了无数民人。怒气而个个冲上，又向谁里把账清？"不如石印本中"上帝命你行雨泽，为甚错数害黎民。长安城中洒七点，淹坏无数百姓们，怒气冲上要斩你，能求谁可说人情"的语气通顺，句式整齐。

第四，清光绪刻本唱词比较随意，不太注重押韵，而石印本在唱词部分注重押韵，明显经过印书者的一番调整。如第一回写到刘全从普净和尚口中知道翠莲含冤而死之后，失魂落魄跌倒在地，清光绪刻本说其岳父李员外"双手抱住贤女婿，你归阴路汉归阳"，石印本作"双手抱住女婿哭，你今岂可入幽冥"，不但文意更为清晰，且"冥"字与前后唱词中的"景""声""冥"谐韵。又如第一回李翠莲受刘全打骂之后，清光绪刻本写她内心思量"自幼我也读书史，看过三从与四德"，此处石印本将第二句的语序调整为"看过四德与三从"，使"从"字与前后唱词中的"情""通""中""红""胧""童""风"押韵更为和谐。第三回清光绪刻本中有"精忠义蓄心田出"，石印本中调整为"精忠义愤出心田"，依然是考虑到了"田"字与前后韵脚字的和谐问题。表1-1最后一例唱词中，清光绪刻本有换韵现象，且单、双句均有押韵现象，石印本全部调整为偶数句押韵，从头至尾押一个韵，更为整齐。

总之，通过对唱词的比较，我们发现清光绪刻本与石印本在文句、押韵等方面存在着较大差异，清光绪刻本显得粗糙随意，石印本显然又经人整理调整，唱词文句表意更加清晰，句式整齐，押韵和谐。

其次，我们再来看《唐王游地府》道白部分的文句异同情况（见表1-2）。

表1-2 《唐王游地府》道白部分文句异同

	清光绪刻本	邱文雅堂本
第一回	翠莲只见他大怒气冲冠，若睽然说出施舍和尚，更去为不美	翠莲只见他怒气冲冲，若突然说出施舍与和尚，更为不美
	刘全此时正谁知特骂老见人	刘全此时住手不打，口又骂道
	今夜无人，虽然不睡，那人看见，似尸不妨	今夜遭此一番冤打，虽然无人看见
	放声大哭，到刘宅门	到刘家门前放声大哭
	居士听疑金钗你尊娘子送与人情去了，但既娘子有情，难道有不知居士是娘子亲丈夫？	居士只疑金钗是尊娘子送与情人去了，但娘子既有情人，难道就不知居士是娘子的亲丈夫？
	此理普净居士请在参详	此理请居士仔细参详
	好收住	好生收藏瓜子
	只听得大门日日月月，只得爬下床来	只听得大门拍拍响声，只得爬下床来开门
第二回	想朕以水故是同，百姓取如探浪，水国将有不宁	想朕以水族是同，百姓若此扰动，水国将有不宁
	谁知魏徵丞相已斩	谁知魏徵丞相，就此一睡之中，前去斩龙
第三回	叙宝生坐定	进殿上坐定
	君王道，那女子笑将前来	君王行到此处，只见那些女子笑脸迎将过来①
	阴府宝玩寔属无，俊秀一见竟无用处	阴府宝玩，实无用处

对比清光绪刻本和石印本中道白的文句，最明显的就是清光绪刻本文句多有文意不通之处。或有文字舛误，如第二回写到十殿阎君请唐王入殿落座，清光绪刻本作"叙宝生坐定"，简直难以卒读，而石印本此处作"进殿上坐定"，文意通晓，仔细研判，方悟清光绪刻本"宝生"二字实乃"宾主"（宝、宾的繁体字形近）二字之误；又如第一回写李翠莲夜中愁思，清光绪刻本作"今夜无人，虽然不睡，那人看见，似尸不妨"，文意指向不明，不如石印本"今夜遭此一番冤打，虽然无人看

---

① 此句鑫文书局本作"君王行到此处，只见那些女子笑脸迎将前来"。

见"清晰。或有讹脱，如清光绪刻本作"刘全此时正谁知特骂老见人"，语意难晓，石印本改作"刘全此时住手不打，口又骂道"，文从字顺；又如第三回太宗冥游地府，行至迷魂铺时，清光绪刻本作"君王道，那女子笑将前来"，石印本作"君王行到此处，只见那些女子笑脸迎将过来"，语意完整。

邱文雅堂石印本和鑫文书局石印本在道白部分相似度很高，但也有一些不同，除了一些文字上的差异，最明显的一点是邱文雅堂本在文中出现"话说"的地方，鑫文书局本无此二字。如第二回："话说老龙看完，自想我乃当年行雨龙王""话说刘全言道，家中事务交与岳父岳母照管"，第三回"话说秦叔宝、胡敬德跪奏金阶"，第六回"话说君王正往前走，又见二官员接驾"等句中，鑫文书局本均无"话说"二字。

总之，通过比较清光绪刻本与民国石印本的文字异同，我们发现光绪刻本与邱文雅堂本的文本一致性更高一些，但也存在光绪刻本和鑫文书局本相同而邱文雅堂本不同的内容。光绪刻本存在着明显的刻板不精、语句不通、文字错讹等问题，但是后出的石印本均进行过相应的文字修订工作，语句更加通晓，句式更为整齐，唱词押韵更为和谐。光绪三十二年（1906）刻本是否为木刻本的最早版本，在1906年至1935年石印本出现之间是否还出现过木刻本，都有待进一步的资料搜集和考证，但值得肯定的是，石印本的文本源确出于木刻本。

另外，在上述刻本和石印本系统以外，云南地区20世纪40年代还出现了陈志良先生购买过的"鑫文书庄土纸铅印本"，甚至到20世纪80年代民间还曾发现《唐王游地府》的手抄本，可见唱本《唐王游地府》在西南地区的民间影响较大，是普通民众喜闻乐听的曲艺作品。

第二章　云南唱本《唐王游地府》与善书

云南唱本《唐王游地府》中到处呈现惩恶扬善、教化民众的思想，唱本最后还有两首"劝善诗"，再加上清木刻本《唐王游地府》正文前还有"劝善篇全部"的提法，都使我们无法忽视此唱本所具有的浓厚的劝善意味。据考察，《唐王游地府》曾作为善书的曲本在云南地区民间流传。

第一节　善书的特征

有关善书的研究，学界成果甚夥。学者多将善书的文化源头追溯到先秦典籍中记载的思想，如"积善之家，必有余庆；积不善之家，必有余殃"（《周易·坤卦·文言》）、"作善，降之百祥；作不善，降之百殃"（《尚书·伊训》）、"祸福无门，唯人所召"（《左传·襄公二十三年》）、"天道赏善而罚淫"（《国语·周语中》）等。至于善书的流传演变过程，万晴川先生在《明清小说与善书》中总结为三大阶段："汉代是善书的发轫期，出现了道教善书《赤松子中诫经》。唐宋元三代是善书的形成期，出现了对后世影响较大的《太上感应篇》《玉历至宝钞》《太微仙君功过格》《文昌帝君阴骘文》等。明清时期是善书的盛行期，主要表现在两方面：一是以前的善书名著不断再版，如《太上感应篇》就出现了难以计数的版本；二是善书新作不断推出，佛教宝卷、功过格等劝善书广为流行。① 万先生以时间为轴,以作品为线,勾勒了善书的发展脉络,即随着时间的推移,善书的内容与形式不断发生变化,但这种变化给当今学界界定善书概念以及范围带来了新的困扰。尤其是明清时期,善书范围扩大,与家训、宝卷等极易混淆。游子安先生在其著作《劝化金箴——清代善书研究》中指出:"善书最初只是规劝善行和阐述伦理道德的书,与圣谕、官箴、家训、格言等劝诫文献共同发挥其教化作用。演变至清后期,善的观念深入人心,国人把家训、格言、宝卷等都归入善书类,因此民国时期善书涵括的范围已有所扩大。"②

不仅如此,随着明清白话小说创作高峰的来临,善书与短篇白话小说因功能、文体趋近,也会产生分类困难。"一些大型善书也会收入一些教化色彩强烈的小说,这更进一步模糊了善书和小说的界限。另一方面,晚明以来,善书的编撰者为吸引更大范围的民众,往往加强善书故事的文学性,这也致使一部分善书叙事与小说叙事面目雷同。"③ 善书与明清通俗小说之间存在着千丝万缕的联系,有学者认为这是一种双向互动的关系:"一方面,善书对通俗小说的思想内容、艺术形式和创作理论进行了全面渗透;另一方面,善书的制作者为使善书通俗易懂、生动有趣,产生更大的劝善效果,又借助了通俗小说的艺术形式和写作手法。"④ 从具体形式上看,万晴川先生主要提出以下两点并举例说明:

第一,善书模仿章回白话小说的形式,如嘉庆道士董清奇的《除欲究本》和《指淫断色篇》。《指淫断色篇》讲的是像章回小说般的故事,共十三回,回目对仗。

第二,善书中还经常出现白话小说中的套语,如《福国镇宅灵应灶王宝卷》写玉帝欲亲往观看祥瑞,"多名文武随驾前行,南极北极,全身披挂,怎见的:森森旌旗遮日月,重重剑戟晃乾坤"⑤。

善书有回目,又有"话说"等套话,这些都是其与通俗小说之间产

---

① 万晴川:《明清小说与善书》,载于《中国典籍与文化》,2009年第1期,第29~30页。
② 游子安:《劝化金箴——清代善书研究》,天津人民出版社,1999年版,第21页。
③ 郑珊珊:《晚明清初"劝善"文化与白话短篇小说创作》,四川大学博士学位论文,2014年,第17页。
④ 万晴川:《明清小说与善书》,载于《中国典籍与文化》,2009年第1期,第30页。
⑤ 万晴川:《明清小说与善书》,载于《中国典籍与文化》,2009年第1期,第36页。

生重合的主要原因，有学者还考察了二者的编（作）者身份，认为："白话短篇小说和善书的作者一般是社会地位不高的文人。尽管白话小说和善书书写方式迥然不同，然而大多数白话小说作者主观上所秉持的教化与劝善的动机与善书作者并无二致，尤为重要的是，这两类文本所呈现出的道德关注、伦理观念和文化心理大致趋同，凸显了这个时代所特有的文化内容。"[①] 总之，通俗小说与善书之间的界限划分是个难题，二者无法截然划分。

以上是学界对善书共时与历时的研究成果，总体上看，对善书的概念不易轻下定论，其涉及的外延也比较广，尤其是善书在不同区域流行后，更具地方色彩。但是一般来说，判断善书还是不离善恶、果报等思想，以及"忠、孝、节、义"等封建伦理道德。基于学界对善书内涵及外延的研究成果，我们可以将善书的特征总结如下：

第一，善书内容不离"忠、孝、节、义"等封建伦理道德，因果报应、积善销恶等宗教观念也充斥其中。

第二，主要以惩恶扬善、教化民众为目的，与民众朴素的善恶观念相适应，因此在民间流通范围广大。

第三，善书与小说、宝卷、家训等多有重合之处，它们之间的界限比较模糊，难以截然分开。

第二节　善书《唐王游地府》

《中国曲艺志·云南卷》明确记载云南地区曾流传着众多的曲种，其中之一便是讲唱善书，又称"唱劝世文"，演唱曲调为〔七字调〕、〔十字调〕、〔插香调〕、〔松毛修行〕等。该书还列出了一些善书节目，如《目连救母》《十二元觉》《唐王游地府》《八仙图》《二十四孝》《千秋宝鉴》《白鹦哥行孝》等。

[①] 郑珊珊：《晚明清初"劝善"文化与白话短篇小说创作》，四川大学博士学位论文，2014年，第16页。

《唐王游地府》目前可见最早的版本是清光绪三十二年（1906）刻本，分上、中、下三卷，民国时期有大量的石印本出现，一是云南邱文雅堂1935年印本（简称"邱文雅堂本"），二是云南鑫文书局1936年印本（简称"鑫文书局本"），国家图书馆收藏有鑫文书局1948年第五版印本。如前章所述，从内容上看，邱文雅堂本与鑫文书局本除了书前人物插图不一样，文字部分并没有太大差异，而这两个石印本与木刻本相比，文意更为畅通，语句更为齐整。《唐王游地府》会出现不同的石印本与它在民众中的广泛流传关系紧密。无论是邱文雅堂还是鑫文书局，当时石印本《唐王游地府》的数量都很多，尤其是鑫文书局，在1948年时就已经重印到第五版了。邱文雅堂本的最后一页（如图2－1所示）有这样一段文字值得注意：

图 2－1

云南昆明市邱文雅堂发售各种大字唱书处：

《王玉莲西京记》、《董永卖身大孝记》、《马潜龙鹦哥记》、《安安送米三孝记》、《秦雪梅三元记》、大字足本《金铃记》、《唐王游地府》、大字足本《蟒蛇记》、《老开宗富贵图》、大字足本《柳阴记》、《柳笑春白扇记》、大字足本《白鹤传》、《谋夫报全集》、大字足本《八仙图》。

又，云南鑫文书局民国二十七年（1938）夏印行的大字足本《王玉莲西京记》《十二元觉全传》等书的最后一页也有类似的内容：

> 昆明市庆云街鑫文书局批发新出各种大字唱书，书名列后……

这一页所列的唱书中，名目有70余种，其中一种便是《游地府》，而《游地府》就是《唐王游地府》之省称。所以，两种石印本都表明《唐王游地府》曾以唱书的形式在云南地区民众中广泛流传，也就是说，石印本《唐王游地府》是云南唱书的文本来源。这似乎与《中国曲艺志·云南卷》的记载（《唐王游地府》为善书）相抵牾，从表演形式及内容看，善书与唱书有所区别，那么《唐王游地府》究竟是善书还是唱书？要解决这个问题，我们需要从内容到形式来对《唐王游地府》进行详细分析。

首先，从文本内容来看，《唐王游地府》以劝善为主旨，如该书开端与结尾照应，突出"善"的主题。该书正文前即有如下一段话：

> 唐王地府游三十六狱七十二司歌曰：善途恶路随人行，多少轮回报应清，种种作为皆细讲，条条劝戒尽昭呈，生死疾病分原委，富贵贫穷悉指明。劝善篇全部。

篇首开宗明义"劝善"，所以整个故事都是围绕劝善展开的：

> 民间造孽苦海，阴府受罪如山，玉帝宣众臣议奏。当下有天山仙袁天罡、地仙鬼谷子奏曰："臣等查得唐天子兄妹、李翠莲夫妇，俱在劫数。请旨将伊等拘到地府，遍游地狱，再放还阳间，晓喻世人，方知善恶。"

结尾也与之相照应：

> 此本是行善因果，奉劝世人行善改恶，吾愿普天下人人读之，其所以近善戒恶者，岂浅鲜也哉。
>
> 诗曰：阳世阴间两不同，纷纷因果在其中。若非唐王亲游遍，多少报应岂能通。
>
> 又诗曰：魂游地府世间稀，万古唐王作品题。详说般般报应理，此书看着劝善诗。

《唐王游地府》三个版本中，开头和结尾均一致，说明清末刻本最早是以宣传因果、劝人向善为目的而流传的，这符合善书对内容的要求。据统计，整部书出现"善"字近70个，"恶"字近75个，"报应"一词近30个，除了开端与结尾，文中还通过细节展现"善""恶""报应"等观念，即唐太宗在魂游地府时，每看到地狱中种种楚毒与磨难时必定题诗一首以奉劝世人。唐王魂游地府共题诗35首，其中一首赠与老龙，其余34首均与"善恶""轮回"相关。兹举几例如下：

  一座土台名望乡，幽冥设立看家乡。人人儿女归台下，个个门堂在眼旁。神气已交形不远，阴阳相隔路何长。善人得见恶人混，造化其中作两行。

  奈何桥下水悠悠，我替恶人心内愁。忤逆不能登彼岸，奸淫只许落中流。阴司大道不容走，阳世亏心你自求。善恶到头终有报，人生何不早回头。

  幽冥有狱号丰都，拷打凶魂刑法殊。每日三推横霸汉，终朝六问凶恶徒。生前势力今何在，死后身受法律诛。奉劝世人须向善，免沉苦海堕三途。

以上三首题诗主旨不离劝善惩恶。又有宣扬因果报应的题诗：

  银钱本是眼前花，也有轮回不肯差。莫说债来就是骗，应当还去更无涯。子偿父债将身卖，爷欠儿还苦立家。变畜亦当还旧欠，损人利己不由他。

  天道明明不得休，世人何故不回头。今朝弄巧人间事，他日定受冥司究。见色生淫宜有报，损人利己怎无忧。人生切早自当醒，免到临时事折周。

以上诗句通俗易懂，主要围绕善有善报、恶有恶报、有因必有果等观念展开，意在通过帝王之口劝诫百姓，起到劝善目的。"善书，又称劝善书，'是为劝善惩恶而辑录民众道德及有关事例、说话，在民间流通的通俗读物'，'是一种不论贵贱贫富，儒、佛、道三教共通又混杂了民众信仰的规劝人们实践道德的书'，囊括了儒家的忠孝节义和阴骘观念、佛家的因果报应和道家的积善销恶说，其基本思想就是以劝善戒恶、因果报应和阴骘观念为中心。"① 从这个界定来看，《唐王游地府》就是以唐太宗魂游地府、刘全地府进瓜、李翠莲借尸还魂等故事来宣扬"节""义"、因果报应等思想，因此把它界定为善书可以说得通。

其次，我们从形式上对《唐王游地府》及其他唱书本子进行考察。各本《唐王游地府》形式一致，即分上、中、下三卷，上卷、下卷各有三回，中卷有四回，共计十回，且回目注意对仗。这一点在其他云南唱书文本中比较少见。据目前可供参考的云南唱书本子来看，除了鑫文书庄民国二十五年（1936）发行的大字足本《龙牌记全传》有回目（共八回），其他本子②均无回目。

除了有回目这一点比较特殊，《唐王游地府》的开篇亦与其他唱书本子不同。梳理现存文献，我们可以把云南唱书本子的开篇分为以下几类：

第一类，七字韵文起，以盘古开天地、历代帝王传世为固定模式，内容大同小异。这与明代词话的开篇极为相近，但是篇幅有所删减。如以下几段：

> 盘古初开天地分，伏羲兄妹治人伦。神农黄帝尝百草，轩辕黄帝治衣衿。三皇五帝传天下，分治八卦定太平。平王东迁王纲坠，二十四帝汉朝君。唐朝二十有一主，五代相传三百春。开基创业赵太祖，传至仁宗圣英明。不表仁宗多有道，把话分开别有因。
> ——《王玉莲西京记》

> 自从盘古分天地，三皇五帝治人伦。孝弟忠信宜谦守，礼义廉耻当奉行。自古行善多吉庆，广积阴功荫子孙。闲是闲非休要管，听说前朝节义人。世代住居陈留郡，蔡家庄内有名人⋯⋯
> ——《赵五娘孝琵琶全传》

> 自从盘古开天地，三皇五帝治乾坤。几朝君王多有道，几朝无

---

① 张祎琛：《清代善书的刊刻与传播》，复旦大学博士学位论文，2010年，第1页。
② 如鑫文书局民国三十七年（1948年）印刊的大字足本《老开宗富贵图》《王玉莲西京记》《二十四孝全传》，民国十四年（1925）清河祥督刊的"唱本"《白莺哥行孝》，云南鑫文书庄民国二十五年（1936）发行的大字足本《出门苦情全本》《赵五娘孝琵琶全传》等。

道帝王君。亘古初分黎民苦，口吃山中百草心。……崇祯圣主登龙位，国泰民安享太平。兔走乌飞苦奔急，人生何事苦谋生，屡朝宰相三更梦，历代君王一局棋。禹并九州汤得位，秦通六国汉登基。人人都作千年计，怎奈天公不应承。这些浮文且不表，且说梅府一段情。

——《柳笑春白扇记》

与之相似的还有《滴水珠全传》《凤凰记全传》《卖水记全传》《孟姜女全传》等。这一类开篇，讲唱者简要叙述了历史的发展进程以及民间流传的各类故事，如盘古开天辟地、女娲炼石补天、伏羲定八卦、神农尝百草、武王伐纣、孔子周游列国、孟子见梁惠王、王莽篡权、桃园结义、晚唐农民起义、杨家将等。这些传说以及历史事件一直都是广大民众喜闻乐见的话题，之所以有这样的开篇，一是为了定场，即稳定已到现场的观众的情绪，亦可待后来者；二是为引出现场的讲唱主题，为后面正式进入正题作准备。总之，这一类唱本的开篇以历史为背景，或简或繁，并无定制。

第二类，七字韵文起，开篇内容不限。如以下两段：

如今世事尽归古，为有人心不比初。上古忠孝无其数，如今尽出忤逆徒。儿子长大不孝父，外来媳妇反恶姑。买卖当成把戏做，损人利己该天诛。富贵贫贱有定数，自君笔下预先书。贫富要把阴功做，修桥补路来生福。闲言一时难尽诉，说段出门苦情书。

——《出门苦情全本》

春夏秋冬四季天，风花雪月景相连。长江那有回头水，山高那有倒流泉。人到老来难转少，花开能有几时新。几句闲言风飘散，书归正传表分明。河南有个彰德府，内黄县内有一人。此人名叫田文玉，十三岁上进黉门。十六岁上中了举，二十一岁知县身。二十六岁升太守，西安府内管万民……

——《龙牌记全传》

这两段七字韵文虽内容上无太多共同之处，但也是由古及今的带入，仍然可视为一种固定模式。

第三类，以词牌开篇，如：

《西江月》：人生只有一本，孝为百行之原。罔极之思如昊天，莫忘依依膝前。　父母何等恩爱，心力费尽万千。试看能孝古圣贤，都是血性流连。

——《二十四孝全传》

这种以词牌开篇的唱书也不太多。词的主旨就是讲唱的主要内容。据载，《二十四孝》也是善书的本子来源。

以上三类是目前所能参考的云南唱书本子的开篇，均是采用韵文的形式，而《唐王游地府》的开篇显然与上述唱书不同，最大的差异即以"散体"形式开始。该唱书在第一回的回目"袁天罡化钗赠瓜种　李翠莲尽节寻自缢"后正式开启，内容如下：

话说大唐自神尧开创，传至西府秦王，国号贞观，十有三年，时朝内有魏徵、胡敬德、秦叔宝、徐茂公辅佐，真可算得君正臣良称有道，国泰民安乐享丰年。此话不提，却说民间造孽苦海，阴府受罪如山，玉帝宣众臣议奏。当下有天山仙袁天罡、地仙鬼谷子奏曰："臣等查得唐天子兄妹、李翠莲夫妇，俱在劫数，请旨将伊等拘到地府，遍游地狱，再放还阳间，晓喻世人，方知善恶。"玉帝依奏。但见袁天罡、鬼谷子二仙，驾起祥云，各自分头指引去路。

《唐王游地府》的开篇没有七字或十字韵文，没有文字带入，直接奔入主题。这种方式借鉴了通俗小说的"套话"，而回目的设定也是借鉴通俗小说形式的显见之处。根据我们对善书的内涵、外延、形式的考察以及对该唱本劝善主旨的分析，把《唐王游地府》界定为善书本子似乎更为合适。

最后，《唐王游地府》曲调形式符合善书标准。据载，善书的演唱曲调为〔七字调〕、〔十字调〕、〔插香调〕、〔松毛修行〕等。《唐王游地府》韵散相间，讲唱结合，演唱部分以〔七字调〕居多。根据统计可知，书中除了唐王所作的三十五首七言诗外，〔七字调〕唱词近百段，兹引两段如下：

手把房门叫夫主，细心听奴诉苦情，自幼我也读书史，也知四德与三从。男子重义女子节，节烈二字奴也通，人虽背地将奴害，何不想妻平素中。为甚猛然生大怒，不分皂白与青红。适才若将奴打死，就到黄泉也朦胧。妾身纵有多不是，还须看在两孩童。任从翠莲口说破，房中只当耳边风。

　　　　——第一回"袁天罡化钗赠瓜种　李翠莲尽节寻自缢"

　　世上人儿心肠歹，种种行为没正经。父母在世不孝敬，父母死后假伤情。兄弟同居时时怨，心生非礼怀不仁。对个贤妻不说好，累次作贱不当人。嫁得好夫如鱼水，反地作见起孤心。多生几个儿和女，淹去水中实伤情。家中广有麦和米，任他撒地不做声。今世为人真如是，报应昭彰不差分。唐王听罢将头点，题诗又劝世上人。

　　　　——第五回"凶汉拷打酆都城　女人悲啼血湖池"

　　以上两段中每句均是"二二三"的格式，这是〔七字调〕的基本格式。书中除了大量的〔七字调〕唱词，还有六七首〔十字调〕，如其中之一云：

　　遇天赦进地狱罪孽减等，方能脱离此狱畜道超生。臣弑君子弑父将牛来变，出母胎遭棍打老来抽筋。弟弑兄脱生去变个黑狗，看家门守家户替主留心。妻谋夫女害娘将鸠来变，每日里只防死直到黄昏。淫和尚好奸人去投骡子，挂素珠在尾后还是善刑。图财帛害人身将猪来变，被屠户来宰杀即剖肝心。兄奸妹脱生化将鸱来变，脑心窝指出来不认六亲。小奸大脱生化变作跎子，是人样是人形活比畜生。这就是脱生的阿鼻地狱，一一的细奏来与王听闻。唐天子听罢了司官所奏，题诗句在狱前奉劝世人。

　　　　——第六回"管理司官五七样　细述阿鼻十八层"

　　这是"三三四"形式，也是其他〔十字调〕唱词的格式，这两种唱调都符合善书与唱书的演唱标准。除此以外，还有〔十字调〕、〔七字调〕结合转换的形式，如下面一段：

老龙王走上前双膝跪下,尊一声十王爷细听原因,凌霄殿降玉旨遍行雨泽,果因我错行数罪犯典刑,我只得求唐王把我命救,他许我对魏相说个人情。谁知道做皇帝也说白话,反差了魏丞相斩我身形。若不许说人情我求别处,他分明误我命谁肯甘心。千年修万年炼今成画饼,我今日要他来还我性命。唐天子走上前也将话论,叫一声十王爷细听原因,我在世朝阳宫中宵打盹,至夜半见老龙跪在埃尘,梦寐中果许他把情来说,早朝后将魏徵留在宫廷。到午时魏徵睡我不留意,谁知他梦寐中来斩你身,他醒来说斩你我还不信,朝门外下红雨方见你形,非是我许了你怠慢不救,还是你命该死埋怨谁人。

　　十王听罢重重怒,骂声老龙你不仁,上帝命你行雨泽,为甚错数害黎民。长安城中洒七点,淹坏无数百姓们,怒气冲上要斩你,能求谁可说人情。你的罪过由自造,莫怪君王无救心。老龙听罢爬半步,开言又把十王尊。

　　——第三回"唐秦王赴阴许瓜果　十阎君断狱封长虹"

　　这是一段〔十字调〕、〔七字调〕前后结合转换的样式,这样的唱词格式在《唐王游地府》中并不多见,但是总体仍不出善书演唱曲调的一般格式。

　　通观《唐王游地府》,我们可以认为它是善书的文本源,但是两大书局的石印本的确表明它是唱书无疑,二者似乎有矛盾,实际上这也容易解释:《唐王游地府》最初是作为善书在民间流行的,由于善书与小说有着千丝万缕的关系,所以我们见到的善书《唐王游地府》是有回目的,且有小说中常用的"话说""欲知后事如何,且看下回分解"等惯用"套语";随着云南唱书在民众中的传播越来越广、影响越来越大,它也会吸收移植改编一些善书内容,所以我们会看到石印本所列的售卖书目中有一些既属于唱书文本又属于善书文本。也就是说,有些唱本具有"多重身份",不仅《唐王游地府》如此,《蟒蛇记》《白莺哥行孝》等也有这种情况。据《中国曲艺志·云南卷》记载,渔鼓艺人姚海清(1845—1925)同治年间以唱渔鼓闻名于云南海通县,他擅长的曲目有

《蟒蛇记》《白鹤传》《金铃记》《白鹦哥行孝》《割肝救母》等①；民国年间，斋公杨士桢常在太白楼演唱云南唱书，曲目有《柳笑春白扇记》《蟒蛇记》《金铃记》等②。相似的记载还有如下两例：

  民国二十二年（1933），四川人杨益谦持"云南省党部宣讲生训练班学员"名片在易门县城"陆庐仙茶社"讲《二十四孝》《蟒蛇记》等圣谕书目。

  民国二十六年（1937），普洱县盲艺人潘朝梁，在茶铺自操三弦演唱云南扬琴《蟒蛇记》《唐王游地府》等曲目。③

由以上记载可见，《蟒蛇记》同时是圣谕、云南唱书、云南渔鼓、云南扬琴的曲目来源；《唐王游地府》同时是善书、云南唱书、云南扬琴的曲目来源。善书、圣谕、云南唱书、云南渔鼓、云南扬琴及云南评书等，都是民国时期广泛流传在云南各市、县、乡、村的曲艺。相较来说，善书与云南唱书的表演相对简易，而圣谕最繁琐严肃。如云南唱书和善书的表演均不受场所的限制，街头巷尾、茶馆、田间地头等有人之处都可进行，而圣谕因演出礼仪比较严格，所以有特定的演出场所，如讲堂，或者在乡间和街头搭台演出。这几种曲艺对场所的布置也不尽相同，善书如果在茶馆表演，"用方桌和木板搭成高出地面约三十三厘米、面积为四至七平方米的小平台，上置一条桌，桌后摆椅子一把，供说书人就座"④（这与云南评书的设置相同）。如果是两个人表演，需另加一把椅子。在佛堂和私宅表演与在茶馆中不同，"在堂屋中设置方桌一张，椅（凳）一或二个，表演者跟听众处于同一平面。也有焚香于桌上的，但无其它装饰性设置"⑤。传统的民间表演者被称为"斋爷""斋奶"，

---

  ① 中国曲艺志全国编辑委员会：《中国曲艺志·云南卷》，北京：中国 ISBN 中心，2009 年版，第 743 页。
  ② 中国曲艺志全国编辑委员会：《中国曲艺志·云南卷》，北京：中国 ISBN 中心，2009 年版，第 703 页。
  ③ 中国曲艺志全国编辑委员会：《中国曲艺志·云南卷》，北京：中国 ISBN 中心，2009 年版，第 31 页。
  ④ 中国曲艺志全国编辑委员会：《中国曲艺志·云南卷》，北京：中国 ISBN 中心，2009 年版，第 668 页。
  ⑤ 中国曲艺志全国编辑委员会：《中国曲艺志·云南卷》，北京：中国 ISBN 中心，2009 年版，第 669 页。

他们一般都信奉佛教。据载,位于海通县城高家巷民仓庙的西厢房建有戏台,就是圣谕、善书的讲唱点,"常在此演出的艺人有华为香、周贵安、郑汝昌、陈茂昌及一四川杨姓的艺人。宣讲书目有《唐王游地府》《千秋宝鉴》《白鹦哥行孝》等"[①]。

综上所述,《唐王游地府》无论是从演唱形式,还是唱本内容来看,都符合讲唱善书的要求,我们将其认定为善书也是有道理的。实际上,我们也看到了,清代木刻本《唐王游地府》的第二回、八回、九回、十回的回目前顶格标"劝善编全本大传"七字,第三回的回目前标"万善编全本大传",第四回的回目前作"劝善编本大传"六字,木刻本出于乡间私坊之手,印刷粗糙,时有讹误,但这些标记都突出说明当时世人确实是将此书当作具有劝善性质的"善书"来看待的。所以,我们可以肯定它最初应是以善书的唱本流传于民间的,随着云南唱书影响的日益扩大,其唱本来源也变得越来越广泛,其后善书《唐王游地府》被云南唱书、云南扬琴等曲艺采纳吸收作为唱本来源,所以才导致《唐王游地府》出现"一本多用"的情况。

---

① 中国曲艺志全国编辑委员会:《中国曲艺志·云南卷》,北京:中国ISBN中心,2009年版,第702页。

第三章 《唐王游地府》与云南唱书

《唐王游地府》最早以善书的面貌流传在云南地区,其后又被民间艺人加以吸收改编,变为云南唱书之一种,在民间影响很广。目前所见石印本《唐王游地府》就是唱书本子,因此,为了更全面地了解《唐王游地府》的内容和特点,我们有必要对云南唱书这一曲种进行全面认识。

第一节 云南唱书的基本概念

云南唱书是与云南扬琴、云南评书齐名的云南地方曲艺的一大曲种。据调查,云南唱书产生的历史悠久,艺人们口传其源于明代词话,"云南唱书是在明清交替的年代从内地传入的,少说也有四五百年的历史"[①]。云南唱书是否真有四五百年的历史,此说仅是根据艺人口耳相传,目前还没有明确的证据可以证实。学者黄林在实地调查云南昭通唱书时有这样一段记载:

> 据昭通县东风公社北坡生产队第五队的王开德(1916—?)和居住于昭通的熊庭献(1894—?)两位老人回忆:"我们的老爹一辈就有唱书流传了。"昭通卷烟厂曹吟葵也这样谈:"唱书的历史,起源于何时已不可考。据昭通戴敬明先生说,昭通李短褡唱书很感人,他唱《清风亭》唱到武穆父子被害,男女老幼无不感叹唏嘘。

---

① 马绍云:《享誉西南的云南唱书四大书局》,载于《五华文史资料》第20辑,第62页。

李短褡是清代咸丰时候人，出身铁匠，1859年和兰大顺率领烟帮起义，距今已经有120年了。"①

因此有人根据黄林的记载，推测出昭通地区应该是在道光、咸丰年间就已经存在且开始流行唱书了。② 由此观之，若想了解云南唱书出现的历史上限，还有待更多文献的发现与实际调查的考证。

云南唱书是以"说""唱"为表演形式，一人徒歌诵唱，边说边唱，说唱结合的艺术。云南唱书的演唱曲调并不固定，可因地因人而异，不要乐器伴奏，演唱者可自行采用熟悉的山歌、小调、莲花落和花灯曲调进行演唱。由于演唱方式并不严格，所以场地自由，室内室外、街头巷尾、田边地头甚至火塘旁边都能表演。③ 对场所的布置也比较简单，据载：

> 室内多在正堂屋内，堂屋中间摆一长条方桌和坐椅，桌案边围有绣花丝缎围幔，如没有围幔，可将一毛毯或红布铺于桌面，然后上放唱书人的唱本，两边摆几盘瓜果、点心和鲜花之类的饰物。桌子对面和四周放几条凳子，供家人和邻里来听唱书的人就座。④

不但场地自由，时间上也不受限制，如滇东弥勒县南区解脱居士汾阳氏抄本《白莺哥行孝》结尾写道：

> 《莺哥记》，全卷终，故事完了。灯已残，夜已尽，请歇一稍。
> 我愚下，声音丑，祈莫见笑。喜欢听，明晚上，又讲二遭。

可见当时是在晚间进行演唱的。云南唱书对演唱艺人的要求也不算高，只要能识文断字，口齿表达清晰，声音洪亮，就能手持唱本为别人演唱。如云南唱书艺人艾锡麟（1882—1945），楚雄市鹿城镇人，他"唱书嗓音清亮甜润，很快就吸引了左邻右舍前来听唱，并有人来请他

---

① 黄林：《〈昭通扬琴〉〈昭通唱书〉调查纪实》，云南省群众艺术馆，1983年版，第22页。著者未见此书，此转引自于红：《清代南方唱书研究》，山西大学博士学位论文，2016年，第61页。
② 于红：《清代南方唱书研究》，山西大学博士学位论文，2016年，第62页。
③ 关于云南唱书概念的详情，请参见马绍云《享誉西南的云南唱书四大书局》及《中国曲艺志·云南卷》中的相关记载。
④ 中国曲艺志全国编辑委员会：《中国曲艺志·云南卷》，北京：中国ISBN中心，2009年版，第669页。

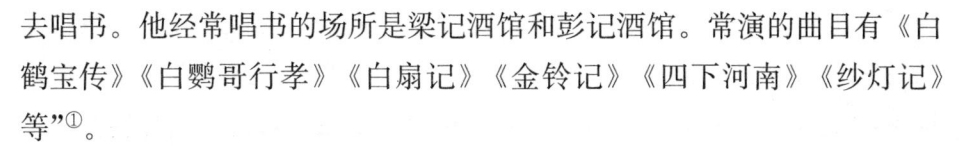

去唱书。他经常唱书的场所是梁记酒馆和彭记酒馆。常演的曲目有《白鹤宝传》《白鹦哥行孝》《白扇记》《金铃记》《四下河南》《纱灯记》等"①。

云南唱书的唱腔根据唱词长短而定，有"［七字调］、［十字调］、［叠十字］三种，并依流行地域而有多种变化。［七字调］的唱词正格为二、二、三，还有少量的三、三词节的六字句；［十字调］、［叠十字］的唱词正格为三、三、四"②。

考察现存文献，我们发现一些云南唱书根据要表达的内容，［七字调］与［十字调］可自然转换，如鑫文书局民国三十七年（1948）刊印的大字足本《老开宗富贵图》中有一段特别明显：

……君王殿上传口召，朝纲托与甘罗臣。大小官员都要去，扶王保驾出朝门。七字头上添三字，凑成十字说原因。

周孝文出朝来摆设銮驾，文占左武立右排列精兵。有金瓜合银斧前面引路，金镶棍玉坠垂后面同行。黄罗伞罩鸾车金衣武士，执长矛舞短刀号挂金定。数十万铁甲车跟随左右，一千员虎狼将拥护王身。前哨官领导着逢山开路，后哨官催粮草整备珍馐。左哨官打围场专寻走兽，右哨官放莺犬打取飞禽。路过着那一州不派粮草，行之在那一县不杀生灵。为人君心不足贪财恋宝，为天子你还要扰害良民。有甘罗年纪幼忠良正直，宠刘清施巧记败国奸臣。且将十字来丢下，再把七字续前因。

你看那君王不肯行正道，万载千年留骂名。行程正是春三月，天气温和正好行。一路上人喊马叫地也动，锣鸣鼓响地也惊。在路行程来得快，看看就是富阳村。

这段文字唱词部分［七字调］—［十字调］—［七字调］交替，［十字调］为"三三四"格式，中间还有清晰的转换交代词，比较明了。

---

① 中国曲艺志全国编辑委员会：《中国曲艺志·云南卷》，北京：中国 ISBN 中心，2009 年版，第 750 页。

② 中国曲艺志全国编辑委员会：《中国曲艺志·云南卷》，北京：中国 ISBN 中心，2009 年版，第 65 页。

最后［七字调］中还有［十字调］，即"你看那—君王不肯—行正道""一路上—人喊马叫—地也动"，这两句是"三四三"式。在《唐王游地府》中也有［七字调］与［十字调］转换的现象，可见，这种转换比较灵活，虽不属于云南唱书独有的曲调形式，却也常见。

综上所见，云南唱书历史比较悠久，因其表演形式灵活，且易于操作，故在民众中影响较大，从中华人民共和国成立前至现在，云南唱书不断发展，形式与内容有了新的改变。在唱书的传承与发展上，云南省昭通市走在了前列，尤其是2010年昭通唱书成功申请了云南省省级非物质文化遗产以后，"演唱形式和唱词都出现了新的变化，一人唱书到团队男女混合唱书，唱书时增加了二胡、三弦、月琴等伴奏乐器"[1]，为了体现传承与弘扬并举的精神，一些文艺爱好者组成了业余文艺团体，并为唱书注入了新的文化因子，古老的传统文艺再次焕发生机。

无论是中华人民共和国成立前还是当代社会，云南唱书作为一种丰富民众精神生活的曲艺，显示出旺盛的生命力，在不断创新中焕发着无限的生机，是宝贵的非物质文化遗产。

第二节　云南唱书的源头

关于云南唱书的源头，文献中没有明确记载，但是通过学者的调查情况来看，很多艺人都从祖辈那里听说云南唱书源于明代词话，至于这个说法从何时说起则无从稽考。学界一般认为，"词话"是一种说唱艺术形式，且这种伎艺在元明时期非常盛行。从现存文献来看，"词话"的名称最早可以溯源到元代。如《元史·刑法志》载：

> 诸民间子弟，不务正业，辄于城市坊镇演唱词话、教习杂戏、聚众淫谑，并禁治之。[2]

---

[1] 李文哲：《〈昭通唱书〉的民间叙事研究——兼论〈昭通唱书〉的叙事特色》，载于《昭通学院学报》，2013年第2期，第35页。

[2] ［明］宋濂等：《元史》（第八册），北京：中华书局，1976年版，第2685页。

该条记载中出现的"演唱词话"在禁止之列。又《元典章·刑部》载：

> 至元十一年十一月二十六日，中书兵刑部承奉中书省札付据大司农呈：河北河南道巡劝农官申：顺天路束鹿县镇头店，见人家内聚约百人，自搬词传，动乐饮酒。为此，本县官司取讫社长田秀井、田掬驴等各人招伏，不合纵令任男等攒钱置面戏等物，量情断罪外，本司看详，除系籍正色乐人外，其余农民、市户、良家子弟，若有不务本业，学习散乐、般说词话人等，并行禁约，是为长便，乞照详事都省准呈：除已札付大司农禁约外，仰依上施行。①

这条资料显示，"般说词话"是一种娱乐活动，因为会误农误产而遭到禁止。同样的禁令，在元人完颜纳丹等纂《通制条格》卷二十七《搬词》中也有载录：

> 至元十一年十一月，中书省大司农司呈河南河北道巡行劝农官申：顺天路束鹿县镇头店，聚约百人，搬唱词话。社长田秀井等约量定罪外，本司看详，除系籍正式乐人外，其余农民市户良家子弟，若有不务正业，习学散乐，搬唱词话，并行禁约。都省准呈。②

以上三则记载中都有"词话"名称出现，同时也说明了"词话"这种娱乐活动的表演方式是"唱"与"说"，但是元代"词话"的记载语焉不详，且罕有文本资料的发现。

明代"词话"较之元代则更容易让我们窥见其面貌，因为明代有传世文本发现，知名者如1967年在上海市嘉定县城东公社澄桥大队宣姓墓中发现的明成化年间永顺堂刻印的《说唱词话》，"这批唱本原装订为十一册，用竹纸刊印，书中有大量插图。其刊刻形式、字体、插图和风格，多承元代之风。书中所标刻书的年代，最早为成化七年（1471），

---

① 陈高华等点校：《元典章》，天津：天津古籍出版社；北京：中华书局，2011年版，第1938页。
② ［元］完颜纳丹等撰，郭成伟点校：《大元通制条格》，北京：法律出版社，2000年版，第299页。

最晚为成化十四年（1478），刊刻书坊为北京永顺堂"①。这批唱本共收13种，包括《花关索传》《石郎驸马传》《薛仁贵跨海征辽故事》《包待制出身传》《包龙图陈州粜米记》《仁宗认母传》《包龙图断歪乌盆传》《包龙图断曹国舅传》《张文贵传》《包龙图断白虎精传》《师官受妻刘都赛上元十五夜看灯传》《莺哥行孝义传》《开宗义富贵孝义传》。

  这批文献的出土对中国俗文化研究来说弥足珍贵，学者们根据这一发现撰写了大量文章，掀起文化上的一场盛宴。"'明成化刊本说唱词话'文本的出土，印证了一个事实：元代史料中所提及的'演唱''般说''搬唱'之'词话'是确实存在于元明的一种曲艺曲种伎艺，且这种伎艺是有文本存在。同时，通过这些出土的'明成化刊本说唱词话'可以了解到'说唱词话'文本形式与内容的真实面貌。"② 可见，明成化年间永顺堂刻印的《说唱词话》不仅印证了元明词话的存在，还告诉我们唱书艺人们祖辈相传的云南唱书源于明代"词话"是有据可循的。从目前可见的文献资料来看，一些唱书与现存明代"词话"关系紧密。如民国十四年（1925）清河祥督刊的唱本《白莺哥行孝》（据滇东弥勒县南区解脱居士汾阳氏抄本）与明成化刊本《说唱词话》中的《莺哥行孝义传》高度一致；又鑫文书局民国三十七年（1948）印刊的大字足本《老开宗富贵图》就与明成化刊本《说唱词话》中的《开宗义富贵孝义传》高度一致。这种一致性既体现在说唱形式上，又体现在内容中。

  首先，从开场上看，唱书开篇"七字句"沿袭了明代词话的开篇形式，且内容上多是继承。兹将两部唱书的开篇与明成化刊本《说唱词话》中的相应部分以表格形式进行比较（见表3-1）：

---

① 苗怀明：《明成化刊本说唱词话综述》，载于《贵州文史丛刊》，1998年第4期，第46页。
② 于红：《清代南方唱书研究》，山西大学博士学位论文，2016年，第3页。

表 3-1

文本题名	明成化刊本《说唱词话》	清代唱本
词话题名：《开宗义富贵孝义传》 唱本题名：《老开宗富贵图》	自从盘古分天地，世间多有不均平。金轮王八万四千岁，神农皇帝一千春……从古至今行大孝，为人难报父母恩。第一释迦佛行孝，第二目连救母亲……二十四人行大孝，舜哥天子打头名。休把古人来劝世，且唱开家孝义门。孝文皇帝登龙位，佛辅天差有道君。四海罢战民安乐，八方无事绝烟尘。海上渔人来进奉，山中猎户进麒麟。嫔妃皇后齐斋戒，两班文武尽看经。莫唱君王多有道，听唱宁州一座城。原居住在带郭县，安平乡内富阳村……①	自从盘古开天地，三皇五帝治乾坤。几朝君王多有道，几朝无道帝王君。前朝后代都不表，且说周朝一段文。周至孝文登龙位，风调雨顺乐升平。君王有道且不表，我表一家孝义人。江南有个宁州府，富阳村内是家门……
词话题名：《莺哥行孝义传》 唱本题名：《白莺哥行孝》	自从盘古分天下，三皇五帝到如今。也有英雄护国将，多少亡家败国人。前后汉朝休要说，廿四唐朝莫理论。休把古诗来劝世，莫将闲话答途程。惜竹莫挑拦路笋，爱松莫折叶头枝。相逢武士呈刀剑，若遇贤才便作诗。三贞九烈从古有，二十四孝古来闻……莫把古人多论说，听说一本小莺儿。飞禽尚且行孝顺，世人心意不思惟。虽作鸟儿行大孝，至今天下尽闻知。②	自从盘古分天地，三皇五帝治乾坤。有朝天子多有道，有朝无道帝王君。前朝后汉难尽表，单表一个小飞禽。飞禽尚能行孝道，可叹世人无孝心。因此刊刻传世人，遗留劝化世间人。

从表 3-1 中的内容来看，明代词话的开场文字要长于唱书的开场文字，综观明成化年间永顺堂刻印的《说唱词话》，我们会发现很多开场内容都大同小异，基本都是从盘古开天辟地谈起，三皇五帝、历代国君、西方诸佛、道家神仙、孝子贤孙等都是老生常谈的开场道白。这些长篇的开场文字中必定隐含着今日说唱"词话"的主题，比如《莺哥行孝义传》开篇就提到二十四孝，再次引出唱本主角。考察云南唱书的开场文字，虽然简短，但是大部分保持了词话的特点，即由古及今逐步点明讲唱之主题。有一点值得注意，即清代云南唱书在对明代词话故事进

---

① 朱一玄点校：《明成化说唱词话丛刊》，郑州：中州古籍出版社，1997 年版，第 304 页。
② 朱一玄点校：《明成化说唱词话丛刊》，郑州：中州古籍出版社，1997 年版，第 289 页。

行改编时对开篇的长篇大论历史以及民间传说的文字进行了删减压缩，且形成了一定的"套路"，这样留下来的文字更容易记诵与传唱。

其次，从具体的故事内容来看，云南唱书对明代词话故事情节有继有变。如开宗义的故事，在明代词话《开宗义富贵孝义传》中的情节如下：

宁州城安平乡富阳村内有一长者名叫开宗义，家中富贵多金银，有17个儿子，子子孙孙共一千多人，家族九代不曾分家。开公年纪130岁，"容颜不老貌超群"，一日长者升厅座，叫儿孙上厅来训话，并为五个孙儿取名，分别为感德、感真、感孝、感重、感保。七月十五盂兰盆会这一天，开家一千余口人祭祖，哭声悲切，震动天庭。玉皇大帝见开家行孝日久年深，便赐他们一棵娑婆树，正适合做两扇门。天上智多星化身木匠降临开家，为其安装两扇宝门，门上有日月星辰、南北二斗宫神、释迦牟尼佛、五百阿罗汉、五湖四海龙神、八仙、十殿阎罗及幽冥地狱等景象。一年四季从门下经过，都会有异景出现。再说当朝孝文皇帝是个贪财多欲之人，他想找天下富贵可敌朝廷之家进行封赏，宰相刘青便跟他说了开家的富贵并两扇宝门。皇帝听了以后想要开家两扇宝门，奸臣刘青屡次献计，分四次从开家夺了金钱、马蹄金、龙须布、珊瑚树、夜明珠、碧玉带、犀牛角、温凉扇、玻璃盏等诸多钱财及宝物。孝文皇帝亲自到开家观看宝门以后受到感化，放弃了夺门的念头，玉帝又敕旨命皇帝归还开家宝物。世尊看见开家孝义感动天庭，便叫无量佛化作僧人及阎君试探开家，最后开家因众人一心、孝义深的缘故，满门都得善果。开公做了弥勒佛，众儿孙都做了善财童子，同登佛国。

考察云南唱书《老开宗富贵图》，我们发现它的故事情节与上述明代词话故事情节高度一致，这种情况同样适用于《白莺哥行孝》。以开宗义的故事为例，我们以表格的形式对比了几个情节（见表3-2）：

表 3-2

情节	词话《开宗义富贵孝义传》	唱书《老开宗富贵图》
给孙子取名	开公逐一将言说，各与儿孙取个名。弟[第]一郎君为感德，个个家中孝义深。弟[第]二感真来叫过，且从真个保安宁。第三郎君为感孝，常常孝顺莫生嗔。弟[第]四郎君为感重，重亲眷属重亲邻。弟[第]五郎为感保，保[叫]万代不离分。①	公公当时开言论，各与儿孙起个名。第一个与你起名开感德，德仁德义德声名。二孙起名叫感真，真名真实有真情。第三个与他起名开感孝，孝当竭力孝诚心。四孙起名开感重，重天重地重双亲。第五个老汉也要起一个，德真孝重保排连，与他起成开感保，保守万代永不分。②
龙王三公主不拜君	君王见了心不悦，便问开公年老人。众多佳人齐行礼，数中只有一佳人。礼数不行而下泪，不知今日是何因？开公有[又]乃重重奏，我王圣上纳微臣。不是此人无礼数，他人不是等闲人。东海龙王三公主，来做开家弟[第]七人。他今元[原]是龙公主，自小生来不拜人。一拜山河都振[震]动，二拜四海一齐浑。三拜太山都崩烈[裂]，飞砂走石鬼神惊。我家娶他为媳妇，受他一拜便腰疼。不是此人无见识，了事当家把计人。因甚此人来下泪，圣上今且听元因。自小不餐烟火食，每日青梅吃一斤。香茶仙果常常吃，不餐烟火到如今。③	话说君王见这妇人站立不跪，即问开公，这妇人为何不跪。只见那：开公上来忙来奏，东洋大海有家门。因见臣家行孝义，天差来做管家人。这妇人本是龙王三公主，我主上前纳微臣。说起为臣这媳妇，他家不是等闲人。他是龙王亲生女，自幼生来不拜人。要他拜一拜山河都震动，二拜大海就翻身，三拜狂风刮地起，飞沙走石鬼神惊。娶他时我家曾受他一拜，一时三刻头就疼。不是此人无礼信，恐怕惊动世上人。他生来从小不食烟火食，每日清茶饮半斤。④
刘青述开家两扇宝门	更有娑婆门两扇，三十三天上面停。又有五伯[百]阿罗汉，灵山会上释迦尊。三界神仙来出现，天河两岸众星辰。南北二斗星辰现，五湖四海众龙神。早朝开门鹦鹉叫，晚间闭上凤凰声。育[盲]子打从门下过，两眼还当便见明。聋子打从门下过，句句言辞听得真。哑子打从门下过，口中说话响泠泠。驼子打从门下过，身材必直好郎君。风[疯]子打从门下过，便乃光鲜是好人。老人打从门下过，常年二八后生身。病人打从门下过，即时便得病离身。死人打从门下过，三魂六魄再还魂。⑤	佛堂宝物由小可，还有梭罗两扇门。亮如宝镜清似水，三十三天上面存。上雕五百阿罗汉，灵山会上释迦尊。南北二斗星辰现，五湖四海众龙神。又见那三界仙人来出入，天河两岸众星神。八仙庆寿来献果，王母蟠桃供四尊。又刻着观音菩萨上面坐，文殊普贤坐两边。金银宝物朝朝出，玛瑙珍珠日日生。耳听得早晨开门金鸡叫，晚上凤凰来更。老的若往门下过，白发苍苍转少年。瞎子若往门下过，两眼清明睁睁。哑巴若往门下过，说话清明翠生生。有一些腰弓背跎门下过，扒将起来就飞身。死的抬往门下过，起死回生又还魂。他家人三日不扫堂前地，珍珠玛瑙堆满门。

---

① 朱一玄点校：《明成化说唱词话丛刊》，郑州：中州古籍出版社，1997年版，第304页。
② 大字足本《开宗义富贵图》，昆明：云南鑫文书局，1938年版，第1页。
③ 朱一玄点校：《明成化说唱词话丛刊》，郑州：中州古籍出版社，1997年版，第318页。
④ 大字足本《开宗义富贵图》，昆明：云南鑫文书局，1938年版，第26页。
⑤ 朱一玄点校：《明成化说唱词话丛刊》，郑州：中州古籍出版社，1997年版，第309页。

通过以上三个情节，显然可以看出云南唱书继承了"词话"内容，虽然有文字上的差异，但改动不是太大。虽然明代成化年间永顺堂刻印的《说唱词话》1976年才面世，这至少说明在明代"词话"这种说唱艺术极其盛行，且有很多类似于明代成化年间永顺堂刻印的文本流传在全国各地，当然也传到了云南。于是很多艺人便借鉴这些"词话文本"，稍加改动就变成了"唱书"，同时，云南唱书在借鉴的基础上也注重一些变化，即增加了一些细节描述，使整个故事更为完整生动，情节更加吸引人。如《老开宗富贵图》就增加了"七娘子龙宫借犀牛角"这个情节，具体内容如下：

  七娘子手拿一支羊毫笔，家书一封桌上存。七字添上三个字，字字行行写得真。三公主写家书多多拜上，多拜上爹合娘请听儿明。自从儿到开家公婆喜欢，妯娌们皆和气永不生嗔。家中事是女儿一人管定，一家人千百口任我施行。兄弟们穿衣服不分彼此，妯娌们共针黹一处收存。白日里抱孩儿不分你我，到晚来谁领着一样温存。因此上行孝道天神有感，赐一样索罗木花园内存。有鲁班用墨汁分为两半，与我家做起了两扇中门，孝文帝得知闻屡次逼取，问我家要珍宝听信奸臣。第一要珊瑚树为首进贡，第二要足十石瓜子黄金。第三要是那个龙须细布，第四要马蹄金一千有零。第五要夜明珠十颗进贡，第六要避暑袄珍珠宝衫。第七要藕丝裙周围无缝，封公公延寿使放转回程。才到家未满月使臣又到，听奸臣屡逼勒又起贪心。要十条碧玉带家中俱有，要十只犀牛角缺少两根。倘若是违误了全家取斩，望爹爹生慈悲救拔残生。赏借我一百只防备取用，一家人男合女不忘大恩……

这个情节不见载于《开宗义富贵孝义传》"词话"，而唱书中之所以增加了诸多文字，概与激化故事矛盾有关，孝文皇帝逼迫开家进献犀牛角，开家无法提供相应数量，只得求救于龙宫，一是突出了孝文皇帝的贪婪，二是彰显了开家孝义感动龙宫，得到庇护。同样，云南唱书《白莺哥行孝》在明代词话《莺哥行孝义传》的基础上更是增加了"莺母死前唱五更"与"莺哥哭母"两个情节，与莺母哭五更遥相对应的便是小莺哥看到母亲枯骨时的悲痛倾诉，整段唱文近千字。白莺哥故事以宣传"孝道"为宗旨，整篇故事都洋溢着深深的母子之情，尤其是增加了上面两段文字以后，更加凸显了"孝"，小莺哥一阵哭天抢地的悲母唱词是为他的孝道张本，因为他的至孝引得一股善气直冲云霄，得到玉帝的悲悯，这在说唱过程中更容易引起同情，催人泪下。总之，这种情节的增加或凸显是为故事主题服务的，也是一种艺术形式借鉴另外一种艺术形式逐渐成熟的表现。

以上资料可以证明出土文献与现存文献之间的纽带是真实存在的，明代词话确实是云南唱书的重要源头，但又不是唯一源头，从目前唱本的内容来看，有学者提出宝卷也是云南唱书的一个重要源头，如："《修真宝传》出自《十供神仙传》；《三元记》出自《三元宝卷》；《目连救母》出自《目连救母出离地狱升天宝卷》；《白鹤传》出自《白鹤图宝卷》；《盘真认母》出自《玉蜻蜓宝卷》；《孟姜女》出自《佛说贞烈贤孝孟姜女长城宝卷》；《黄氏女游阴》出自《对金刚宝卷》；《天雷报》出自《清风亭宝卷》；《血手印》出自《林招德宝卷》；《碧玉簪》出自《碧玉簪宝卷》；《纱灯记》出自《纱灯记宝卷》；《柳荫记》出自《后梁山伯祝英台还魂团圆记》；《孝琵琶》出自《孝琵琶宝卷》；《大孝记》出自《董永卖身宝卷》；《普劝善言》出自《劝世宝卷》；《六月雪》出自《窦娥宝卷》；《牛郎织女》出自《鹊桥宝卷》；《双钉案》出自《金龟宝卷》；《卖花记》出自《卖花宝卷》。"[①] 除了明代词话与宝卷外，"光绪三十四年（1908），元江邑人张月，将杂剧本《白扇记》改编为云南唱书曲目，在民间传唱"[②]。

无论是源于明代词话、明清宝卷还是改自杂剧，都说明云南唱书与前代文艺一脉相承，并且这种传承也不是一成不变的"照搬照用"，而是有一定的变化和改进，使之更契合时代以及地域特色。有些文人也根据生活编写了一些本子，如"民国初年，元江劝学所长彭松森编写的

---

① 中国曲艺志全国编辑委员会：《中国曲艺志·云南卷》，北京：中国 ISBN 中心，2009 年版，第 67 页。

② 中国曲艺志全国编辑委员会：《中国曲艺志·云南卷》，北京：中国 ISBN 中心，2009 年版，第 29 页。

《元江乡土韵言》；民国四年弥勒县编写的《八柱撑天》；民国八年楚雄王长火编写的《普度天梯》（六卷）、《换魂宝传》（六卷）；民国十一年剑川赵藩等人编写的《劝善总录》等"①。

除了借鉴前代文艺外，云南唱书的发展也体现了"与时俱进"的特点，也就是说其中一部分内容与当时的社会风貌密不可分，据记载："1965年，由新文艺工作者创作表演并在舞台演出的唱书节目如《红梅》等，从唱本创作到表演，都下了很大功夫，抛弃了手持唱本的表演形式。且音乐曲调经过整体加工，优美动听，演员嗓音清脆，吐字清楚，演唱力求表达书中人物喜怒哀乐的情绪，表演纯朴而又感人。"②进入21世纪以来，云南昭阳区先后多次组织优秀业余文艺团队演出昭通唱书《神州共筑中国梦》，用传统的艺术形式讴歌党的十八大以来的社会新变化。③这些记载说明，唱书中的故事有一部分也来自生活，这些构成了社会记忆，成为我们回顾历史与文化的有力参考。

第三节 《唐王游地府》与石印本唱书

《唐王游地府》最早以善书的形式在民间流传，但是其教化意义与一些唱书并无不同，尤其是唱本故事情节完整，整篇故事生动感人，结局完满，民众喜闻乐见，因此被云南唱书作为唱本来源很正常。民国时期，云南唱书活动十分流行，无论是汉族聚居地还是少数民族地区，都流行唱书活动，如中甸、丽江、保山、大理、楚雄、玉溪、思茅、开远、曲靖、昭通、昆明等多个地区。因为民众对唱书的热爱与需求量日益增大，昆明地区还出现了一些专门石印唱本的书局，如云南邱文雅堂、云南鑫文书局、云南弘文堂书局、新滇文化书局等。其中邱文雅堂

---

① 中国曲艺志全国编辑委员会：《中国曲艺志·云南卷》，北京：中国ISBN中心，2009年版，第67页。

② 中国曲艺志全国编辑委员会：《中国曲艺志·云南卷》，北京：中国ISBN中心，2009年版，第67页。

③ 资料详见昭阳党建网，http://www.zydj.zt.gov.cn/Item/15089.aspx，2020-12-12。

和鑫文书局的影响较大。邱文雅堂始于清光绪三十二年（1906），停业于民国二十七年（1938），鑫文书局成立于民国十二年（1923），停业于民国三十七年（1948）。这两个书局所石印的唱本均影响深远，是艺人演唱渔鼓、唱书和花灯说唱选用本子的重要来源。① 有时候，民众也会自发筹资请书局翻印唱本，如"民国二十年（1931），宜良县南西区张家窑复善堂及澄江县永昌乡（今阳宗草甸）佛教信士五百二十九人捐资，请昆明鑫文书局翻印云南唱书《救世金科》上卷"②。

为了满足民众的娱乐需求，这几个书局在民国时期印行了大量的大字足本唱书，据云南鑫文书局民国二十七年（1938）夏印行的大字足本《十二元觉全传》《王玉连西京记》等最后一页记载，当年已经印行的唱书有《鹦哥记》《柳阴记》《三元记》《白扇记》《游地府》《金铃记》《八仙图》《大孝记》《弥陀宝传》《达摩宝传》《如意宝珠》《何仙宝传》《白鹦哥行孝》《三字经告状》《蟒蛇记》《西京记》《富贵图》《谋夫报》《白鹤传》《三孝记》《十二元觉》《醒闺编》《汉相辞朝记》《破碗记》《珠沙记》《包公出身除妖传》《血染衣》《恶婆婆》《普劝善言》《滴水珠》《敕命船书》《修真传》《二十四孝》《红灯记》《纱灯记》《元龙太子》《孟姜女》《醒人篇宝传》《通仙桥》《五桂缘》《四言八句》《耗子告状》《勤火聘》《滴水珠》《摇钱树》《卖花记》《凤凰记》《盘真认母》《取西川》《苦节图》《张氏女劝夫》《黄氏三世宝传》《乌江渡》《二度梅》《女儿哭嫁》《蓝桥汲水》《盘天河》《龙牌记》《后八仙图》《卖水记》《吃烟顽格》《目莲救母》《出门苦情》《碧玉簪》《孝琵琶》《普救慈航》《孔圣枕中记》《金钗记》《流年图》《少白扇记》《王大娘补缸》，合计71种。

这些唱书文本内容丰富，涉及宗教（佛教、道教）故事、历史故事、民间故事、民间传说等，反映了民众的世俗世界，提倡忠孝，宣传宗教思想，颂扬爱情，揭露黑暗，惩恶扬善，同情弱小。这些题材与市井细民的生活有密切的联系，因此很容易引起共鸣，所以有广阔的市

---

① 中国曲艺志全国编辑委员会：《中国曲艺志·云南卷》，北京：中国ISBN中心，2009年版，第684页。

② 中国曲艺志全国编辑委员会：《中国曲艺志·云南卷》，北京：中国ISBN中心，2009年版，第30页。

场，由以上书目可以想见当时的盛况。这些石印唱本不仅在云南本地流通，在四川、贵州、广西等地均有销售，"抗日战争期间，因纸张匮乏，唱书采用土造的毛边纸印刷，仍然销售一空"[①]。

前文已述《唐王游地府》以惩恶扬善为目的，内容较为通俗，符合广大民众的精神需求，且其演唱曲调符合唱书的要求，因此被云南邱文雅堂和鑫文书局大量印行。《唐王游地府》之所以会出现不同的石印本，与它在民众中的广泛流通关系紧密。无论是邱文雅堂还是鑫文书局，当时石印的《唐王游地府》数量都很多，尤其是鑫文书局，在1948年时就重印到第五版。由于时代原因，很多唱本命途多舛，或散佚，或遭到毁坏，留存下来的比较少。庆幸的是，我们仍然可以通过邱文雅堂和鑫文书局的石印本一睹《唐王游地府》的风貌，进而为探究"唐太宗入冥"故事的发展提供文献依据。

---

① 中国曲艺志全国编辑委员会：《中国曲艺志·云南卷》，北京：中国ISBN中心，2009年版，第67页。

第四章 《唐王游地府》与世德堂本《西游记》

魂游地府是中国古代文学作品中比较常见的一类题材，魂游地府者的身份上至帝王，下至贫民，其中影响最大的要数唐太宗魂游地府。云南唱本《唐王游地府》中的主体部分是唐太宗魂游地府亲历三十六狱七十二司，这就使我们不由得想起中国古代小说名著《西游记》中"唐太宗入冥"的相关章节。《唐王游地府》与《西游记》中的"唐太宗入冥"故事有没有关系？要是有，是什么样的关系？这是研究《唐王游地府》故事文本必须解决的一个问题。

第一节 世德堂本《西游记》中"唐太宗入冥"故事体系

世德堂本《西游记》是指明代万历二十年（1592）金陵唐氏世德堂刊本《新刻出像官板大字西游记》，凡二十卷一百回，人民文学出版社出版的百回本《西游记》即以此为底本[①]，据之可见世德堂本《西游记》之面貌。小说第九回至第十一回[②]描写了唐太宗入冥故事的始末。从内容来看，我们可以把"唐太宗入冥"故事归纳为三个体系：其一，魏徵梦斩泾河龙王；其二，唐太宗魂游地府；其三，刘全进瓜。这三个

[①] 人民文学出版社 1955 年出版的《西游记》即以明刊本金陵世德堂《新刻出像官板大字西游记》为底本，2010 年已出第 3 版，参考了《李卓吾批评本西游记》《西游证道书》《西游真诠》《新说西游记》《西游原旨》《通易西游正旨》《西游记评注》等本子进行了校核。

[②] 第九回"袁守诚妙算无私曲　老龙王拙计犯天条"；第十回"二将军宫门镇鬼　唐太宗地府还魂"；第十一回"还受生唐王尊善果　度孤魂萧瑀正空门"。

相互独立而又紧密联系的故事并非在《西游记》中横空出世，而是有着悠久的文学渊源。

一、"魏徵梦斩泾河龙王"故事系统

这个故事现在所能依据的文献，最早可以追溯到《永乐大典》卷一万三千一百三十九"送"韵"梦"字中摘录的"梦斩泾河龙"残文。据之我们可知大概情节：贞观十三年，渔翁张梢与李定在泾河边上对话，张梢说长安西门里有个算卦先生叫袁守成，神机妙算，他每天赠送先生一尾鲤鱼，先生则指示他下网方位，百下百中。不料二人的对话被巡水夜叉听到，报与泾河龙王。龙王闻知大怒，遂至袁守成卦铺问雨，袁守成告诉他"来日辰时布云，午时升雷，未时下雨，申时雨足"，下雨"三尺三寸四十八点"。果然此卦与玉帝圣旨完全一致，泾河龙王为赢袁守成，私自改了时辰和雨数，因此触犯天条招致杀身之祸。袁守成告诉泾河龙王监斩官是唐丞相魏徵，建议他求救于唐太宗或可有一线生机。龙王夜入唐王梦拜求，获唐王允诺。次日唐太宗召魏徵入宫对棋，魏徵竟一梦斩龙，"唐王本欲救之，岂期有此"。[①]《永乐大典》中的这条记载共一千三百余字，虽较为简单，但文中出现了袁守成卖卦、龙王触犯天条惹下杀身之祸、夜求唐太宗救其性命以及魏徵梦斩泾河龙王等几个主要情节。这些情节在百回本《西游记》中论述得较为详细，构成其第九回"袁守诚妙算无私曲　老龙王拙计犯天条"的重要内容。

《永乐大典》所引的《西游记》残文，由于语焉不详，且缺乏直接的证据，因此学界对此多持推测性意见。有的认为这是《西游记》最早的祖本，如人民文学出版社出版《西游记》时曾有一段话：

> 《永乐大典》第一三一三九卷保存的那段话本残文，跟吴承恩《西游记》第九、第十回，都写了魏徵梦斩泾河龙的故事。除了话本《西游记》里面两个渔翁，在吴本《西游记》里面改为一个渔翁、一个樵子，并且增加了一大段渔樵两人诗词对答之外，两者故

[①]《古本小说集成》编委会：《古本小说集成》（第四辑），上海：上海古籍出版社，1994年版，第1~3页。

事内容几乎完全相同，甚至连卜者袁守诚算定下雨"三尺三寸四十八点"，两书记述也都一样。这不会是偶然的巧合，而是表明吴承恩创作时，曾经参考过《永乐大典》所引到的那部《西游记》话本。①

有的认为仅凭残文还无法断定，如蔡铁鹰在《〈西游记〉成书的田野考察报告》中提到：

> 百回本小说《西游记》的底本也是一个白话语体的通俗取经故事，这个底本到底是不是在《永乐大典》和《朴通事谚解》中看到些须而始终神龙见首不见尾的平话《西游记》，我们还无法判断，但可以肯定的是，早在元代就已经有了白话语体的唐僧取经故事，而它极有可能就是今日《西游记》的直系祖先。②

总之，可以肯定的是"魏徵梦斩泾河龙王"故事早在吴氏《西游记》之前已经流传，这个故事绝不是吴氏的新创。

二、唐太宗魂游地府故事系统

唐太宗入冥、魂游地府的故事最早见于唐人张鷟的笔记小说《朝野佥载》卷六：

> 太宗极康豫，太史令李淳风见上，流泪无言。上问之，对曰："陛下夕当晏驾。"太宗曰："人生有命，亦何忧也。"留淳风宿。太宗至夜半，奄然入定，见一人云："陛下暂合来，还即去也。"帝问："君是何人？"对曰："臣是生人判冥事。"太宗入见，冥官问六月四日事，即令还。向见者又迎送引导出。淳风即观玄象，不许哭泣，须臾乃寤。至曙，求昨所见者，令所司与一官，遂注蜀道一丞。上怪问之，选司奏，奉进止与此官。上亦不记，旁人悉闻，方

---

① ［明］吴承恩著，黄肃秋注释，李洪甫校订：《西游记》，北京：人民文学出版社，2010年第3版，第5页。
② 蔡铁鹰、王毅：《〈西游记〉成书的田野考察报告》，郑州：中州古籍出版社，2018年版，第113页。

知官皆由天也。①

张文叙事简单，只录唐太宗夜半入冥，冥官询问六月四日事，却未详何事，这其实已经为以后"唐太宗入冥"故事的演变埋下了伏笔。与《朝野佥载》的记载相较，敦煌变文《唐太宗入冥记》不仅字数有所增加，而且在情节上也相对复杂，尽管该卷子首尾并阙，仅存中间一部分内容，且多阙字，但据残存文本，我们能大概判断出唐太宗在地府中的主要情节。这段残文主要围绕唐太宗与崔子玉两个角色展开，崔子玉是地府判官，与李乾风是知己，在张鷟的记载中，仅一句"臣是生人判冥事"，而敦煌变文中则展开了详细论述，这里的崔子玉贪婪狡猾，如文中写道：

> 崔子玉奏曰："微臣何无得（德），[得]陛下□（圣）躬到此。但臣与陛下添注命禄，更得五年，却□（归）阳道。""朕若到长安城，天上（下）应有进贡物，悉赐与卿。"崔子玉又心口思惟："此度许五年，即赐我钱物。□□更许五年，必合得一员政（正）官。"遂再奏曰："臣缘□□，昔言已注得五年归生路，臣与李乾风为知己□□（朝廷），将书来苦嘱，非不勤殷。臣与李乾风更与陛下□五年，计十年，再归长安城。"②

崔子玉假公济私，通过给唐王添寿的手段谋取高官厚禄，二人的答问构成了这段变文的主要情节。值得注意的是，敦煌卷子中有唐太宗在地府见到已故兄弟建成和元吉的冤魂的记载，这是后代小说中不可或缺的情节。然而由于卷子本身的缺失，唐王入地府的起因我们无法得知。百回本《西游记》在第十回"二将军宫门镇鬼 唐太宗地府还魂"中对变文内容既有继承又有改变，小说中崔子玉换成了崔珏，与魏徵情同"管鲍"，唐太宗入地府的原因也由"玄武门"事件（变文影射）演变成与泾河老龙三曹对案，且太宗皇帝魂游地府，亲眼见到了诸多地狱楚毒，为后面唐僧取经张本。

---

① [唐]张鷟：《朝野佥载》，北京：中华书局，1979年版，第148页。
② 项楚：《敦煌变文选注》（增订本），北京：中华书局，2006年版，第1985页。

三、刘全进瓜故事系统

刘全进瓜故事在《西游记》中的记载并不详细，尤其是对他进瓜原因的交代更是简单，兹将文字载录于下：

> 榜张数日，有一赴命进瓜果的贤者，本是均州人。姓刘名全，家有万贯之资。只因妻李翠莲在门首拔金钗斋僧，刘全骂了他几句，说他不尊妇道，擅出闺门。李氏忍气不过，自缢而死。撇下一双儿女年幼，昼夜悲啼。刘全又不忍见，无奈，遂舍了性命，弃了家缘，撇了儿女，情愿以死进瓜，将皇榜揭了，来见唐王。①

由文本内容可知刘全进瓜的原因有二：首先就是刘全妻子李翠莲拔金钗斋僧惹下误会而自缢身亡，其次是刘全丧妻后生无可恋遂以死进瓜。这个故事在百回本《西游记》以前未见完整记载。据钟嗣成《录鬼簿》"前辈才人有所编传奇于世者"载大都人杨显之有杂剧《刘泉进瓜》，除此以外，《太和正音谱》《元曲选目》等均有相同记载，遗憾的是这部杂剧后世未见传本，只有一条简单记载传世。杂剧中的"刘泉"即后世小说、戏曲中的"刘全"，刘全进瓜究竟搬演的是什么故事、故事情节构成如何均不可考。鉴于刘全进瓜与小说《西游记》关系紧密，有些学者也据此进行了大胆推测。如庄一拂《古典戏曲存目汇考》载：

> 《刘泉进瓜》，《录鬼簿》著录。各书著录，俱题简名，正名无考。按《西游记》小说，载此本事，即魏徵梦诛泾河老龙，刘全应募以死进瓜，刘妻李翠莲借尸还魂。是为唐三藏西天取经之张本。②

此说认为杂剧《刘泉进瓜》故事系统由"魏徵梦斩泾河龙""刘全进瓜""李翠莲借尸还魂"组成，已经构成了完整的唐王入冥故事。从小说的情节安排来看，魏徵梦斩泾河龙为唐王入冥的起因，刘全进瓜为

---

① ［明］吴承恩著，黄肃秋注释，李洪甫校订：《西游记》，北京：人民文学出版社，2010年第3版，第135页。

② 庄一拂：《古典戏曲存目汇考》，上海：上海古籍出版社，1982年版，第168页。

唐王入冥的后续，而李翠莲借尸还魂又与刘全进瓜构成一体。杂剧《刘泉进瓜》应以刘泉（全）为主要人物，他为什么进瓜理当有所交代，若他进瓜的行为与唐太宗入冥有关，则唐太宗为何入冥也需写清楚。刘泉（全）之所以入冥进瓜，与妻子李翠莲也有很大的关系，从这个故事构建的脉络来看，杂剧《刘泉进瓜》应该是一个情节复杂，脉络并不单一的故事系。由于原文亡佚，故而很多仅是推测而已。

至于小说《西游记》是否完全照搬戏曲或者有所改动，也因缺乏足够的证据而不能下定论。《西游记》为什么要选择刘全进瓜故事，很多学者对此提出了见解，如赵毓龙等认为"'刘全进瓜故事'，它本在民间叙事渠道内独立发育，被吸收进'西游故事'后，作为衔接'大闹天宫'和'西天取经'两大故事单元的'车钩'，由于百回本作者看重的主要是其结构功能，在进行了简单的案头化和文人化处理后，并未对其作彻底改造"[①]，此说抓住了刘全进瓜情节的衔接作用；又如李蕊芹等提及"刘全进瓜入冥故事从一开始就与佛教文学结下不解之缘，也正基于入冥形式和宗教内涵的相似性，它才能汇入唐太宗入冥这一故事体系"[②]，此说着重考察了刘全进瓜故事的文化内涵。不管从哪个角度出发，刘全进瓜故事能纳入小说《西游记》故事系统，必定有其特殊意义。

总之，一般认为刘全进瓜故事在小说之外以独立的叙事形式发展。考察明清时期的一些传奇、宝卷和戏曲，我们发现刘全进瓜故事以及翠莲斋僧故事都有其传播的独立体系，如明末张大复的传奇《钓鱼船》，一般认为是对刘全进瓜故事改造得比较完善的例子，而《翠莲宝卷》以李翠莲为主人公，对刘全进瓜故事则简单化。另有一种牌子曲《新刻李翠莲施舍金钗游地狱大转皇宫》，主要写翠莲斋僧后被刘全逼死，冤魂进入地府在鬼卒带领下魂游地府，遍看十八层地狱刑罚的故事，李翠莲魂游地府的情节与唐太宗魂游地府有相似之处，但是总体上对刘全故事

[①] 赵毓龙、胡胜：《论张大复〈钓鱼船〉对"刘全进瓜故事"的改造》，载于《社会科学辑刊》，2011 年第 6 期，第 237 页。

[②] 李蕊芹、许勇强：《略论明清传奇说唱系统中刘全进瓜故事的嬗变》，载于《四川戏剧》，2012 年第 5 期，第 31 页。

的叙述还是比较简单。

综上,百回本《西游记》已经把"唐太宗入冥"故事的前因后果交代得很清楚,小说中已然展示出一个脉络清晰、情节生动的故事,可算是众多文学样式中的"集大成者"。虽然有些地方比较简略,但也为后世说唱文学提供了可资借鉴的宝贵遗产。

第二节 云南唱本《唐王游地府》故事体系

云南唱本《唐王游地府》共分十回,从整体上看,故事开端(第一回)即交代了李翠莲自缢全节之事。因"民间造孽苦海,阴府受罪如山",玉帝宣众臣议事,袁天罡、鬼谷子指出唐天子兄妹、李翠莲夫妇俱在劫数。因此,袁天罡化作普净和尚去翠莲处化钗。普净和尚说服翠莲将金钗施舍之后,回报她南瓜子一粒。随后,普净和尚故意将钗遗弃于街市,令一个好赌好嫖的少年拾去,竟至翠莲的丈夫刘全开的当铺中典当,刘全看见金钗后很惊异,急忙问询金钗来处,不料少年谎称是相好的女人所赠,刘全因此误会翠莲与人通奸。刘全回家以后,质问翠莲金钗去处,而翠莲不敢实言相告,因此刘全对翠莲拳打脚踢,恶言恶语。其后翠莲被女鬼索命,魂归地狱。此时袁天罡为点化刘全,仍旧化作普净和尚对其说出事情原委,并以南瓜子为证。至此,刘全悔恨交加,终日烦闷。

故事第二、三回集中写泾河龙王与鬼谷子以及唐王之间的矛盾。鬼谷子假扮成一个卜卦先生,在城内开一小铺。有个渔夫每日都来卜卦,依卦下网,卦卦应验。一日渔夫饮酒后将秘密告诉了一个樵夫,恰巧被管鱼夜叉听见,报告给泾河老龙。第二日,龙王变作一白衣秀士,来卦铺卜卦,内容即问卜"明日是否有雨?"先生告知龙王,明日午时下雨,"城内三点,城外七点"。不料泾河老龙私自篡改点数,忤逆玉旨招来杀身之祸。龙王得到鬼谷子的指点,半夜时分至唐王李世民处求救,太宗梦中允诺龙王。次日早朝后,唐王留魏徵弈棋,不料魏徵梦斩泾河老龙。其后,泾河老龙的魂魄夜夜来骚扰唐王,宫殿门口有秦琼、尉迟敬德和魏徵等守护，老龙无计可施，只得去五殿阎罗处状告唐王。谷鬼子告诉五殿阎罗，需要请唐王入地府与老龙"三曹对案"，遍游三十六狱和七十二司，这是玉帝的安排，五殿阎罗奉旨依议。由此，唐王带着魏徵的亲笔书信入冥，在崔珏的引导下过了望乡台、背阴山、恶水河、金银桥、奈何桥等地狱关口，最后与老龙"三曹对案"。老龙因错行雨数理当受罚，最后五殿阎罗封老龙为"万里长虹"，方才结案。唐王又承诺阎罗送瓜之事，其后，崔珏私自为唐王改寿，并陪唐王遍游地府，看阴司果报。

第四回至第八回主要写唐王遍游地府的种种经历。唐太宗游地府首先从转轮司开始，但是半路上就碰到了李建成、李元吉前来索命，唐王答应超度他二人出离苦海，矛盾才得以解决。其后，唐王先后经历了追魂司、扰魂司、迷魂司、望乡台、狂风岭、奈何桥、金木水火土五行脱化司、功德清白司、转劫发放司、注福注禄二司、婚姻司、钱债司、掠剽司、添减司、报应司、污秽司、孤栖垦、丰都地狱、锯解司、黑暗地狱、对读经文司、寒冰地狱、抽肠司、秤杆司、水府纠察司、油锅地狱、碓磨地狱、阿鼻地狱、钢柱铁床二狱、纠察毒谋司、清白冤枉司、子孙司、枉死城（木牢、火牢、金牢、水牢、土牢）、拔舌挖目司、滑油山（又名险恶山）、刀山地狱、善人寄库司、回春铺等诸多地狱，亲见地狱中种种楚毒，最后在天生桥下回转阳世。

第九、十回主要写唐太宗回阳后细述地狱中的经历见闻，派遣尉迟敬德去杭州寻找相良还钱（在地狱时曾借用相良寄送阴司的两库金钱遣散冤魂），同时张榜召去地府进瓜之人。刘全因为妻子李翠莲冤死而一直耿耿于怀，于是把高僧赠给妻子的南瓜子种下，结出南瓜后去揭榜赴阴。刘全与妻子李翠莲在地府相会后，恋恋不舍，遂不愿还阳。最后五殿阎罗命判官查看生死簿，发现刘全夫妇阳寿并不该绝，且李翠莲前世与唐王御妹翠英公主有凤孽未偿，因此将翠英公主拿到阴司，让李翠莲借御妹之体还魂，最后刘全夫妇辞朝归乡，寿俱百岁。

从故事情节来看，《唐王游地府》实则也分为三个故事体系。

首先，开端处李翠莲"拔金钗斋僧"被丈夫刘全逼死的情节与后面刘全进瓜情节组成了一个故事系统，即"刘全进瓜"故事。这个故事在百回本《西游记》中不是重点,且对刘全进瓜的起因也是寥寥数笔带过。与这个系统有所关联的还有流行于民间的《翠莲宝卷》与戏曲"刘全进瓜"(如河南曲剧、秦腔等),但是细究三者之间的内容又有很大不同。如《翠莲宝卷》紧紧围绕"翠莲"这个主人公展开情节论述,文中也记"刘全进瓜"之事,但与《唐王游地府》等其他文本的记载有出入,且比较简单。整个故事都是在唐僧取经回来以后发生的,且唐僧一失高僧本性,显出俗劣不堪的面孔,如在向翠莲化金钗遭到拒绝时,便以"撞墙"相逼迫。这些比之《唐王游地府》相差甚远。

其次,"鬼谷子八卦占雨水 魏丞相一梦斩龙王"这一回是魏徵梦斩泾河龙王的故事,该故事在《西游记》中也比较详细,但唱本中算卦先生并不是袁守诚,而是由鬼谷子变幻而成的一个先生。当然,不论是鬼谷子还是袁天罡,在世人眼中都是知晓天机、神机妙算的神仙一类人物。

最后,唐王魂游地府故事。唐王入冥原因是与泾河老龙"三曹对案",结案后便在判官的引导下游地府。这部分描写宗教色彩浓厚,以宣传因果报应、劝善惩恶等思想为主。唐王在地府中的所见所闻描写得十分详细,尤其是遍观地狱的过程,读之令人毛骨悚然,唐王在经过每个地方后都会题诗一首,劝善后人。

总之,云南唱本《唐王游地府》故事系统完善,前因后果交代得较为清晰,显示了唱本文本的系统性和艺术性。

第三节　云南唱本《唐王游地府》对百回本《西游记》的改编

陈志良先生曾撰文对鑫文书庄本《唐王游地府》作了介绍说明,认为"依其内容而论,是我国西南山地的作品"[①]。如何断定其为西南山

---

① 陈志良:《唐太宗入冥故事的演变》,见周绍良、白化文:《敦煌变文论文录》,上海:上海古籍出版社,1982年版,第761页。

地的作品？陈先生没有明确提出依据，但是却让我们不得不思考：唱本《唐王游地府》究竟是产生于云南还是从其他地方传入？产生的年代如何？以当前仅有的资料来看，若想考证其产生的确切年代，尚有一定难度，且其产生年代未必是其定本年代。综观唱本《唐王游地府》的故事体系、传播方式以及流传时间，再联系百回本《西游记》中相关部分，我们发现唱本《唐王游地府》与百回本《西游记》应有一定的联系。从故事情节来看，《唐王游地府》就是对《西游记》相关情节的具体展开，从传播时间以及讲唱形式来看，《唐王游地府》当比《西游记》晚出。所以，我们可以把百回本《西游记》作为云南唱本《唐王游地府》的文本源。总体上说，云南唱本《唐王游地府》对百回本《西游记》有继承更有改编，继承处最明显的体现就是《唐王游地府》保留了《西游记》的故事系统，即"梦斩泾河龙王""唐太宗入冥""刘全进瓜"三个系统，与此同时也形成了唱本中的三个故事体系。关于继承的部分无须展开论述，而改编的部分则是我们要着重探讨的内容。

一、扩展李翠莲斋僧及蒙冤的情节

李翠莲蒙冤上吊是为后面"刘全进瓜"故事张本，但李翠莲的劫数确也是上天安排好的，因为在故事开篇即表明，袁天罡、鬼谷子等人查到唐王兄妹、刘全夫妇均有劫难，而玉帝借此机会把四人都拘到地府，让他们"遍游地狱，再放还阳间，晓喻世人，方知善恶"。所以，李翠莲拔钗斋僧必然会引起刘全的误会，刘全也就势必会把翠莲逼死。整个故事，《西游记》中不过百字，寥寥数笔即交代了前因，而《唐王游地府》中改编者用了6000余字来表现：

袁天罡变幻成高僧，前去刘全府化缘，说是要修理大禅堂，只少"金心与银胆"，翠莲闻听，以为"这付金心银胆，却也所费不多"，但不巧的是"家中无有金银"，翠莲又不忍让和尚空手而归，忽然想起自己头戴的金钗，"愿将所带金钗子，舍与师父去庄严"。不料僧人接钗之后，故意将金钗遗弃在街市，又恰巧让一个嫖赌成性的无赖捡去，而他偏偏又去了刘全开的当铺当钗。刘全见到此金钗觉得非常眼熟，心中早生疑虑，询问金钗来历，不料无赖答言"是相好的女娇娘所赠"，由此刘全平添无数烦恼。一会儿怀疑是妻子偷汉,"莫非妻子行不正,与他相好会阳台",一会儿又担心是家里遭了贼,"又恐家逢不测事,扒墙挖壁做出来",心中忐忑不安。

晚上回家见到翠莲之后,刘全开口便问"为何不戴金钗",翠莲见丈夫怒气冲冲,不敢据实相告,"翠莲只见他怒气冲冲,若突然说出施舍与和尚,更为不美,不如慢慢再说,未为不可,便答道:'今日因未曾戴插。'刘全到底难信,必要拿将出来看见才是。翠莲答道:'昨日忘怀,不知放在何处了。'"正是翠莲的支支吾吾,使得刘全误会更深,认定妻子偷汉,高声怒骂,立刻拳脚相加,"谁知你是真淫妇,外装老实内藏奸,真赃实犯现今在,还要吱唔两三声。大约不打你不认,你今做事恼煞人。用手抓住青丝发,翻身拖倒地埃尘,又把拳头往下打,不由分说半毫分。刘全正在用力打,尽打不见气稍伸"。刘全打累了之后,哄孩子睡觉去了,丢下翠莲孤零零一个人坐在地上伤感,后来翠莲起身,见刘全关闭了房门,就站在门外诉苦情:

  自幼我也读书史,也知四德与三从。男子重义女子节,节烈二字奴也通。人虽背地将奴害,何不想妻平素中。为甚猛然生大怒,不分皂白与青红。适才若将奴打死,就到黄泉也朦胧。妾身纵有多不是,还须看在两孩童。

不料刘全根本听不进去翠莲的话,不给翠莲开房门。翠莲想到刘全明日要在父母面前拷问她实情,"倘若难分清和白,岂不辜负节烈名。与其含羞在世上,不如负屈往幽冥",最终含冤负屈上吊自杀。

要是无赖不说金钗是美娇娘所赠,刘全便不会疑心重重;要是翠莲据实回答刘全的提问,也就不会让刘全认定其在偷汉;而刘全要是最后能听得进翠莲的分辩,翠莲也不会被逼得走投无路自寻短见。《唐王游地府》将此演绎成一段误会重重,酿成悲剧后又让人感到遗憾的故事,也正是刘全意识到自己误会了妻子,造成了无法挽回的结局,所以在唐王张榜寻求进瓜人时才会义无反顾地入地府进瓜,这样的故事为突出刘全的形象增色,也是为了玉帝安排的进一步发展,更是为了引出刘全入地府进瓜合理性的前提展示。

总之，设立系列矛盾面，都不是画蛇添足、无中生有，而是改编者精心安排的结果。设置这样的情节，在宣讲时既容易吸引听众，也能得到民众的悲悯和同情，这是为了辅助其宣扬"劝善"的主旨。总之，结构上连接下文，又是突出主要人物刘全故事必不可少的材料。

二、增加反映普通民众审美趣味的情节

云南唱本《唐王游地府》在民间流传甚广，属于民间文艺的一种，因此它的最大特点就是世俗性较强，而世俗性的基础就是语言的通俗化。《唐王游地府》根据百回本《西游记》的情节改编而来，相较来说，唱本中增加了大量反映市井细民审美趣味的情节，真实地展现了下层民众的世俗生活和心理感受。与此同时，书中也删去了一些与市民生活相去甚远的文字，淡化了《西游记》中景语的描写。最明显的例子就是对渔夫与樵夫对话中的理想隐居之地的描述。《西游记》"梦斩泾河龙王"故事体系中，两个隐士渔翁张稍和樵夫李定见面时都夸自己的生活安逸，如张稍说："我想那争名的，因名丧体；夺利的，为利亡身；受爵的，抱虎而眠；承恩的，袖蛇而走。算起来，还不如我们水秀山青，逍遥自在；甘淡薄，随缘而过。"① 其后两人为了争高下，对词《蝶恋花》《鹧鸪天》《天仙子》《西江月》《临江仙》等共十首，诗四首。这些诗词是为了突出渔樵生活的美好，故而大量篇幅都是景物描写，但也包含了作者的主观情感，作者借山人的隐居表达世间的纷繁令人心忧，这种生活不似元曲中那种"密匝匝蚁排兵，乱纷纷蜂酿蜜，闹攘攘蝇争血"（马致远［双调·夜行船］《秋思》）的现实，而是令人心驰神往的神仙境界。像这样的内容，在唱本《唐王游地府》中体现得比较少，仅用渔樵二人简短的两首诗来表现，即：

  山居自在乐无穷，不管人间事匆匆。潇洒优游观瀑布，清闲打坐听松风。鸟来啼春声带巧，兴起醉酒味更浓。无事无非无烦恼，黄昏睡到日头红。

---

① ［明］吴承恩著，黄肃秋注释，李洪甫校订：《西游记》，北京：人民文学出版社，2010年第3版，第107页。

> 生性潇洒爱江头，欢呼喜乐在渔舟。半竿钓钩娱岁月，全副丝网度春秋。千层碧浪连天涌，万里清波映日浮。晚来畅饮三杯酒，胜过良田百亩收。①

考察唱本《唐王游地府》出自民间，因此世俗性较强，删去这些文采华美的语言符合大众的审美趣味。作者着意表现的不是隐逸思想，而是实实在在的人间烟火气，这是契合普通民众物质生活与精神世界的重要内容。不仅如此，《西游记》中的几段特写也被省略了，如描写袁守诚卖卦之处：

> 四壁珠玑，满堂绮绣。宝鸭香无断，磁瓶水恁清。两边罗列王维画，座上高悬鬼谷形。端溪砚，金烟墨，相衬着霜毫大笔；火珠林，郭璞数，谨对了台政新经。六爻熟谙，八卦精通。能知天地理，善晓鬼神情。一槃子午安排定，满腹星辰布列清。真个那未来事，过去事，观如月镜；几家兴，几家败，鉴若神明。知凶定吉，断死言生。开谈风雨讯，下笔鬼神惊。招牌有字书名姓，神课先生袁守诚。②

作者引经据典，都是为了突出袁守诚卦摊的清新脱俗、与众不同，也为了烘托袁守诚算卦之灵验，这些在《唐王游地府》中被尽数舍去。另外，《西游记》中浓墨重彩地对胡敬德、徐茂公、魏徵、崔珏等人进行肖像描写，如写胡敬德、秦叔宝的打扮：

> 头戴金盔光烁烁，身披铠甲龙鳞。护心宝镜幌祥云，狮蛮收紧扣，绣带彩霞新。这一个凤眼朝天星斗怕，那一个环睛映电月光浮。他本是英雄豪杰旧勋臣，只落得千年称户尉，万古作门神。③

魏徵的打扮：

---

① 大字足本《唐王游地府》，云南邱文雅堂石印本，民国二十四年（1935），第二回"鬼谷子八卦占雨水　魏丞相一梦斩龙王"。
② [明] 吴承恩著，黄肃秋注释，李洪甫校订：《西游记》，北京：人民文学出版社，2010年第3版，第114页。
③ [明] 吴承恩著，黄肃秋注释，李洪甫校订：《西游记》，北京：人民文学出版社，2010年第3版，第122页。

熟绢青巾抹额，锦袍玉带垂腰。兜风氅袖采霜飘，压赛垒茶神貌。脚踏乌靴坐折，手持利刃凶骁。圆睁两眼四边瞧，那个邪神敢到？①

崔珏的打扮：

头顶乌纱，腰围犀角。头顶乌纱飘软带，腰围犀角显金厢。手擎牙笏凝祥霭，身着罗袍隐瑞光。脚踏一双粉底靴，登云促雾；怀揣一本生死簿，注定存亡。鬓发蓬松飘耳上，胡须飞舞绕腮旁。昔日曾为唐国相，如今掌案侍阎王。②

这几段文字把将军们的神威刻画得惟妙惟肖，这也是他们能够震慑老龙的主要条件。而崔珏的特别之处，是为了显示他在阴府的特殊地位，为下文他能接受魏徵之托张本。唱本《唐王游地府》中对这些人物并没有特意刻画，而是寥寥数笔带过，相对来说，甚至没有比描写鬼王的字数多。在地狱中，五大鬼王的形象如下：

这一个宽皮脸上天蓝色，张开大口非寻常，一双圆眼如珠宝，满头红发竖如枪。腰中倒挂青锋剑，胡须浊乱似锋芒。此为东方青帝鬼，前来接驾到此方。那一个红胡倒竖天生就，满目鲜红赛火光。莺头鼻儿阔大嘴，浑身朱染亮汤汤，青红眉毛玛瑙眼，赤发长稍丈二长，坐镇火牢为鬼主，特地前来接我王。又一个满头黄发身高大，面目灰白似病形，须遮大嘴阔五寸，项下胡子连毛生。手内拿着金瓜斧，斜竖两眼亮又明，西方使者金德鬼，同来迎接紫微星。这一个乌黑头发如麻线，锅底脸色起亮光，浑身肉色红白点，火扇耳上戴金环，一口獠牙露唇外，满腮胡须往上跄，此是北方黑色鬼，一同前来接唐王。那一个蝴蝶脸上生五色，浑身肉色似黄金，一张尖嘴长二寸，四个獠牙颠倒生，头面横粗眉似刷，两只怪眼赛流星。一对铜锤腰中插，气象凶猛虎豹形。位居中央黄色鬼，

---

① [明]吴承恩著，黄肃秋注释，李洪甫校订：《西游记》，北京：人民文学出版社，2010年第3版，第123页。

② [明]吴承恩著，黄肃秋注释，李洪甫校订：《西游记》，北京：人民文学出版社，2010年第3版，第124页。

来接唐王紫微星。①

总之，通过比较我们发现，改编者对地狱的描写甚为详细，尤其是刻画种种酷刑与可怕面貌（如五鬼王）时更是不惜笔墨。该书主旨以劝善为中心，主要通过宣扬地狱中的果报思想来达到教化民众的目的，因此它把笔墨集中在地狱描写上就显得容易理解。改编的部分变华美为质朴，扩大了地狱中的场面，是符合说唱文学受众的审美要求的，对普通民众来说，山清水秀的隐逸之地离他们过于遥远，对魏徵等名将的描写又过于"雅"，而且经过长时间的传播，胡敬德、秦叔宝、徐茂公、魏徵等人的形象已经深入人心，确实不必再进行过多的渲染与刻画。

三、突出刘全暴躁多疑又重情重义的双重人格

唱本《唐王游地府》双线并举，一方以"唐太宗魂游地府"为主线，一方以"刘全进瓜"为主线。第一回"袁天罡化钗赠瓜种 李翠莲尽节寻自缢"用了近 7000 字为刘全进瓜埋下伏笔。从情节构成上看，唱本的第一回完全呈现了百回本《西游记》中没有展开的情节，具体内容也不同于《翠莲宝卷》中相应的部分。这一回的内容与第九回"遣官偿还阴司债 发榜招来造瓜人"、第十回"刘全舍命赴阴府 翠莲借尸还阳间"构成一个完整的故事体系，其中着重塑造了刘全这一典型的形象。

总的来看，刘全在唱本中显现出暴躁多疑却又重情重义的双重人格，这符合普通民众的审美要求。唱本中通过细节、突出事件等来体现刘全"知错能改善莫大焉"的真性情。首先，刘全的性格暴躁多疑，这是悲剧产生的重要原因。当初，翠莲把金钗施与袁天罡假扮的和尚，又被他丢弃在闹市中，后被一个好赌好嫖的少年捡去，这少年拿着金钗偏偏又到了刘全开的当铺里去当钱。当刘全问及此钗来历时，那无赖少年答道："是相好的女娇娘所赠。"正是这个回答让刘全心里由疑惑产生怒火，他认定妻子翠莲行为不端，与人有奸情。刘全匆匆回家之后，质问妻子金钗去向，翠莲因怕丈夫误会遂说谎，因此招致刘全的漫骂与

---

① 大字足本《唐王游地府》，昆明：云南邱文雅堂，1935 年版，第 21 页。

毒打：

> 用手指住高声骂，胆大淫妇不成人，只说你能知大义，三从四德见得明，谁知你是真淫妇，外装老实内藏奸，真赃实犯现今在，还要吱唔两三声，大约不打你不认，你今做事恼煞人，用手抓住青丝发，翻身拖倒地埃尘，又把拳头往下打，不由分说半毫分。刘全正在用力打，尽打不见气稍伸。

刘全这种猜忌的性格在百回本《西游记》中并未提及，此处既是为了后面故事情节的发展，也在情理之中。相较来看，这样多疑暴躁的刘全，在明清宝卷和戏曲中展现得更加淋漓尽致。如《翠莲宝卷》中的刘全达到暴虐的程度，翠莲将金钗布施给唐僧的同时即提到："我将金钗布施你，你到外边莫露风。我夫淮安去归账，倘若晓得命难存。"[①] 翠莲口中的丈夫是暴虐的，随即刘全的行为也印证了这一点，第一次质问妻子未果，便拳打脚踢不容情，高声怒骂不住声：

> 翠莲听说失三魂，满面通红勿做声。刘全看见心大怒，泼妇妖精骂不定。手中拿出金钗子，贱人你去看分明。金钗是你头上插，那到和尚手中存。做了这样无天事，反将糊言骗我们。出门怎样吩咐好，你做伤风败落人。刘全一把来扯住，拳打脚跳不容情。[②]

在一双儿女的请求下刘全终于停止了打骂，但在王婆的挑唆下又起无明业火：

> 刘全听说怒（怒）生喷，出来又要打妻身。将身走到香房内，贱人娼根骂勿定。你是大胆家无主，快去早死命归阴。口内骂来手里打，扯出翠莲贱妇人。一双花鞋也拖落，白绫脚带挂后跟。你搭和尚□人来看见，而今有何面目见众人。打一记来骂一声，勿是刀死定是绳。投河只要三尺水，沿梁高挂一条绳。今夜若是你不死，

[①] 《翠莲宝卷》，见周燮藩：《中国宗教历史文献集成》第120册，合肥：黄山书社，2005年版，第129页。

[②] 《翠莲宝卷》，见周燮藩：《中国宗教历史文献集成》第120册，合肥：黄山书社，2005年版，第133页。

活活打死你贱人。①

翠莲被逼死后，刘全的家私被烧光，在孤庙栖身，想到前事不由得悔恨万分，他甚至唱起了五更转表达苦情与伤心，即便如此，我们仍然觉得这样的刘全不值得同情，他的下场是咎由自取。刘全暴虐的性格，在日本早稻田大学图书馆藏清刻本牌子曲《新刻李翠莲施舍金钗游地狱大转皇宫》（二卷本）中也有所展现。首先翠莲是个吃斋念佛的善人，刘全曾多次劝翠莲开斋，更是在得知翠莲把家传金钗施舍唐僧以后大怒，在拷问之下仍大打出手：

有刘全怒狠狠咬银牙骂贱人，两手举起无情棍，一棍起来一棍落。打的妻儿血淋淋，打的翠莲无投奔。②

此时的刘全全无理智，在一双儿女的请求之下仍然没有消气，在哄骗儿女以后，他对翠莲说出了绝情的话：

刘全说我的儿不必哭了，饶了你娘了，你吃饭去罢。哄的一对孩儿去了，那刘全将金钗拿到房中，叫声贱人你说没舍金钗，这是什么东西，你有何面目见人，你早早寻个自尽罢了。③

正是刘全这种丧失理智的行为，把妻子李翠莲逼上了绝路。读罢，我们对刘全产生了深深的厌恶，对翠莲则充满了同情。对比之下，我们发现唱本《唐王游地府》中对刘全的缺点处理得比较合"度"，他不是一味地暴虐不知悔改，尚且达不到让人唾骂谴责的程度。

总之，云南唱本《唐王游地府》对刘全的刻画并不是单一的，而是多面的。刘全有让我们憎恶的一面，也有让我们喜爱感动的一面，即刘全在暴躁多疑的同时也有温柔多情的一面。刘全误会妻子，是因为无业少年口称金钗是"相好的美娇娘"所赠，在这种巨大的误会之下才引起了刘全的猜忌与多疑，加之翠莲遮遮掩掩，不肯以实情相告，才引出了

---

① 《翠莲宝卷》，见周燮藩：《中国宗教历史文献集成》第120册，合肥：黄山书社，2005年版，第138~139页。

② 日本早稻田大学图书馆藏清刻本《新刻李翠莲施舍金钗游地狱大转皇宫》（二卷），卷上。

③ 日本早稻田大学图书馆藏清刻本《新刻李翠莲施舍金钗游地狱大转皇宫》（二卷），卷上。

刘全一系列的暴言暴行。在和尚亲自揭开谜团，刘全知道妻子枉死之后，"就如落了魂一般，大叫一声，跌倒在地"，他还口口声声说要去阴司追随妻子，甚至走到灵前流泪倾诉：

  口内连把贤妻叫，阴魂留神仔细听。纵然为夫性子急，如何就把性命倾。一夜悲啼到五鼓，不觉鸡鸣昏沉沉。愁怀正在恍惚里，恰似翠莲站面前。刘全一见心大喜，口称贤妻你可怜，只说今生难见你，谁知犹未丧黄泉。

唐王魂游地府允诺送瓜之事张贴出来以后，刘全想到和尚赠与妻子的瓜子与告示中的一模一样，遂产生献瓜送瓜的念头。值得注意的是，他能义无反顾地替唐王阴司送瓜，皆由他对妻子的思念而起。十王称赞他舍死忘生，世上少有，打算给他加爵增寿时他拒绝了，他的要求只一个——与已故妻子翠莲见一面。得到十王同意，刘全、翠莲终于在地府重逢，二人见面时的场面非常感人，《唐王游地府》中有两段唱词，摘录于下：

  刘全紧行来扯住，两眼纷纷泪长倾。大叫贤妻抬头看，还可认得我刘全。那晚为夫虽性急，何必烈性赴黄泉。金钗施僧怎不讲，说话吱唔动疑心。因此我才出言重，一时得罪枕边人。那知你就寻短路，可怜屈死不辨明。别下刘全还犹可，丢下儿女实惨情。早上听儿啼哭母，晚上女儿哭母亲。一日悲啼直到晚，一夜嚎啕不住声。那日和尚来分辨，你夫死了两三巡。

  刘全听得心胆碎，扶起贤妻叫几声。贤妻负屈身已死，我岂重婚再娶亲。宁可孤单过一世，岂叫儿女受人凌。今日既来得相会，你我怎肯又离分。情愿同你阴司过，不愿回阳去做人。判官听得开言讲，叫声刘全你且听，今日夫妻得相会，不可迟延久住停。快快回去要缴旨，误了日期了不成。刘全回言我不去，愿同妻子一处存。说罢连忙又扯住，夫妻痛苦更伤情。

刘全见到妻子后心如刀割，甚至说出留在阴司不走的话，有苦同受也胜过阴阳阻隔。以上唱词是刘全感情的真实抒发，这也是深深打动听众的主要情节。如果把文中表现刘全性格的情节连接起来，就会发现他身上所体现的喜怒哀乐正是市井细民生活的一个缩影，而他悔过以后重情重义的表现正符合市民的情感追求。也就是说，《唐王游地府》中刻画了一个世俗化的刘全，他有着普通人的不完美甚至是明显的缺点，也有着普通人的优点。这里的刘全既不像《西游记》小说中寥寥几笔带过的毫无印象感的人物，也不是宝卷和戏曲中那个只有暴虐嘴脸的人物。这里的刘全有血有肉，不脱离实际，显得真实、本色，是民众眼中"知错就改善莫大焉"的模范人物，人们愿意看到刘全对妻子情意深厚，也希望看到他们二人有好的结局，唱书也正是这样安排的。可以说，刘全这一形象的成功塑造体现了《唐王游地府》的世俗化倾向。

四、着重描写大团圆结局

大团圆结局模式在中国古代小说和戏曲中非常流行，一般情况下是故事情节较为曲折，人物在故事发展中受尽苦难，有的主人公甚至丧命，最初以悲剧的形式展现，但是结局总能补偿这种悲剧，一般都是民众喜闻乐见的"大团圆"结局。有的是才子佳人终成眷属，有的是人死后借尸还魂，有的是升仙成佛，有的是普通人百年之寿，升官发财，荫妻庇子。总之，这些结局总能给人一种心灵上的慰藉。明清小说中有很多这样的故事，如《聊斋志异》卷六"小谢"中乔秋容与阮小谢都是女鬼，后得到道士的帮助，秋容借郝氏女身还魂，小谢借蔡子经妹妹的身体还魂。又如清代袁枚《子不语》卷七"鬼差贪酒"条，载杭州袁某年四十尚未娶妻，爱慕邻家女，但是女子之父嫌弃袁某贫穷，拆散了他们二人。女子抑郁成疾，最后病死。一日，袁某悲悼饮酒，看到一蓬首人手拿着绳子，以为是邻居的差役，遂请他饮酒。不料这是拘禁邻女的鬼差，醉酒后被袁某投入酒罂，以八卦镇压之。袁某与邻家女魂魄入室为夫妇，过了一年，某村有女死亡，邻家女借其尸还魂，与袁某团聚。[①]这个故事也是以"借尸还魂"为背景，说明当时这种思想在民众中传播

---

① 详见［清］袁枚编著，申孟、甘林点校：《子不语》，上海：上海古籍出版社，1986年版，第164页。

较广。

　　刘全与妻子李翠莲的故事也体现了先悲后喜的结局。《西游记》中记载，刘全到地狱进了瓜果后对阎王说："小人是均州城民籍。姓刘名全，因妻子李氏缢死，撇下儿女，无人看待，小人情愿舍家弃子，捐躯报国，特与我王进贡瓜果，谢大王厚恩。"阎王回道："唐御妹李玉英，今该促死；你可借他尸首，教他还魂去也。"① 其后便有玉英公主在花荫下被鬼事扑倒而跌死的事情发生。李翠莲借唐王御妹尸体还魂，与刘全相认后，唐王"将御妹的妆奁、衣物、首饰，尽赏赐了刘全，就如陪嫁一般。又赐与他永免差徭的御旨，着他带领御妹回去。他夫妻两个，便在阶前谢了恩，欢欢喜喜还乡。"② 《西游记》中李翠莲借尸还魂以及夫妻二人团圆回乡的情节描写并不具体，而唱本《唐王游地府》却用大量笔墨来描述，据统计，有近 4000 字来展现这一细节。

　　首先，李翠莲还魂必须借助其他有形之体，阎王查看生死簿，引出一段因果孽缘：

　　　　唐王御妹李翠英，前生系福建富室张元之妻。嫉恶妒忌，故未生子。张元又讨李翠莲为妾，得生一子。张元一死，李翠英即以妾子为己子，不容翠莲同享富贵。以致翠莲抱恨，自缢身亡。今将翠英尸身借与翠莲还魂，一一偿还前孽，投机之至。天子对刘全说道："朕今还你夫妇一齐还魂，但翠莲原身朽坏，伊与唐主御妹翠英，本有凤孽未偿，今将御妹拿来阴司，将你妻子送在阳世，做一个借尸还魂故事，流传万古。"③

　　《唐王游地府》作为劝善之书，本就佛教中因果报应等思想奉劝世人，而这段李翠莲与御妹李翠英的孽缘正是展现因果报应的生动例子。因果报应是佛教中的重要思想，明清小说中不乏这样的记载，如《子不语》卷十四"鬼入人腹"记载：

---

① ［明］吴承恩著，黄肃秋注释，李洪甫校订：《西游记》，北京：人民文学出版社，2010 年第 3 版，第 136 页。
② ［明］吴承恩著，黄肃秋注释，李洪甫校订：《西游记》，北京：人民文学出版社，2010 年第 3 版，第 138 页。
③ 大字足本《唐王游地府》，云南邱文雅堂石印本，民国二十四年（1935）。

> 焦孝廉妻金氏，门有算命瞽者过，召而试之。瞽者为言往事甚验，乃赠以钱米而去。是夜，金氏腹中有人语曰："我师父去矣，我借娘子腹中且住几日。"金家疑是樟柳神，问："是灵哥儿否？"曰："我非灵哥，乃灵姐也。师父命我居汝腹中为祟，吓取财帛。"言毕，即捻其肠肺，痛不可忍。焦乃百计寻觅前瞽者，数日后遇诸途，拥而至室，许除患后谢以百金。瞽者允诺，呼曰："二姑速出！"如是者再，内应曰："二姑不出矣。二姑前生姓张，为某家妾，被其妻某凌虐死。某转生为金氏，我之所以投身师父作樟柳神者，正为报此仇故也。今既入其腹中，不取其命不出……"①

这是一个典型的果报故事，最后金氏果然被折磨而死。又卷二十二"吴生两入阴间"条载：

> 途中所见街市衙署，与人世仿佛。行至一处，见一大池，水红色，妇女在内哀号。常指曰："此即佛家所谓血污池也。娘子想在其内。"吴左右顾，见其妻在东角。吴痛哭相呼，妻亦近至岸边，垂泪与语，并以手来拉吴入池。吴欲奔赴，常妪大惊，力挽吴，告之曰："池水涓滴着人即不能返，入此池者，皆由生平毒虐婢妾之故。凡殴婢妾见血不止者，即入此池，以婢妾身上流血之多寡为入池之深浅。"吴曰："我娘子并未殴婢妾，何由至此？"妪曰："此前生事也。"②

吴某的妻子因前世苛责虐待婢女，到了今世死后入地狱"血污池"接受惩罚，这也是一个果报的例子。不仅如此，也为我们展现了地狱中的恐怖之事，并借朱某说出"阴司与人世无异，无罪者安闲自适，有罪者始入各狱"③之语。

在果报思想比较盛行的文化背景下，唱本《唐王游地府》第十回中

---

① [清]袁枚编著，申孟、甘林点校：《子不语》，上海：上海古籍出版社，1986年版，第347页。

② [清]袁枚编著，申孟、甘林点校：《子不语》，上海：上海古籍出版社，1986年版，第565页。

③ [清]袁枚编著，申孟、甘林点校：《子不语》，上海：上海古籍出版社，1986年版，第564页。

书写了翠莲借翠英公主之尸首还魂的细节：

  且说翠英公主乃高祖东宫所生，性格温柔，容貌端庄，唐王甚是钦爱。有一日公主早来梳洗已毕，但觉神思困倦，便唤了四个彩女，同往御花园游玩。忽想着要打秋千玩耍，公主正在理绳端坐，被二鬼在空中将索子一扯，公主坠下，登时气绝。

翠英公主死后，翠莲魂魄入其身。刘全、李翠莲夫妇双双还阳之后，对唐太宗讲明前因后果，也得到了唐王的认可，于是封刘全为驸马，将御妹的妆奁备办齐全，连同彩女悉数赐给李翠莲，并在宫中为其二人操办婚礼。至此，大团圆结局已经彰显，作品为了突出这一美好的结果，写道：

  宴后大事已毕，刘全在宫中已住了月余，夫妻辞朝，回至青城县，重会父母儿女，祭祖兴家。刘全夫妇又生了二子，连刘英共有三子，俱做显官，后来刘全夫妇寿俱百岁。

刘全夫妇俱登百年之寿，儿孙满堂，官运亨通。改编者适时地提出这都是为善的结果，多行善就能换取完美的人生结局。可见，世俗眼中的最美好的事情莫过于此。也就是说，对普通民众来说，长命百岁、子孙发达是最朴素也是最大的世俗愿望。

这一团圆结局，在《翠莲宝卷》以及牌子曲《新刻李翠莲施舍金钗游地狱大转皇宫》中都有所涉及，但是细节上又略有不同。《翠莲宝卷》中载：阎罗王看到刘全夫妻十分伤心，便说要送翠莲还魂，但是李翠莲已经死去七个月，尸首腐烂，只能吩咐值日功曹去查看生死簿，找一个与翠莲还魂同年同月同日同时辰的人来借尸还魂，判官查到皇宫里的月英公主命中阳寿将绝，可以借她的尸首送翠莲还魂。这一日月英公主早晨起来头疼疲倦，昏迷不转，来到后花园中散心，不料摔了一跤，魂魄被勾入幽冥，李翠莲借公主之身还魂。当刘全夫妇双双回转阳间以后，对唐王说了事情的来龙去脉，太宗听了龙颜大悦，派遣钦差去刘全家中赐恩。刘全儿子寿宝做了大官，女儿春香也受到皇恩。不仅如此，刘全的妹妹一家、李翠莲的兄弟一家也受到皇恩，总之，这是一个比较圆满的结局。

这个情节，牌子曲《新刻李翠莲施舍金钗游地狱大转皇宫》中的记载又有所不同，阎王欲惩罚刘全，妻子李翠莲百般求情，并借十年阳寿给刘全，阎王成全翠莲的深情厚意，加之刘全进瓜有功，遂送他返还阳间，三十年阳寿仍旧还了刘全。刘全复活后，对唐王交差，唐王大喜，封他为督察院官员，并把孩子接到宅内，父子完聚。来年三月三日，阎王遣金童玉女送翠莲借尸还魂，借尸之人就是唐王的女儿金春公主。这一日，公主见天气清明便在花园游玩，正在打秋千之际，金童玉女割断绳子，即"有皇姑在园中，打秋千玩春景，金童玉女来往送，皇姑要把秋千打，金童玉女割断绳"[①]。虽然细节略有不同，但仍不失为大团圆结局模式。

对比唱书、宝卷与戏曲，刘全与李翠莲的结局都是以"大圆满"的喜剧收场的。三种作品都在民间广泛流传，直观地反映了市井细民的情感追求。李翠莲与唐王御妹之间的前世因缘导致了这一世的果报，因此，翠莲借尸还魂之事显得顺理成章，这其实也看得出民众知晓善恶的处世态度。这样的细节处理世俗化比较强，借宗教思想的宣传，普劝世人向善。孙昌武说："中国小说一般有头有尾，结构完整，并多是大团圆结尾。这也与佛教因果报应思想有关。从印度譬喻故事到中国的感应、冥报传说，一定是好人得福，恶人得祸。按佛教观点看，人的一切行为都是善恶分明的。而且鼓励人改恶从善，至有'放下屠刀，立地成佛'之说。善恶分明，果报显著，表现在小说中，正、反面必有鲜明的阵线，故事一定要有完满的结果。在中国小说中，善恶交织的人物、不可解决的矛盾是不存在的。也不会有西方文学那种命运悲惨的观念。即使是悲剧，也要加上一个喜剧的结尾。"[②]

《唐王游地府》在处理刘全与翠莲的结局上，无疑是在《西游记》的基础上又借鉴了其他作品的情节，可以说这个大团圆结尾是最能体现民众世俗追求的一种表现。无论是突出刘全性格的立体化，或者说是刘全夫妇二人的圆满结局，都体现了市井民众悲悯、同情的审美趣味，人

---

① 日本早稻田大学图书馆藏清刻本《新刻李翠莲施舍金钗游地狱大转皇宫》（二卷），卷下。
② 孙昌武：《佛教与中国文学》（第2版），上海：上海人民出版社，2007年版，第215~216页。

们在这样的故事中似乎也可以看到自己生活的影子，或者也能看到自己对美好生活的愿望。

五、结论

对比百回本《西游记》与云南唱本《唐王游地府》，我们发现后者在故事情节的安排上更为细密，不仅对"翠莲施金钗"的故事有了全新的演说，而且这部分内容也为后文"刘全送瓜"部分张本，使得二者浑然一体。唱本以两条主线发展，二是"唐太宗入冥"，一是"刘全进瓜"，二者并行正是为了体现小说所宣扬的"善"的理念，唐太宗有信有德，刘全不贪生怕死，即通过刘全夫妇和唐太宗兄妹的劫数来晓喻世人一心向善，这种结构安排虽然与《西游记》有异，但也包含其主要情节内容。从情节发展上来看，唱本《唐王游地府》比百回本《西游记》之相关情节更系统、更完整；从体裁形式上看，唱本《唐王游地府》结合了小说、说唱文学的特征，发展成一种新的说唱体文学，故而有学者指出："'唐太宗入冥'的故事走了一条由'小说'到'讲唱作品'的道路。"[①] 基于此，我们应该可以断定云南唱本《唐王游地府》的文本源是百回本《西游记》。

[①] 杜斗城：《敦煌本〈佛说十王经〉校录研究》，兰州：甘肃教育出版社，1989年版，第224页。

第五章　云南唱本《唐王游地府》与古彝文《唐王游地府》

在云南地区，唐王李世民魂游地府的故事除了以汉文唱本的方式流传于民间外，至少还以古彝文传抄文献形态保存在彝族毕摩手中。汉文唱本与彝文文本之间是什么关系，是一个值得探讨的问题。近年来，古彝文毕摩文献的翻译整理，为我们考察汉文唱本《唐王游地府》与古彝文《唐王游地府》之间的关系提供了方便。

第一节　古彝文《唐王游地府》的汉译本及内容

古彝文《唐王游地府》（又称《唐王书》或《唐王记》）是"流传于云南峨山、新平、双柏、元江、红河、元阳、绿春、江城等地的一部彝族古籍文献"[①]，长期以来一直以手抄本形式收藏于毕摩手中，十分稀见。20世纪80年代云南双柏县的古彝文《唐王书》的发现引起了相关学人的关注，1983年李世忠、施学生等人翻译《唐王书》（后有《唐僧取经》，收在《彝文文献译丛》第4辑），学界始知这本文献，并认识到它的宝贵价值。之后经过深入调查，专家陆续发现了新的古彝文《唐王书》，为了研究的方便和进一步深入，学界陆续推出了根据不同毕摩收藏的《唐王书》所翻译过来的多种汉译本。1998年李生福、张和平编译的《西行取经记》（包括"唐王游地府""刘全进瓜记""唐僧取经书"

---

① 普学旺、艾芳、普梅笑、李海燕译注：《唐王记》，昆明：云南教育出版社，2016年版。

三部分）是在前述李世忠和施学生翻译的基础之上，"采用'两行译著并加章节意译法'，即彝文、国际音标和汉文意译"①而出现的第二个译本。据介绍，彝文《唐王书》由"唐王游地府"和"刘全进瓜"两部分组成，"唐王游地府"部分有2182行，"刘全进瓜"部分有1000行。②进入21世纪也出现了两种新的译本。2007年潘林宏、施文贵等又翻译了《唐王游地府》，此汉译本依据的彝文文献为"双柏县已故著名毕摩施学生的珍藏本，该书为绵纸线装，仿16开本横向左开毛笔直书，字迹清晰，是众多版本中较为完整的一部"，翻译者还提到，"在编译中，彝文部分几乎原封不动地保留了原版格式，文词语句亦未作增删和改动"。③由此看来，此汉译本是比较接近彝文原貌的作品。2016年，普学旺、艾芳等译注《唐王记》，而此次翻译的彝文《唐王记》依据的本子来源于云南绿春县牛孔地区，原文有6000多行，是目前所见的手抄本中最长的一部。

以上四本是目前学界对彝文《唐王游地府》进行的几次重要的翻译成果，因为翻译时依据的文献不同，故而诸汉译本在内容上也不尽相同。但是经过对比双柏县和绿春县的两个汉译本（因为2007年潘林宏、施文贵等翻译的《唐王游地府》与2016年普学旺、艾芳等译注的《唐王记》彝文、汉文对照更为全面，因此本书主要对这两个版本进行比较，同时也参考了1998年李生福、张和平编译的《西行取经记》）来看，这些译注本所依据的本子来源虽有不同，内容也有简有繁，但是主体内容基本一致。可以说这些文献是我们了解彝文《唐王游地府》最有力的资料，因此，为了方便后文论述，我们有必要先对目前这些汉译本的内容略作概述。

一、双柏县彝文《唐王游地府》故事梗概（据潘林宏等译本）

该译本包括"翠莲蒙冤死""龙塔纪告状""天子赴阴间""唐王游

---

① 详见葛陵：《彝族译著文献研究综述》，载于《普洱学院学报》，2015年第4期，第35页。
② 详见张菊玲、伍佳：《新近发现的古彝文〈西游记〉》，载于《民族文学研究》，1985年第3期，第70页。
③ 潘林宏、施文贵翻译：《唐王游地府》，见楚雄彝族自治州人民政府：《彝族毕摩经典译注》（第五卷），昆明：云南民族出版社，2007年版，第2页。

地府""刘全送葫芦""行善得福禄""善恶自公断"七个部分。故事情节大体如下：

神州大地上有座观音寺，内有一老僧名叫阿希，有一天寺院倒塌佛像遭毁。为了重建寺院、重塑佛像，寺僧决定出门化缘。阿希老僧与徒弟来到读书人刘全府上化缘，刘妻李翠莲是个心地善良之人，她毅然取下金发钗送给僧人。小徒弟为酬谢翠莲，送给她一粒葫芦种，并告诉她说此种子一旦种下能结出一半黑、一半红的葫芦来，叮嘱翠莲收藏好。之后小僧人去街上卖钗兑银两，恰被刘全看见，刘全遂问僧人金钗来处，小僧人回答说是善良的妇人施舍。刘全想想不对头，便回家质问妻子翠莲，翠莲害怕刘全误会，便找各种理由搪塞刘全问话，翠莲越是遮掩，刘全越是生气，最后一边骂一边打，逼得翠莲走投无路。翠莲意欲上吊自杀，在犹豫之际，被两个鬼索命赴阴。刘全看到妻子死后也后悔不已，头七日时老僧人前来告知实情，刘全知道误会妻子后失声号啕。"翠莲蒙冤死"故事至此结束，紧接着是"龙王龙塔纪告状"之事。

原来城里有个老祭司算卦非常准，他每天都要替一渔夫卜卦，每卦必准。渔夫在河边将此秘密告诉了樵夫，正好被两个小水妖听见了，连忙告知了龙王。龙王听后十分震怒，想撵走算卦人。为此他乔装成凡人请老祭司卜卦，并说卜卦不准就赶他走。老祭司知道他要卜雨数，所以告诉他甲子日午时有雨，城里三阵，城外七阵。龙王回来查看行雨令，果然与祭司说的一模一样。他十分吃惊，但是不愿就此服输，因此私自改了雨数，变成城里七阵，城外三阵，结果淹死了很多人。龙王龙塔纪要找老祭司的麻烦，却不料自己已招来杀身之祸，后来在老祭司的指教下，龙王带着夜明珠向唐王求情，因为监斩官是魏徵。唐王在梦中答应了龙王，所以第二天退朝后就留魏徵在宫殿里下棋，不料魏徵在梦中斩了龙王，造成唐王失信于龙王。龙王来到宫殿索命，被胡建德、秦叔宝挡在门外，便去地府告状，阎王便派两个阴官请唐王亲自来地府走一趟。唐王十分害怕，后来魏徵写了一封信请唐王带给阴府的冲潘，他在阴府掌管生死簿，是魏徵的好朋友。唐王带着请托信来到地府，遇到冲潘后得到帮助。他走过思念山、忘却山、风旋雨转山、寒水山、女儿城、金银桥、阴河桥后，到达阎君府，与老龙"三曹对案"，老龙控诉唐王许救反诛，阎王指责老龙故意违背天规，害人姓命，最后饶他去脱生，投生成彩虹，不失龙之根本。了结龙王案后，阎王找来冲潘，拿出生死簿查看唐王寿命，不料唐王阳寿已尽，阎王让冲判官给唐王加了二十年阳寿，并让他带领唐王遍观地狱三十六河、七十二关。唐王允诺回阳后送给阎王一个半绿半黑的宝葫芦，其后便开始了游地狱。没走多时，便碰上了已故的两位兄弟缠着他讨命，唐王答应他们回阳后替他们超度，才解决了这一麻烦。其后在判官的带领下，唐王先后经历了绿红白黄黑五洞、剥皮城、赐福城、配婚山、讨债城、公平街、霹雳城、溺水城、尔古山、洞穴河、锯人城、黑夜城、血水城、善人城、阴佛城、冰雪城、剖腹城、冷水城、炸人城、磨人城、十八河里甸（十八层地狱）、烤人城、塔寨城、赐子城、锡拉城、河水城、捏拉城、火焰城、陇涅城、挖眼城、路滑山、碎银山等地狱中的不同地方，并目睹了各种酷刑，由于善恶不同而结果不同。以上内容为"天子赴阴间""唐王游地府"部分。

后来唐王还阳，与大臣们申说了地狱中的所见所闻。因在阴间借了尚列两库银子，便遣胡建德去还钱，胡建德找到尚列以后给他建了府宅，置办了田产。唐王还记得答应送阎王宝葫芦的承诺，于是下旨寻葫芦，刘全看到皇榜后想起僧人曾经送给翠莲的葫芦子，于是便找到种下了，结出了一半红一半黑的葫芦。他把宝葫芦进献给唐王，并替唐王阴间送瓜。阎王嘉奖他的忠义，刘全却只想见亡妻翠莲。夫妻二人阴间相见后难舍难分，刘全不愿回阳。阎王没有办法便送他们夫妻二人回阳，但是翠莲的尸首已经腐烂，最后借唐王妹唐翠玉之身还阳。还阳后夫妻二人相认，唐王替二人主持了婚礼，将公主的衣物首饰、田宅粮食尽数赐给翠莲，二人回乡后过上了幸福的生活。这些是"刘全送葫芦""行善得福禄"部分的故事。至此，唐王游地府的故事完结，该书结尾是"善恶自公断"的劝善诗，意在劝人向善。

二、绿春县牛孔地区彝文《唐王游地府》故事梗概（据普学旺等译本）

此汉译本分为"引子""翠莲蒙冤""龙王告状""唐王游地府""刘全进瓜""尾声"六部分，兹将汉译内容概述如下：

江南青城县罗平村有一位秀才刘全，妻子叫李翠莲，有一双儿女，女叫玉凤，儿叫刘英。刘全经营一间当铺，早出晚归。一日，翠莲家门前来了一位和尚，法号普净，住在永寿寺，因为寺内观音殿倒塌需要重修大佛，因此前来化缘，以做大佛金心。翠莲心善，拔下头戴的金钗施与僧人。和尚送给翠莲一粒南瓜子，并嘱咐翠莲收藏好，日后自有用处。僧人迅速离去，把金钗遗失在集市，恰被一个小伙子捡到拿去刘全的当铺典卖。刘全认出金钗是翠莲之物后，遂问小伙子金钗来处，小伙子回答说是朋友送的，刘全因此起了疑心，心如刀割，天亮后返回家中，问妻子翠莲为何不戴金钗。翠莲害怕刘全误会，遂隐瞒了拔钗斋僧之事，刘全越想越恼火，动手打了妻子，并破口大骂。刘全撵妻子出门，并说第二天告诉翠莲的亲戚和父母，致使翠莲绝望伤心，正在为难时，两个小鬼差来索走了李翠莲的命。天亮以后，刘全看到翠莲自缢身亡吓得魂飞魄散，伤心痛哭。守灵第七天，一个老和尚来给翠莲上香，并告知刘全实情，说明事情缘由，告诉刘全他赠给翠莲一粒一面红一面黑的南瓜子，刘全果然在针线篮子里找到，至此后悔不已。刘全把一双儿女托付给岳父岳母，自己去当铺照顾生意。以上情节为"翠莲蒙冤"的部分。

且说纳铁京城里来了一个毕摩卜算师叫鬼谷子，开店卜算十分灵验。有个捕鱼人每天都找卦师算卦，并依照卦上内容下网而捕了很多鱼。有一天，他将此秘密告诉一樵夫时，恰好被一小水神听见，报告给了龙王龙塔纪。龙塔纪十分气愤，变作一个秀才请卦师卜卦，并扬言如果不准就把他赶出城去。龙王让卦师给他算算明日是否有雨，结果卦师算得明日甲子日有雨，城内下三滴，城外下七滴。龙王暗自高兴，因为行雨的事归他管。不料到了夜里三更，天宫中的玉皇大帝下旨，让龙王明日行雨，城内三滴，城外七滴，与卦师所言丝毫不差。龙王惊慌过后打定了歪主意，第二天行雨时私自改了雨数：城内七滴，城外三滴。因此闯下了杀身之祸，玉帝发火，派遣魏徵为监斩官，处死龙塔纪。龙塔纪不知，跑到卦摊大骂，不料卜算师告诉龙王他即将大祸临头，龙王浑身颤抖，请求卜算师给他指引一条路。卜算师告诉他，除了大唐天子没人能救他，因为监斩官是魏徵。龙王回龙宫取了夜明珠去皇宫请唐王帮忙，唐王梦里答应龙王，醒来后发现夜明珠在旁，方知梦中是真的。为了救老龙，唐王留魏徵下棋、赌钱、打牌，不料魏徵打起瞌睡，在梦中斩了老龙。唐王答应老龙施救反而没救成，因此龙王便向唐王索命，多亏胡敬德、秦叔宝等人把守宫门，挡住老龙。龙王无奈，告状到地府，阎罗王写奏章给玉帝，玉帝下旨让阎王亲自审理，并把唐天子请到地狱中"三曹对案"，审完案后让唐王遍游阴间各大牢三十六狱，遍观七十二酷刑，回阳后教化生灵。于是阎王派了两个阴差去请唐王。唐王梦中看到使者，魏徵梦中也看到使者，才知此事是真。于是唐王准备好后带着魏徵写给地狱判官崔包的请托信到了地府。在鸡街山见到崔包后，唐王递信，崔判官决定保驾唐王。他们经过尼堂奢衙门、城隍府衙门、思乡岭、黑三台、狂风岭、背阴山、转阳山、金银桥、奈河桥后到了阎王的森罗殿。正好天上的玉皇大帝下旨，说是策更兹①母亲不久要做寿，天宫中缺一种一面红色一面黑色的甜南瓜，要求阎王敬献，阎王为此犯难。唐王跟着鬼差到了阎罗殿，得到阎王礼遇，其后与龙王"三曹对案"，因为龙王违背玉帝圣旨，自招罪责，最后阎王开恩放他托生彩虹。案子结束后，阎王让崔判官看生死簿，崔判官发现唐王阳寿已尽，又想起魏徵托付的话，于是私自为唐王增寿二十年，阎王未看出破绽，吩咐崔判官带领唐天子游地府三十六牢狱，观七十二酷刑。唐王欲报答阎王，阎王因此向唐王要一面红一面黑的甜南瓜。崔判官带着唐王游地府，没过多久就看到了建成、元吉的魂来阻拦，二人求唐王回阳后请和尚和毕摩为他们超度，唐王应承下来。其后唐王跟随判官经过了金木水火土五行五个洞、清理功德司、赐福馆、婚姻司、债务司、制闲司、添减司、雷劈地狱、污秽湖、田埂山、黑洞大牢狱、钝锯牢狱、漆黑大牢狱、污血海、康善司、祭祀司、地府渴水牢、拉肠破腹司、水牢、炸人地狱、铁碓地狱、十八层地狱、铁床地狱、业镜地狱、赐子司、木牢、水牢、土牢、火牢、金牢、挖眼割舌地狱、滑油山、破钱山、寄库司、回阳铺、天生桥等地。在过金牢时，唐王为了超度为国捐躯的阵亡魂，借了阳间相良夫妻寄存在寄库司的两库银子。唐王在地狱中看到了种种酷刑，也看到因为善恶不同的果报，因此决定回阳后晓谕世人向善。以

---

① 策更兹：彝语音译。彝族传说中的天帝，如同汉族所说的"玉皇大帝"。

上内容属于"龙王告状"和"唐王游地府"部分。

唐王在天生桥回阳后,对大臣说了地狱中的种种见闻,派遣胡敬德去杭州偿还相良的两库金银,胡敬德找到相良后,因他不肯收下金银,便给他盖了一座佛寺,取名相国寺。唐王记得承诺阎王进献奇异南瓜的事,便张榜全国寻瓜,刘全看到榜文后想起和尚送给妻子翠莲的瓜子,他把瓜子种下去,两个月后果然结出了一面红一面黑的南瓜。刘全进京献瓜,因为想念妻子便替唐王去阴府送瓜。阎王要赏刘全寿岁和福禄,或者高官厚禄,刘全拒绝了,他只想见亡妻翠莲一面。阎王答应刘全让他们夫妻二人见面,二人见面后伤心落泪,难舍难分。判官催促刘全早日还阳,不料刘全宁愿在地府陪伴翠莲也不愿意回去。无奈阎王答应让翠莲也还阳,因为翠莲的尸首已腐烂,且她和唐王御妹翠玉有前世孽债,这一世翠莲便借唐翠玉尸首还阳。刘全与翠莲还阳后细述前后因果,唐王为二人主婚,刘全做了驸马。唐王赏赐二人珍珠财宝、金银绸缎、奴仆佣人。刘全夫妻二人高兴回乡,儿女做了大官,一家人富贵荣华。此为"刘全进瓜"故事。至此,唐王游地府故事完结,其后亦附有劝善诗文,并说明抄写此文献的人为龙朝喜。

综观以上几个译本,彝文《唐王游地府》的故事情节主要由四个部分组成:其一,老和尚募化金钗,李翠莲含冤自缢;其二,鬼谷子(或未著姓名)城内卖卦,龙王龙塔纪犯天条被魏徵梦中斩首;其三,唐王入地府"三曹对案",许诺送瓜,在崔判官(或者冲潘)引导下游历地府,亲见种种恶险;其四,刘全入地府送瓜,与妻子阴司相会,翠莲借御妹之身还阳,夫妻二人团聚。该彝文叙事长诗旨在抑恶扬善,向人们宣扬"善"之美,以阴间种种酷刑来警示世人,善恶有报,借以引起民众的共鸣,达到宣扬教化的目的。

第二节 彝文《唐王游地府》与云南唱本《唐王游地府》的关系

上文所述,彝文《唐王游地府》分为四个故事情节,这四个部分正好与明代百回本《西游记》第九回"袁守诚妙算无私曲 老龙王拙计犯天条"、第十回"二将军宫门镇鬼　唐太宗地府还魂"、第十一回"还受生唐王遵善果　度孤魂萧瑀正空门"三回的内容基本一致,因此有的学者认为彝文《唐王游地府》取材于明代百回本《西游记》,即对《西游记》进行了有选择性的借鉴,删除了其中一部分情节,并加进了彝族的文化元素。[①] 有的学者则认为古彝文《唐王游地府》出自毕摩之手,经历了一个不断完善的过程。[②] 实际上,彝文《唐王游地府》无论在叙事形式还是内容选取上都体现了浓厚的彝族文化气息,它使用五言长诗的叙事形式,以彝族特有的思维方式进行描写,更易于向大众说教。但是细究其主要情节的发展顺序以及对具体细节的刻画,言其取材于《西游记》的说法似乎有些牵强。有学者已经注意到《唐王书》可能来源于另外一个祖本,"两部古彝书(《唐王书》《唐僧取经》)所依据的祖本,可能是早期《西游记》故事,比《朴通事谚解》《永乐大典》残文所提供的话本还早"[③]。这个推测提出了不是源出《西游记》的说法,值得肯定,但是其言《唐王书》的祖本为早期《西游记》故事的观点还值得探讨。经过研究,我们以为彝文《唐王游地府》实乃源自汉文唱本《唐王游地府》,以下试论述之。

彝文《唐王游地府》属于毕摩文献,长期保存在毕摩手中,像《唐王游地府》之类的改编自汉文的毕摩文献的产生,与历史上"改土归

[①] 如李生福、张和平编译《西行取经记》一书的前言说:"彝文叙事长诗《西行取经记》由《唐王游地府》《刘全送瓜记》和《唐僧取经书》三部分组成,共四千余行,主要流传在哀牢山、乌蒙山彝族地区。题材取自汉文古典名著《西游记》,但从思想内容到表现形式则更多地融入了彝族传统文学的特点、审美情趣和欣赏习惯,诗中的人物性格、故事情节以及人神活动的场景,无一不以彝人特有的思维方式构建。作者在吸收异文化时,并非简单照搬原作,而是凭其渊博的彝族传统文化知识和深厚的文学功力,有所选择,有所侧重,加以发挥。可以说,这是一部受《西游记》影响产生的彝族神话叙事长诗,对研究彝汉文化交流具有独特的价值。"又李金发《彝文叙事诗〈西行取经记〉与〈西游记〉之比较》一文指出:"成书于明清时期的彝文长篇叙事诗《西行取经记》是汉文小说《西游记》在彝区的流传和变异版本,反映了明清时期汉彝文化的深度交融。"

[②] 如潘林宏、施文贵翻译的《唐王游地府》前言提到:"《唐王游地府》更是在彝族人民社会生活中形成并与彝族社会历史发展密切相关的一部神话故事。诚然,书中许多地方也牵涉大唐朝政和盛唐时期的诸多历史人物,正因这样,人们对它的出处提出了许多质疑,甚至有人说它是汉文的翻版。其实只要稍加留意一下彝族文化的基本特征和彝族社会发展的历史,就不难发现这样的说法是不经之谈","《唐王游地府》出自毕摩之手是不可置疑的"。

[③] 张菊玲、伍佳:《新近发现的古彝文〈西游记〉》,载于《民族文学研究》,1985年第3期,第68页。

流"的政策密切相关。"改土归流"的实施，致使彝族毕摩的地位大为下降，"原来依附于统治阶层，专司祭祀、巫术仪式和彝文教学著述的毕摩，回到了民间，一些人从事祭祀、巫术活动的同时，也从事搜集、记录民间口承文学，如著名的史诗《查姆》《勒俄特依》等；有的从事翻译、改编汉书，如《唐王书》《西游记》等"① 这段话清楚地说明毕摩手中传抄保留至今的彝文《唐王游地府》是借鉴了汉文的《唐王游地府》。对此，一些学者在研究彝文文献时也已加以确认，如普学旺等人译注的《唐王记》的前言便写道："彝文《唐王记》源自汉文《唐王游地府》，文本源清楚。但它不是对汉文祖本的逐句直译，而是进行了较大的再加工、再创作，'彝味'浓溢，是汉彝文化交流和翻译史上较为成功的'归化'作品之一。"②

为了更直观地证明彝文《唐王游地府》与汉文《唐王游地府》的渊源，我们有必要对百回本《西游记》、唱本《唐王游地府》、彝文《唐王游地府》进行一些细节上的对比分析。云南唱本《唐王游地府》共十回，具体回目如下：

> 第一回　袁天罡化钗赠瓜种　李翠莲尽节寻自缢
> 第二回　鬼谷子八卦占雨水　魏丞相一梦斩龙王
> 第三回　唐秦王赴阴许瓜果　十阎君断狱封长虹
> 第四回　二判官保驾游地府　两奸王拦路诉苦情
> 第五回　凶汉拷打酆都城　女人悲啼血湖池
> 第六回　管理司官五七样　细述阿鼻十八层
> 第七回　五司官惊跌唐天子　众孤魂大闹枉死城
> 第八回　枉死城外还有狱　天生桥下回转阳
> 第九回　遣官偿还阴司债　发榜招来进瓜人
> 第十回　刘全舍命赴阴府　翠莲借尸还阳间

以上回目，彝文《唐王游地府》里大都有所体现，且顺序相符。由于民族文化不同，信仰有所差异，彝文《唐王游地府》对地狱中所见三

---

① 左玉堂、陶学良：《毕摩文化论》，昆明：云南人民出版社，1993年版，第19页。
② 普学旺、艾芳、普梅笑、李海燕译注：《唐王记》，昆明：云南教育出版社，2016年版。

十六狱、七十二司有部分省略和改写，但是不影响其主体情节。彝文《唐王游地府》以长诗形式出现，而云南唱本《唐王游地府》在叙述中也穿插着五言、七言唱句和诗歌，这在体裁形式上更利于《唐王书》的翻译和改写。

将百回本《西游记》、彝文《唐王游地府》、云南唱本《唐王游地府》进行细节比较，不难看出彝文《唐王游地府》与云南唱本《唐王游地府》在细节上极其相近，而其中不少细节是百回本《西游记》所不载或者一语带过的内容，以下试举几个显例。

一、李翠莲舍金钗斋僧

彝文《唐王游地府》开篇便是老和尚去刘全家募化金钗，其妻李翠莲将金钗施赠长老，并收到一粒瓜子作为答谢。金钗辗转落入刘全之手，遂误会妻子李翠莲。翠莲被拘家中枉死，头七日老僧人前来讲出实情，刘全追悔莫及。故事中还穿插着一双儿女以及刘全岳父岳母的情节。这一部分其实就是对云南唱本《唐王游地府》第一回"袁天罡化钗赠瓜种 李翠莲尽节寻自缢"的改写，云南唱本《唐王游地府》在故事开始前即有交代，"民间造孽苦海，阴府受罪如山，玉帝宣众臣议奏，当下有天山仙袁天罡、地仙鬼谷子奏曰：'臣等查得唐天子兄妹，李翠莲夫妇俱在劫数，请旨将伊等拘到地府，遍游地狱，再放还阳间，晓谕世人，方知善恶。'玉帝依奏"[1]。可见，全文情节的发展都是按照这几句"引子"来展开的。总体上说，彝文《唐王游地府》没有偏离这个主题，虽然改动了一些内容，目的却是让这个故事在本民族的文化环境内更容易被接受，从而凸显其宣传"真""善""美"的教化功能。与这部分相关的内容，在百回本《西游记》里没有过多体现，仅在刘全揭榜献瓜时有寥寥数笔交代：

榜张数日，有一赴命进瓜果的贤者，本是均州人。姓刘名全，家有万贯之资。只因妻李翠莲在门首拔金钗斋僧，刘全骂了他几句，说他不遵妇道，擅出闺门。李氏忍气不过，自缢而死。撇下一

---

[1] 大字足本《唐王游地府》，云南邱文雅堂石印本，民国二十四年（1935）。

双儿女年幼，昼夜悲啼。刘全又不忍见，无奈，遂舍了性命，弃了家缘，撇了儿女，情愿以死进瓜，将黄榜揭了，来见唐王。①

百回本《西游记》虽然对刘全愿意进瓜的原因有所交代，却放在了刘全揭皇榜之后，这显然与彝文、汉文《唐王游地府》的故事发展顺序不符，三者之间的差异明显可见。

二、唐王地府"三曹对案"情景

关于唐王在地府中"三曹对案"之事，彝文、汉文《唐王游地府》的记载相似，而百回本《西游记》的记载却完全不同。为了方便比较，兹将原文转录如下：

> 约有片时，秦广王拱手而进言曰："泾河鬼龙告陛下许救而反杀之，何也？"太宗道："朕曾夜梦老龙求救，实是允他无事；不期他犯罪当刑，该我那人曹官魏徵处斩。朕宣魏徵在殿着棋，不知他一梦而斩。这是我那人曹官出没神机，又是那龙王犯罪当死，岂是朕之过也？"十王闻言，伏礼道："自那龙未生之前，南斗星死簿上已注定该遭杀于人曹之手，我等早已知之。但只是他在此折辩，定要陛下来此，三曹对案，是我等将他送入轮藏，转生去了。"②
>
> ——《西游记》第十回

> 龙塔纪上堂，双脚跪堂下，求告阴君说："阎王大老爷，请你给明断。阳间大唐王，说定要保我，为何他不保？若是他不服，当面说清楚。天帝定的规，让我放午雨，被我放错了。虽已犯死罪，我拿夜明珠，求饶大唐王，说好要救我。可是到后来，魏徵来杀我，他却不来保。千年我不死，万年也不死，如此被冤屈，死而心不甘。"接着说唐王，"今天来讨命，今天要还我。若是你不还，我因你丧命，那就只好是，一报还一报。"唐王辩白说："我听你求

---

① ［明］吴承恩著，黄肃秋注释，李洪甫校订：《西游记》，北京：人民文学出版社，2010年第3版，第133页。
② ［明］吴承恩著，黄肃秋注释，李洪甫校订：《西游记》，北京：人民文学出版社，2010年第3版，第126页。

时，我也在睡觉，迷糊梦中游。本在事发前，我召魏徵来，留在乾阳宫，一同来对弈。本想拖住他，不让去杀人。哪知魏徵他，身子在睡觉，魂魄去杀人，断了你性命。夺你命的人，是他魏丞相，不能来怪我，只怪你命薄。"……阴君阎罗王，听了龙王话，颜容发大怒，斥责龙塔纪："闭上你的嘴，让你管雨水，随意犯天规。纳铁大城里，淹死无数人。世间人的命，人人向你要，个个向你讨，你又如何还？你已犯死罪，你死你自找，怎能这样说？今天算饶你，判你去投生。"龙王龙塔纪，听了阎王话，饶他去投生，心中暗自喜。但又不知道，叫他投哪里，让他投何胎？心里虽然急，但又不敢问，只好称万岁。阎王下判令，判定龙塔纪，投生成彩虹。彩虹连天地，形状如长弓。一半呈绿色，一半呈红色。细雨和阳光，给他做伴侣；绿龙和红龙，当做他真身；早晨西山出，夜晚睡东城。龙王龙塔纪，接过判令后，下跪谢隆恩，快快退堂去。[①]

——双柏县彝文《唐王游地府》译本

老龙王走上前双膝跪下："尊一声十王爷细听原因，凌霄殿降玉旨遍行雨泽，果因我错行数罪犯典刑，我只得求唐王把我命救，他许我对魏丞相说个人情，谁知道做皇帝也说白话，反差了魏丞相斩我身形，若不许说人情我求别处，他分明误我命谁肯甘心，千年修万年炼今成画饼，我今日要他来还我性命。"唐天子走上前也将话论："叫一声十王爷细听原因，我在世朝阳宫中宵打盹，至夜半见老龙跪在埃尘，梦寐中果许他把情来说，早朝后将魏徵留在宫廷，到午时魏徵睡我不留意，谁知他梦寐中来斩你身，他醒来说斩你我还不信，朝门外下红雨方见你形，非是我许了你急慢不救，还是你命该死埋怨谁人。"十王听罢重重怒："骂声老龙你不仁，上帝命你行雨泽，为甚错数害黎民，长安城中洒七点，淹坏无数百姓们，怒气冲上要斩你，能求谁可说人情，你的罪过由自造，莫怪君王无救心。"……话说老龙说道："我千修百炼，得成万年基业，一

[①] 潘林宏、施文贵翻译：《唐王游地府》，见楚雄彝族自治州人民政府：《彝族毕摩经典译注》（第五卷），昆明：云南民族出版社，2007年版，第88~89页。

旦付之流水实不甘心，且有尾无头，难以变化，总求十王安我一条生路。"十王沉吟一会，五殿说："也罢，封你为万里长虹，亦不失龙之根本，但要请命唐天子才是。"十王齐向唐王请旨，唐王题诗一首赠他。①

——云南唱本《唐王游地府》第三回

云南唱本《唐王游地府》的叙述相较《西游记》来说更符合"三曹对案"之场景，龙王、唐王、阎王三方均发表了自己不同的观点，可以显现出场面的激烈，而且无论情节发展还是语言安排都表现得十分自然，衔接紧密。世德堂本《西游记》中短短二百余言即把龙王状告唐太宗一案了结，且龙王在对质之前已经转生，在场的只有唐王及秦广王。龙王究竟转生成了什么，《西游记》中并未着墨，而云南唱本《唐王游地府》中却明白地写到封老龙为"万里长虹"。故而彝文《唐王游地府》里老龙投生"彩虹"由来有据，且其描写"三曹对案"的情景更可以视为汉文《唐王游地府》的翻版。因此，我们很容易看出彝文《唐王游地府》与汉文《唐王游地府》的关联很大，而与百回本《西游记》的差异却是显而易见的。

三、刘全进瓜故事之细节

彝文《唐王游地府》"刘全进瓜"部分尤能体现对汉文《唐王游地府》的引用和改写。

首先就是对异种南瓜的叙述，彝文《唐王游地府》里出现一面红一面绿一面黑的奇异瓜，看似极尽想象之能事，实则在汉文《唐王游地府》第十回里已有生动的写照："及看至访寻瓜种，进献五殿等论，刘全不觉心内猛然想起昔日妻子施钗之时，那和尚所送瓜子一粒，正是一面红一面黑，与榜中所说无异。……刘全依着丈人之言，将瓜子埋入土中，不满三月，即得一瓜，异样可爱，与榜中颜色相合。"②

其次，彝文《唐王游地府》里加以渲染的情节是刘全在地府中与妻子相会时的场面，悲戚感人，尤其是夫妻二人互相关心，愿地狱永相伴时的

---

① 大字足本《唐王游地府》，云南邱文雅堂石印本，民国二十四年（1935）。
② 大字足本《唐王游地府》，云南邱文雅堂石印本，民国二十四年（1935）。

一段对话，让人读了以后容易产生极大的怜悯之心。这段感人至深的真情流露很明显是对汉文《唐王游地府》之情节的改写，原文录写如下：

> 善良女翠莲，高兴把话说："我的好丈夫，回到阳世间，一人难持家，妻子好伴侣，还是找一个，莫找年轻人，莫找漂亮女，贤德最重要，相貌虽不美，我的儿和女，她要能善待，我在阴间里，也可少惦念。若是心不好，我的儿和女，要受她的气，我心难安稳。俗化说的好，各家儿和女，脾气自己知，我说这些话，请你记心里。"翠莲善良女，跪在丈夫前，眼泪流不止，哭泣不成声。刘全扶起妻，说出肺腑话："妻子在阴间，丈夫回阳世，阴阳两世界，各自在一方。若我再续弦，重娶一妻室，我的儿和女，要受她的气。为夫一个人，不回阳世了，你我夫妻俩，不管穷和富，就在阴间里。"[①]
>
> ——绿春县牛孔地区彝文《唐王游地府》译本

> 夫君好阿哥，请听妻一句："夫君回阳间，需得续一房，与你双栖人。一旦姻缘起，不要看容貌，无需妙龄女，找个好心人，去度余生吧！切忌不要找，黑心狠毒人。若是那种人，儿女会遭罪。只有亲生的，才会对儿好；俭省给儿吃，体贴女儿苦，别人难做到。自己做错事，推给儿女背，天天骂儿子，日日打女儿，莫找那种人。为妻这句话，请你切记牢。将来有一天，夫君若续妻，定当配淑女，善待儿和女，不用我担心。妻在阴间里，也无牵挂了。"刘全跟妻说："回去已不想，另找也不求。人生在世间，贫穷与富贵，孤独与欢乐，都是天注定。今日在这里，夫妻得重聚。凡尘阳世间，不想回去了。"[②]
>
> ——双柏县彝文《唐王游地府》译本

> 翠莲开言尊夫主，相公留神仔细听，妾心有句闲言语，你可牢牢记在心，夫主若是回朝转，必然要娶枕边人，第一择个贤良女，莫贪颜色爱青春，宽怀看顾儿和女，我在阴世也放心，若是讨个不

[①] 普学旺、艾芳、普梅笑、李海燕译注：《唐王记》，昆明：云南教育出版社，2016年版，第430页。

[②] 潘林宏、施文贵翻译：《唐王游地府》，见楚雄彝族自治州人民政府：《彝族毕摩经典译注》（第五卷），昆明：云南民族出版社，2007年版，第319页。

贤妇，儿女难免受灾星，各人养的各人爱，前儿是他眼中钉，自己为人不贤慧，反说儿女不成人，朝打夜骂还犹可，专怕恶人起毒心，不念儿女孤又苦，须看吊死这般情，说罢双膝来跪下，两目滚滚泪长淋，刘全听得心胆碎，扶起贤妻叫几声，贤妻负屈身已死，我岂重婚再娶亲，宁可孤独过一世，岂叫儿女受人凌，今日既来得相会，你我怎肯又离分，情愿同你阴司过，不愿回阳去做人。①

——云南唱本《唐王游地府》第十回

彝文《唐王游地府》在云南地区广泛流传，上面两段文字分别是绿春县牛孔地区和双柏县流传的故事，从内容上看，无疑都是对汉文《唐王游地府》的借鉴，虽然彝文记载之间略有不同，但具体内容是高度一致的。"刘全进瓜"故事中的这两个细节不见于《西游记》，而且《西游记》对"刘全进瓜"过程的描写也显得简略。因为《西游记》以"唐太宗游地府"为叙事重心，而《唐王游地府》的叙事重心已经发生变化，"刘全进瓜"部分脱离了《西游记》系统的"禁锢"，已经开始和"唐太宗游地府"平分秋色，有目的地表现了主题，即向世人宣传"善有善报"的思想。

四、翠莲与唐王御妹之间的孽缘故事

翠莲"借尸还魂"引出一段前缘往事，她与一张姓男人以及唐王御妹之间存在情感纠葛，兹将两段文字摘录如下：

从前人世间，女人有一个，生前那一世，曾是张文妻，因她未生育，张文娶小妾。李翠莲前世，就是这小妾，小妾生一子，那个长房妻，未生一儿女，好心她不怀，天天骂丈夫，折磨她的妾，家室难安宁。而今这一世，投生回阳间，她变皇帝妹，就是唐翠玉。张文的小妾，受尽她折磨，死了心不甘，小妾再投生，变成刘全妻，就是李翠莲，这一桩冤案，尚未还公道。②

——绿春县牛孔地区彝文《唐王游地府》译本

---

① 大字足本《唐王游地府》，云南邱文雅堂石印本，民国二十四年（1935）。
② 普学旺、艾芳、普梅笑、李海燕译注：《唐王记》，昆明：云南教育出版社，2016年版，第432页。

时值唐王御妹李翠英，前生系福建富室张元之妻，嫉恶妒忌，故未生子。张元又讨李翠莲为妾，得生一子。张元一死，李翠英即以妾子为己子，不容翠莲同享富贵，以致翠莲抱恨，自缢身亡。今将翠英尸身借与翠莲还魂，一一偿还前孽，投机之至。①

——云南唱本《唐王游地府》第十回

汉文唱本《唐王游地府》以劝善为主，故事中包含着因果报应等思想，李翠莲是个善人，但是她和唐王御妹之间前世的一段孽缘衍生了今世的"借尸还魂"。彝文《唐王游地府》在借鉴时也完整地把这段故事保存下来，二文如出一辙，这是体现彝文《唐王游地府》与唱本《唐王游地府》关系紧密的一个明显的例子。

五、唐王题劝善诗

汉文唱本《唐王游地府》在描写经过每一处地狱以后，唐王都会题诗警示后人，这一点彝文《唐王游地府》与唱书内容具有很强的一致性。兹引几例以示说明（见表5-1）：

表5-1

名称	唱本《唐王游地府》	汉译《唐王记》	汉译《唐王游地府》
黑暗地狱（黑夜城、黑洞大牢狱）	黑暗狱中一座城，终朝每日暗昏昏。树有锋芒贪官慎，地作针刺逆儿嗔。变牛受尽犁头苦，化蛙原因造孽成。世人若不回心早，永堕地狱不超生。②	皇帝唐天子，文告写一张。张贴在那里：地府丰都司，设有黑洞牢，不分昼和夜，阴官在执法。阳世间的人，闯祸犯法纪，到此受苦刑。生前在人世，以强凌弱者，死后入阴间，要受苦和难。③	唐王赋诗道："天有天正道，人有人伦理。皇天降甘露，厚德载万物。君王施仁政，臣僚效忠主；为官恤民生，为人尽孝心；天意不可违，伦常不可废；生时不行善，死得过刀山；刀刺不算痛，来世苦无边。"④

---

① 大字足本《唐王游地府》，云南邱文雅堂石印本，民国二十四年（1935）。
② 大字足本《唐王游地府》，云南邱文雅堂石印本，民国二十四年（1935）。第五回"凶汉拷打鄷都城 女人悲啼血湖池"。
③ 普学旺、艾芳、普梅笑、李海燕译注：《唐王记》，昆明：云南教育出版社，2016年版，第393页。
④ 潘林宏、施文贵翻译：《唐王游地府》，见楚雄彝族自治州人民政府：《彝族毕摩经典译注》（第五卷），昆明：云南民族出版社，2007年版，第228页。

续表 5-1

名称	唱本《唐王游地府》	汉译《唐王记》	汉译《唐王游地府》
善良司（善人城、康善司）	多少修善人不知，冥间注定复何疑。忠臣千载垂旌表，孝子万年作品题。种种立功天地喜，般般积德鬼神嘻。贫凭精力富资助，功可昭昭福可期。①	皇帝唐天子，文告写一张，张贴在那里：阳世间的人，心术不正者，自有恶果报，忠臣垂青史，行善得善报，人类想什么，天地看得见，富贵与贫穷，神灵自知晓，要做善良人。②	唐王开御口：穷人和佣人，一个小铜钱，得来都不易。只要怀慈悲，慈善抵黄金。不管穷和富，心中善和恶，天地能知晓。一旦心思坏，天惩悔不及。聪慧又善良，美誉传四方。身穷心地善，敬老爱幼小，眼里有尊卑，做事有分寸，贫穷会转富，佣人变雇主，转世享俸禄，光宗又耀祖。劝勉世间人，去做善事吧。③
子孙司（赐子城、赐子司）	今生子孙前世修，好歹贤愚各自由。豪富欲多求不得，贫家愿少生不休。无辜造孽将胎打，果报临盆母命丢。世事纷纷真可叹，有心堕去后难求。④	皇帝唐天子，文告写一张，张贴在那里：儿女聪与愚，寿命长与短，地府来决定，好人得好报，恶人遭恶报，弃恶做善人。⑤	御口留圣言："阴阳两世界，生死相轮回。人生活在世，人人各不同。行善者得善，行恶者得恶。积善儿孙昌，作恶断香火。前世积阴德，转回后世时，生儿得贤子，生女得淑女，子孙万代昌，世享天伦乐。前世作孽多，后世生孬种。儿痴女愚钝，家世遭败落。芸芸世间人，人生匆匆过。生时不带来，死时不带去。淡泊名和利，做个贤德人。多存善良心，阴福泽后人。"⑥

---

① 大字足本《唐王游地府》，云南邱文雅堂石印本，民国二十四年（1935）。第五回"凶汉拷打酆都城　女人悲啼血湖池"。

② 普学旺、艾芳、普梅笑、李海燕译注：《唐王记》，昆明：云南教育出版社，2016年版，第397页。

③ 潘林宏、施文贵翻译：《唐王游地府》，见楚雄彝族自治州人民政府：《彝族毕摩经典译注》（第五卷），昆明：云南民族出版社，2007年版，第230页。

④ 大字足本《唐王游地府》，云南邱文雅堂石印本，民国二十四年（1935）。第六回"管理司官五七样　细述阿鼻十八层"。

⑤ 普学旺、艾芳、普梅笑、李海燕译注：《唐王记》，昆明：云南教育出版社，2016年版，第404页。

⑥ 潘林宏、施文贵翻译：《唐王游地府》，见楚雄彝族自治州人民政府：《彝族毕摩经典译注》（第五卷），昆明：云南民族出版社，2007年版，第238页。

通过以上三个版本的对比，我们发现唐王赋诗的目的其实都是劝善，也就是宣扬善有善报、恶有恶报的果报思想，主旨还是突出"善"，无论是汉族人民还是彝族人民，向"善"的心理都是一致的，毕摩改写汉文《唐王游地府》也是为了劝导本族人民向善，正如译者所言，彝文《唐王游地府》"将彝族扬善挞恶的理念巧用一个生动的神话故事淋漓尽致地演绎出来，使人为之动容，让人荡涤心灵，从中感悟人间真、善、美的可贵和假、丑、恶的不齿，折射出彝族追求道德与法制、友善与和谐的美好愿望以及唾弃丑恶、决裂奸邪的坚定信念。"[1]

六、唐王游地府顺序及地狱名称

我们还对彝文《唐王游地府》以及汉文唱本《唐王游地府》中所写的唐王地狱游观顺序、地狱名称等进行了比较，为了清晰显示二者之间的关系，这一部分列表如下（见表5-2）：

表5-2

汉文 《唐王游地府》	双柏县 《唐王游地府》[2]	绿春牛孔地区 《唐王游地府》[3]	地狱机构职能
金木水火土 五行脱化司	绿红白黄黑五个洞[4]	金木水火土 五行五个洞	分管投生
功德清白司 转劫发放司	剥皮城	清理功德司	查看功与过、善与恶
福禄司	赐福城	赐福馆	掌管福分
婚姻司	配婚山	婚姻司	掌管人间夫妇配合
钱债司	讨债城	债务司	掌管阳间债务纠纷
掠剽司、添减司	公平街	制闲司、添减司	掌管秤斗
报应司	霹雳城	雷劈地狱	纠察人间十恶大罪

---

[1] 潘林宏、施文贵翻译：《唐王游地府》（前言），见楚雄彝族自治州人民政府：《彝族毕摩经典译注》（第五卷），昆明：云南民族出版社，2007年版。
[2] 潘林宏、施文贵翻译：《唐王游地府》，见楚雄彝族自治州人民政府：《彝族毕摩经典译注》（第五卷），昆明：云南民族出版社，2007年。
[3] 普学旺、艾芳、普梅笑、李海燕译注：《唐王记》，昆明：云南教育出版社，2016年版。
[4] 彝文《唐王游地府》绿红白黄黑指五行，即"绿"为木，"红"为火，"白"为金，"黄"为土，"黑"为水，详见第250页。

续表 5-2

汉文 《唐王游地府》	双柏县 《唐王游地府》	绿春牛孔地区 《唐王游地府》	地狱机构职能
污秽司 （水半红半黑）	溺水城 （水半红半黑）	污秽湖 （水半红半黑）	掌管人间禁忌
孤栖垦	尔古山	田埂山	风吹辨善恶，冷水分好坏
酆都地狱	洞穴河	黑洞大牢狱	堂上审事、依善恶刑施
锯解司	锯人城	钝锯牢狱	锯解奸淫无度、起心不良之人
黑暗地狱	黑夜城	漆黑大牢狱	惩处贪官、忤逆之人
子孙司①	血水城	污血海	惩处堕胎妇人
善良司	善人城	康善司	奖赏善良之人
对读经文司	阴佛城	祭祀司	查验皈依法门心诚与否
寒冰地狱	冰雪城	地府渴水牢	惩处捕鱼、打猎之人
抽肠司 秤杆司	剖腹城	拉肠破腹司	惩处刁拐掣骗，丢包剪路、替人告状、挑唆词讼、破人身家、坑人性命者
水府纠察司	冷水城	水牢	惩处江湖上图财害命者
油锅地狱	炸人城	炸人地狱	惩处明火大盗、劫财害命、贪官污吏、烧人房屋、屠宰牲畜者
碓磨地狱	磨人城	铁碓地狱	惩处杀生害命、三元五腊、不行善事、专好奸淫嫖赌者
阿鼻地狱 （十八层地狱）	十八河里甸 （十八层地狱）	十八层地狱	惩处十八种罪行
钢柱铁床二狱	烤人城	铁床地狱	专炼世上昧心人
纠察毒谋司 清白冤枉司	塔寨城	业镜地狱	惩处在世上暗使阴谋、下毒害人者
子孙司	赐子城	赐子司	世人儿女多少贤愚，俱在这里领去

① 此处惩处堕胎妇女，汉文唱本《唐王游地府》作"世上有那妇女与人私交身有孕，吃药打胎，若堕一二月者，或可无妨，五六月四肢已分，关系性命，故在此定报应。那被戳出血者，即是用药之人，那刀与小孩，即是打下之儿，此处付刀与他领去，来世伊母临盆时，刀割母肠，以偿前命"。属于子孙司。

续表 5-2

汉文 《唐王游地府》	双柏县 《唐王游地府》	绿春牛孔地区 《唐王游地府》	地狱机构职能
木牢	锡拉城	木牢	惩处阳世上吊死的孤魂、心高气傲、不受教训、惊公唬婆、诈夫坑人、陷命之辈
水牢	河水城	水牢	惩处的是儿媳打骂公公婆婆投水自尽者
土牢	捏拉城	土牢	惩处阳间为人不学无术、偷盗享乐之人，终被土砸死者
火牢	火焰城	火牢	惩处阳间不做好事、放火烧山、害死万类、纵火烧屋、毁人宗谱之人
金牢	陇涅城	金牢	阵亡之魂，有脚无手、有嘴无耳、拖枪带剑
拔舌挖目司	挖眼城	挖眼割舌地狱	惩处阳间忘恩负义、搬弄是非、挑拨唆使、离间亲情之人
滑油山	路滑山	滑油山	善人过山如平地，恶人过山葬山崖
破钱山	碎银山	破钱山	化纸未尽，堆积成山
寄库司	阴银库	寄库司	寄存阳间善人烧化的纸钱
回春铺	回阳路	回阳铺	专供善人酒
天生桥	连天桥	天生桥	回阳之桥

以上对比非常直观地展示了彝文《唐王游地府》与唱本《唐王游地府》中唐王游地狱的情况，三个本子中唐王游地狱的顺序一致，地狱的名称虽然略有差别，如尔古山、田埂山、塔寨城、锡拉城、陇涅城等都带有彝族文化特色，但是地狱机构的职能完全一致，如此细致的描写几乎不太可能是巧合，这正显示出汉文《唐王游地府》的故事对彝族人民的影响之深。

以上所举只是彝文、汉文《唐王游地府》之间关系的一部分例证，还有很多细节亦能够凸显二者的紧密联系，但是仅就上述六个方面的例证来看，我们已经能够看到彝文《唐王游地府》改写自云南唱本《唐王游地府》这一事实。相对来说，彝文《唐王游地府》里有许多细节与百回本《西游记》里的描写存在较大差异，比如唐王在地府中借了相良两库金银，《西游记》则记载为一库；唐王在"三曹对案"后游地府时才遇见已故兄弟建成、元吉的冤魂前来索命，《西游记》记载唐王入地府后，在去见十王对案之前就遇到先兄建成、故弟元吉的冤魂揪打索命。这些细节，彝文《唐王游地府》虽与《西游记》有出入，与汉文唱本《唐王游地府》却是高度一致。

仔细考察彝文《唐王游地府》、百回本《西游记》、云南唱本《唐王游地府》三个文本的不同之后，我们需要重新审视彝文《唐王游地府》所依据的汉文祖本问题。过去学界认为的彝文《唐王游地府》题材来源于世德堂百回本《西游记》的说法很难令人信服，相反，我们可以确定彝文《唐王游地府》实际上是对汉文唱本《唐王游地府》的翻译和改写，而绝非取材于世德堂百回本《西游记》。

学界认为彝文《唐王游地府》产生于明清之际，且与明代汉族移民到云南有很大关联。明代，有关"唐太宗游地府"的故事在汉族民众中早已广泛流传。我们推想，伴随着汉族移民大量迁入云南，《西游记》及"西游故事"便自然而然地被带入云南少数民族地区。在传播过程中，由于讲唱"善书"的流行，以"劝善惩恶"为主旨的唱本《唐王游地府》便应运而生，它脱胎于百回本《西游记》，却又完成通俗化的改编。经过长期的民族融合和文化交流，"唐王游地府"的故事也为彝族人民所喜闻乐见，经过毕摩的翻译和改写，成为在公开场合宣讲的故事底本《唐王游地府》。虽然目前我们只看到清光绪三十二年（1906）的木刻本，但是在木刻本问世之前，《唐王游地府》的故事已经在民间口耳相传，也很可能出现了汉文抄本，所以彝文《唐王游地府》是绝对有可能对汉文唱本进行翻译和改写的。

其实，彝族人民长期与汉族人民杂居，两个民族之间的文化互相吸引与交流是自然的也是必然的，在共通的文化认同基础上，彝族毕摩改编汉文说唱作品是很普遍的，如云南新平县老厂乡的彝族毕摩普良"收藏有数部汉语文题材的彝文古籍，如《唐王游地府》等，是当地收藏汉语文题材彝文古籍较多的毕摩"[①]。彝族文学中借鉴汉族的文献并不仅仅限于《唐王游地府》，有的学者提出，彝文《劝善经》《凤凰记》《齐晓荣》《董永记》《张四姐》等均有汉文文本源。实际上，不仅彝族人民借鉴汉文文献，其他如白族的《卖花记》《梁山伯与祝英台》《白扇记》《赵五娘寻夫》《黄氏女对金刚经》《目连救母》，傣族的《王莽篡位》《王玉莲》《三国演义》《刘百万》《姜公钓鱼》等均来自汉文文献。[②] 总之，在各民族和谐共处的漫长历史中，汉族与云南各少数民族之间互学互进，互交互融，共同创造了我国丰富多彩的文化。

第三节　云南唱本《唐王游地府》对彝族民俗文化的影响

云南唱本《唐王游地府》通过彝族毕摩的改写在彝族民众中广泛传播，客观上促进了汉、彝两族文化的不断交融，唱本中涉及的有些汉族文化甚至影响了彝族民众的风俗习惯。其中有一个彩虹与龙的民俗值得我们关注。元阳县民族事务委员会编著的《元阳民俗》中记载了滇南红河流域的一个故事：

> 水中的老龙统管着大大小小的水生动物，也管着天上的雷神雨神。清早，老龙王清点数目把水生动物放出去，傍晚又把水生动物清点收关起来。老龙王发现放出去的多，收回来的少，疑心水生动物不服管治，派出随身的侍从去侦察，查明结果，不是水生动物不服管，而是被渔夫捕走了。老龙王听了大怒，下令渔夫不能再来捕捞，可是渔夫们为了生活，拿着妮吉筛天皇给的圣旨，天天照捕不误。这样一来，更加激怒了老龙王。它为了报复，索性把雷神雨神关起来，一天也不让出去，三年听不到一阵雷声，三年见不到一滴雨水，树木晒得垂头，禾苗晒得枯萎，就连君臣也难得喝到一碗茶

[①] 普学旺、龙珊：《清代彝文抄本〈董永记〉整理与研究》，载于《民族文学研究》，2018年第2期，第136页。

[②] 详见普学旺、艾芳、普梅笑、李海燕译注：《唐王记》之"出版说明"，昆明：云南教育出版社，2016年版。

水。世间的君臣民一起向妮吉筛天皇控诉老龙的罪行，天皇传下圣旨，命令老龙王放出雷神雨神给人间降雨。可是老龙王却把圣旨当儿戏，降三分的雨却降了七分，顿时天昏地暗，狂风四起，暴雨如注，树木被刮倒，田地被冲垮，人们又遭受一场更大的灾难，君臣民又向天皇控告。天皇派出天将颇绸先严惩抗命的老龙王，将它斩首示众，从此作恶多端的老龙王变成了无头无尾的虹，既不能回海翻腾击浪，又不能上天吐云驾雾。但老龙王贼心不死，在夏天的季节里，有色无形地在山区里偷喝井水，继续想危害人们。①

这个地方的民众认为，恶龙因错降雨水被天皇斩首而变成彩虹。同样，滇南绿春县彝族认为彩虹是红龙变的：

相传彩虹是红龙变的，因红龙投错雨水，致使大地洪水泛滥，被天君神策格兹斩龙头，今日的彩虹是无头龙的变形。②

这两个地方的龙变彩虹的故事具有三个重要的相似点：一是龙王错降雨水至生民涂炭，二是天神斩龙头以示惩戒，三是龙死之后变成彩虹。彝族地区盛传的龙死后变成彩虹的故事，其原型就是彝文《唐王游地府》中老龙的故事：龙王龙塔纪因水族被捕杀严重，遂与卜卦的祭司打赌，以下雨的时辰与点数问卜，卜卦师告诉老龙，甲子正午时刻，一定会有雨。城里下三阵（三点），城外下七阵（七点），老龙暗自高兴，他自以为下雨的事由他负责，别人不会算中，不料玉帝圣旨到来，要他下雨，时辰和雨数正与卜卦师所言相符。龙塔纪为了赶走卦师，私自改了雨数，城内下七阵，城外下三阵，结果造成了灾难，死伤无数，老龙因此被魏徵斩首。他曾托梦唐王救他，得到唐王应允，不料魏徵在梦中就将他斩首，因此老龙到地府告状，唐王魂游地府，"三曹对案"后阎王让老龙托生成彩虹。而彝文文献中的这段记载，就是对唱本《唐王游地府》中"魏徵梦斩泾河龙"故事的改写。泾河龙王死后结局如何，《西游记》寥寥几笔带过，十王只是说将他送入轮藏转生去了，至于转

---

① 元阳县民族事务委员会：《元阳民俗》，昆明：云南民族出版社，1990年版，第70页。
② 龙倮贵：《彝族图腾文化研究》，昆明：云南民族出版社，2013年版，第110页。

生为何物却未明言，唱本《唐王游地府》对这一点进行了细节描写。文中老龙道："我千修百炼，得成万年基业。一旦付之流水，实不甘心，且有尾无头，难以变化，总求十王安我一条生路。"十王思考以后答道："也罢，封你为万里长虹，亦不失龙之根本，但要请命唐天子才是。"唐王因此还作诗一首赠与老龙。

    敕封万里一长虹，映日穿云气象雄。远观天涯来细雨，近看海际起狂风。

    仪型不亚蜻蜓带，威武浑如碧玉宫。时现行藏施变化，六龙相伴又腾空。

——《唐王游地府》第三回

在这里，老龙的结局还算比较完满，而唱本中这样的处理实际上是中国传统文化观念的反应。在中国古代文化中，"龙"与"虹"的甲骨文字形比较接近，"虹"像是两条龙一样，因此有"虹是龙的一种"的说法，民间更相传虹会垂头到溪涧饮水。如宋代沈括《梦溪笔谈》卷二十一《异事》载：

    世传虹能入溪涧饮水，信然。熙宁中，余使契丹，至其极北黑水境永安山下卓帐。是时新雨霁，见虹下帐前涧中。余与同职扣涧观之，虹两头皆垂涧中。使人过涧，隔虹对立，相去数丈，中间如隔绡縠。自西望东则见；盖夕虹也。立涧之东西望，则为日所铄，都无所睹。久之稍稍正东，逾山而去。次日行一程，又复见之。①

沈括见到了彩虹的自然现象，联想到民间传说，可见民众对"长虹"始终有一种神秘感，唱本中泾河龙王化生长虹只是换了个存在形态而已，正像十王所说"不失龙之根本"。龙和虹不分的观念在民间长期存在，虹的两头就是龙的两头，随着泾河龙王的故事流传日广，人们逐渐把两个故事合而为一，龙王被斩首的原因是故意错放雨数，因此便有了"恶龙"的说法。《元阳民俗》中记载五月初五这一天，彝族人民烧

---

① ［宋］沈括撰，金良年点校：《梦溪笔谈》，北京：中华书局，2015年版，第203页。

煮紫叶藤水来浸泡糯米，包成粽子，把紫叶水泼在门口寨外，以防龙变成的彩虹前来寨中偷井水喝，也防止彩虹进门偷水缸里的水喝。因为紫叶水像血水，让龙变成的虹害怕。到现在，"有虹的季节，每户的水缸都要加盖，以防虹来偷水喝，见到虹也不能挑水，也不喝野外的泉水沟水"[①]。可见，彝族的民众是把变成彩虹的龙当成"恶龙"来防的，而虹能偷喝寨子里的井水，正是对长期以来汉族地区流传的"虹能入溪涧饮水"的观念的体现。

除了上述民俗以外，我们还发现汉文唱本《唐王游地府》对滇南地区流传的彝族创世史诗《查姆》有一定的影响。在清代"改土归流"政策的影响下，受内地文化影响的毕摩除了改写翻译汉文典籍以外，也开始搜集整理民间曲艺文学，《查姆》等彝文唱本就是这样经过整理传播的。由郭思九和陶学良先生整理的《查姆》记载，大地上"直眼睛"这代人心肠狠毒，于是神仙打算发洪水毁灭人类，重新换一次人种，神仙涅侬撒歇选中了善良淳朴的阿朴独姆兄妹，想让他们生存下来繁衍人类，在洪水即将到来，兄妹二人束手无策之时，书中记载道：

涅侬撒歇说："好心的庄稼人，你不用忧虑，你不用叹息。我给你一颗大瓜种，这颗瓜种不一般，一半绿来一半红，拿在日下晒三天，拿在月下露三晚，拿去种在家门前。栽后三天勤浇水，栽后七天壅瓜蔓，栽后十天搭瓜架，瓜藤架上串枝连。瓜藤横爬十八笋，瓜藤直爬接通天。藤上结个大葫芦，你们和葫芦有因缘。"[②]

这段记载有一个地方值得注意，即神仙涅侬撒歇送给兄妹二人的瓜子很特别，"一半绿来一半红"，在云南流传的彝文《唐王游地府》中，老僧人送给李翠莲的也是一颗"一半红、一半绿、一半黑"的葫芦子（或者南瓜子）。葫芦与南瓜同属一科，因此葫芦即为瓜。由此，我们看到这两段记载基本相同，而源头却在汉文唱本《唐王游地府》。唱本原文载录如下：

[①] 元阳县民族事务委员会：《元阳民俗》，昆明：云南民族出版社，1990年版，第71页。
[②] 郭思九、陶学良整理：《查姆》，北京：中国国际广播出版社，2016年版，第66~67页。

那和尚此时接钗在手，说道："女善人慈悲喜舍，贫僧一无可报，只有南瓜子种一粒，奉送善人，不日自有用处。"……贫僧前日仍留下一颗南瓜子种，以酬大德。"刘全听了，即忙各处捕寻，果然针线篮内藏着。拿出一看，一面红，一面黑，光彩异常的瓜子。和尚又再三叮嘱刘全，好生收藏瓜子，不久就要有用。①

文中特意强调瓜子的特异之处是为后文设伏，当唐王到地府"三曹对案"之时，恰巧碰到王母娘娘前来征瓜：

十王正要出殿，只见祥瑞缤纷，乐音嘹亮，报道玉旨降临，焚香宣读，谕知王母娘娘寿诞伊迩，冰桃雪藕，山珍海错，备办齐全，独闻阴司有一样出色南瓜，一面红，一面黑，其味更比东方朔所偷仙桃还佳，卿等定知出产地方，查缴以完庆典。十王接得此诏，面面相觑，无可着落。②

至此，我们才知道僧人说这一颗"一面红、一面黑"的南瓜子大有用处的寓意何在，这也是为后文"刘全进瓜"埋下伏笔。为何王母娘娘向十王征收的南瓜是一面红一面黑呢？这大概和明清时期南瓜初传入中国，品种比较稀少，尤其是黑色瓜种较少有关。为了显示它的神奇特异，改编者便用"一面红、一面黑"来描述，这和《西游记》第七回中记载王母娘娘净手亲摘的蟠桃一样神异：

半红半绿喷甘香，艳丽仙根万载长。堪笑武陵源上种，争如天府更奇强！

紫纹娇嫩寰中少，细核清甜世莫双。延寿延年能易体，有缘食者自非常。③

唱本《唐王游地府》对《西游记》进行了改编，同时又在彝族人民中广泛流传，彝族毕摩在整理本民族民间曲艺时适当地借鉴汉族的一些

---

① 《唐王游地府》，第一回"袁天罡化钗赠瓜种　李翠莲尽节寻自缢"。
② 《唐王游地府》，第三回"唐秦王赴阴许瓜果　十阎君断狱封长虹"。
③ [明]吴承恩著，黄肃秋注释，李洪甫校订：《西游记》，北京：人民文学出版社，2010年第3版，第81页。

故事与传说，这是汉族文化与彝族文化互相碰撞结出的硕果。可见，汉族文化与文学作品对彝族民众产生了一定的影响。

第六章　云南唱本《唐王游地府》中的地狱观念

云南唱本《唐王游地府》最大的特点在于用了一半的篇幅浓墨重彩地描绘了唐太宗李世民魂游地府的情节，唱本中对诸多地狱机构进行了细致的描述与展示，而唐王在地狱中的所见所感构成了唱本最为重要的内容。细究之，这一部分是我国古代地狱思想在民间通俗文学中的体现。

第一节　中国古代地狱思想的发展及嬗变

中国古代地狱思想未形成以前，即有"鬼魂"文化的传播，清顾炎武《日知录》卷三〇"泰山治鬼"条总结云：

> 尝考泰山之故，仙论起于周末，鬼论起于汉末。……其见于史者，则《后汉书·方术传》："徐峻自云：'尝笃病，三年不愈，乃谒泰山请命。'"《乌桓传》："死者神灵归赤山，赤山在辽东西北数千里，如中国人死者，魂神归泰山也。"《三国志·管辂传》谓："其弟辰曰：'但恐至泰山治鬼，不得治生人，如何？'"而古辞《怨诗行》云："齐度游四方，各系太山录。人间乐未央，忽然归东岳。"陈思王《驱车篇》云："魂神所系属，逝者感斯征。"刘桢《赠五官中郎将诗》云："常恐游岱宗，不复见故人。"应璩《百一诗》云："年命在桑榆，东岳与我期。"然则鬼论之兴，其在东京之

世乎？①

之后赵翼《陔余丛考》卷三五"泰山治鬼"条在顾氏基础之上又补充例证多条，谓"泰山治鬼之说，汉、魏间已盛行"②。要言之，顾、赵二人均指出东汉之时就相传太山（即"泰山"，亦称"岱山""岱宗"）为治鬼之所，并提出诸多文献例证。这就说明中国古代文献记载中以"太山为治鬼之所"者并不少见，反映了古代传统中的"鬼魂崇拜"。关于"鬼魂崇拜"的内容，杜斗城先生认为大体有三种："第一，相信人死之后灵魂不灭；第二，迷信灵魂有超人的能力，活人畏惧或想依赖它；第三，把人的生活和社会关系附加给幻想的鬼魂世界，依此而举行种种礼拜活动，如招魂、赶鬼、丧葬仪式，祭祖等等。"③ 由此可见，中国传统的"鬼魂"文化与佛教地狱思想有着很大的不同。

佛教传入东土以后，"地狱观"被引进中国，此后"太山"之内涵逐渐发生了变化。首先即"中土太山治鬼之说与佛教地狱之说相混"④，如《分别善恶所起经》云：

> 四者，死后魂魄入太山地狱中。太山地狱中，考治数千万毒，随所作受罪。⑤

这种将"泰山"与"地狱"杂糅之现象在民间也出现过，如《太平广记》卷九九"大业客僧"条（出《冥报记》）载：

> 隋大业中，有客僧行至泰山庙求寄宿。庙令曰："此无别舍，唯神庙庑下可宿，然而来此寄宿者辄死。"僧曰："无苦也。"不得已从之，为设床于庑下。……僧因延坐谈说，如食顷时，因问神曰："闻世人传说，云泰山治鬼，宁有之耶？"神曰："弟子薄福有之，岂欲见先亡者乎？"僧曰："有两同学僧先死，愿见之。"神问其名，曰："一人已生人间，一人在狱，罪重不可唤来，师就见可

---

① ［清］顾炎武著，黄汝成集释，栾保群、吕宗力点校：《日知录集释》，上海：上海古籍出版社，2006年版，第1719页。
② ［清］赵翼：《陔余丛考》，上海：商务印书馆，1957年版，第751页。
③ 杜斗城：《敦煌本〈佛说十王经〉校录研究》，兰州：甘肃教育出版社，1989年版，第153页。
④ 项楚：《敦煌变文选注》（增订本），北京：中华书局，2006年版，第872页。
⑤ ［汉］安世高译：《佛说分别善恶所起经》，见《大正藏》17：518a。

也。"僧闻甚悦,因起,出不远而至一所,见狱火光焰甚盛。神将僧入一院,遥见一人在火中号呼,不能言,形变不可复识,而血肉焦臭,令人伤心。师不欲历观,恳然求出。①

泰山为治鬼之所,地狱也是佛教所宣扬的羁押群鬼之处,二者相互掺杂以后,则泰山可以直接指称"地狱",中古时期翻译的佛经中也有直接将地狱称为"太山"者,如《六度集经》卷七载:

或以闻太山汤火之毒、酷裂之痛,饿鬼饥馑积年之劳,畜生屠剥割截之苦。②

又如敦煌变文《大目乾连冥间救母变文并图一卷》载:

太山定罪卒难移,总是天曹地笔批。③

用太山指代地狱说明中国古代的鬼魂文化在佛教"六道轮回""因果报应"等观念的影响下经历了一个嬗变的过程,而这一过程就是中国"地狱观"的形成过程。

"地狱观"并非中国的传统产物,它之所以能够彻底影响中国民众的思想以及心理,是因为有本土的"鬼魂"文化作铺垫。目前,针对佛教思想对中国"地狱观"的形成的影响这一问题,已经有不少成果④,这些成果为中国地狱思想的形成构建了一个清晰的脉络。从源流上看,佛教"地狱观"与本土文化碰撞的过程实肇始于汉译佛典的兴起。如东汉安世高译经中,《佛说十八泥犁经》里即出现了十八地狱的名称,《佛说罪业应报教化地狱经》则详细描述了地狱中种种苦以及得此诸苦的缘由,颇有教化之意味。这两部译经虽经文短小,却勾勒了"地狱"的基本画面,为后代地狱中种种令人毛骨悚然的"苦刑"张本。然真正把

---

① [宋]李昉等:《太平广记》,北京:中华书局,1961年版,第661~662页。
② [吴]康僧会译:《六度集经》,见《大正藏》3:40a。
③ 项楚:《敦煌变文选注》(增订本),北京:中华书局,2006年版,第870页。
④ 杜斗城先生在《敦煌本〈佛说十王经〉校录研究》(甘肃教育出版社,1989年版)中对"地狱观"的形成、发展、以及对社会的影响等方面分析立论颇详,见153~239页;张总《地藏信仰研究》(宗教文化出版社,2003年版)中亦对地狱思想有所论及,见第65~95页;姚崇新《巴蜀佛教石窟造像初步研究——以川北地区为中心》(中华书局,2011年版)对"地狱观"的本土化问题有所论述,见第204~207页。

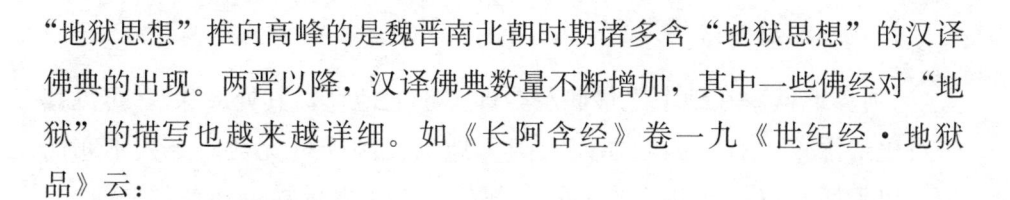

"地狱思想"推向高峰的是魏晋南北朝时期诸多含"地狱思想"的汉译佛典的出现。两晋以降,汉译佛典数量不断增加,其中一些佛经对"地狱"的描写也越来越详细。如《长阿含经》卷一九《世纪经·地狱品》云:

> 此四天下有八千天下围绕其外,复有大海水周匝围绕八千天下,复有大金刚山绕大海水。金刚山外复有第二大金刚山,二山中间窈窈冥冥,日月神天有大威力,不能以光照及于彼。彼有八大地狱,其一地狱有十六小地狱。第一大地狱名想,第二名黑绳,第三名堆压,第四名叫唤,第五名大叫唤,第六名烧炙,第七名大烧炙,第八名无间。①

而"八大地狱"各有"十六小地狱",名实颇详,此不赘举。又,《大智度论》中对阿鼻地狱已经有了较为详细的描述:

> 阿鼻地狱,纵广四千里,周回铁壁,于七地狱,其处最深。狱卒罗刹以大铁椎,椎诸罪人,如锻师打铁,从头剥皮,乃至其足;以五百钉钉拃其身,如挓牛皮,互相挬挽,应手破裂。热铁火车,以轹其身。驱入火坑,令抱炭出。热沸屎河,驱令入中。有铁嘴毒虫,从鼻中入脚底出,从足下入口中出。竖剑道中,驱令驰走,足下破碎,如厨脍肉;利刀剑槊,飞入身中,譬如霜树落叶,随风乱坠;罪人手、足、耳、鼻、支节,皆被斫剥割截在地,流血成池。二大恶狗:一名赊摩,二名赊婆罗,铁口猛毅,破人筋骨,力逾虎豹,猛如师子。有大刺林,驱逼罪人,强令上树,罪人上时,刺便下向,下时刺便上向。大身毒蛇,蝮蝎恶虫,竞来啮之。大鸟长嘴,破头啖脑。入酺河中,随流上下;出则蹈热铁地,行铁刺上;或坐铁杙,杙从下入。以钳开口,灌以洋铜,吞热铁丸,入口口焦,入咽咽烂,入腹腹然,五藏皆焦,直过堕地,但见恶色,恒闻臭气。常触粗涩,遭诸苦痛,迷闷委顿;或狂逸唐突,或藏窜投

---

① 《大正藏》1:121b—c。

掷，或颠匐堕落。①

"阿鼻地狱"在地下之最底层，即"于七地狱，其处最深"，可见其苦难也最深重。有人因获罪而入阿鼻地狱，则受刑无数，令人不寒而栗。以上所举仅是地狱经典中的一部分，张总先生在《地藏信仰研究》中曾对诸经中所涉及地狱名数作过详细调查，发现诸汉译佛教经典中所言地狱数量各异，如《佛说十八泥犁经》为十八地狱之说；东晋昙无兰译《佛说四泥犁经》则为四地狱之说，其所译《铁城泥犁经》持八地狱说；东晋僧伽提婆译《三法度论》中列举出二十地狱……②诸经中虽地狱数量繁多，名目互有不同，但主旨都突出了地狱之阴森可怖，分层越细，苦难越重。这些名目繁多的地狱和其中残酷的刑罚为古代民众所熟悉和接受后，逐渐中国化、世俗化，形成了中国古代的地狱观。其后，这种观念也深刻地影响了中国古代文学、绘画、雕塑、建筑等其他领域。

第二节　《唐王游地府》中地狱思想的张扬

云南唱本《唐王游地府》以唐太宗魂游"地府三十六狱七十二司"为主线，对地狱机构及相应的刑罚进行了有序的描述，很多内容反映了当时的民众信仰，如十王信仰与地狱观等。这些内容构成了这部讲唱文学作品的独特之处。

一、继承前代"游冥故事"模式

生人魂游冥界的故事是中国古代文学作品中比较常见的一种类型，如魏晋以后民间就出现了一些以表现魂游冥界为题材的小说，《太平广记》卷三七七"赵泰"条（出《冥祥记》）中记载的赵泰魂游地府事就比较突出：

---

① 《大正藏》25：176c。
② 详见张总：《地藏信仰研究》，北京：宗教文化出版社，2003年版，第74~95页。

晋赵泰，字文和，清河贝丘人也。……后转泰水官都督，知诸狱事。给泰兵马，令案行地狱。所至诸狱，楚毒各殊。或针贯其舌，流血竟体。或被头露发，裸形徒跣。相牵而行，有持大杖，从后催促。铁床铜柱，烧之洞然，驱迫此人，抱卧其上。赴即焦烂，寻复还生。或炎炉巨镬，焚煮罪人，身首碎堕，随沸翻转。有鬼持叉，倚于其侧。有三四百人，立于一面，次当入镬，相抱悲泣。或剑树高广，不知限量，根茎枝叶，皆剑为之。人众相訾，自登自攀，若有欣意，而身首割截，尺寸离断。泰见祖父母及二弟，在此狱中。相见涕泣。……①

这类小说通过生人地狱之行（或亲睹他人受苦，或亲身经历等）来宣传"因果报应"的佛教思想。这些冥报类小说一方面是受到"地狱观念"影响的产物；另一方面通过对这些灵验事件的传播，加深了"地狱观"以及"因果报应"等思想在民间的传播，涉及面扩大，对民众的心理产生了极深的影响。为了摆脱"地狱轮回"之苦，民众只有更加虔诚地信仰佛教，通过修功德来求得解脱，这无疑是佛教"地狱思想"逐步在本土嬗变、蔓延的真实体现。

其后，以宣传"地狱因果"思想为题材的小说在后代更加流行，唐代唐临《冥报记》、牛僧孺《玄怪录》、李复言《续玄怪录》等传奇小说中游冥故事比比皆是。如《玄怪录》中的杜子春，经历了地狱中的种种幻境，也遭受了各种酷刑，"镕铜、铁杖、碓捣、硙磨、火坑、镬汤、刀山、剑林之苦，无不备尝"②，尤其是在描述其妻受刑时更是令人恐惧："乃鞭捶流血，或射或斫，或煮或烧，苦不可忍"，"令取剉碓，从脚寸寸剉之。"③

明清劝善题材小说增多，其中涉及地狱思想的内容也普遍增加。如《聊斋志异》中"席方平"条载：席方平父亲与同乡羊姓有嫌隙，羊先死，贿赂冥使拘绑席父灵魂赴阴，席方平替父伸冤，魂魄也入地狱之

---

① ［宋］李昉等：《太平广记》，北京：中华书局，1961年版，第2996~2997页。
② ［唐］牛僧孺：《玄怪录》，北京：中华书局，2006年版，第5页。
③ ［唐］牛僧孺：《玄怪录》，北京：中华书局，2006年版，第5页。

中。席方平在地狱之中受到了铁床、锯解等酷刑，最后在孝心感动下冥王终于为其父主持公道，严惩羊氏。父子二人俱还阳，父亲席廉得再赐三纪阳寿。① 杜斗城先生提出，这类小说因其篇幅短小，因此对"地狱冥报"之类的故事的描写与佛典有一定的差异，"佛经中描述的地狱，阴森可怖，血肉模糊，鬼怒冲天，使人毛骨悚然，但'小说'中的地狱'世俗'气氛较浓，地狱犹如一座城市，地狱中的各种'官吏'，实际上是世俗中的封建官吏的写照，地狱中'亡人'所受酷刑，实际上是人民受封建压迫的表现"②。这类"地狱冥报"小说虽然对地狱情景的描写打了折扣，但恰恰反映了"地狱观念"传入中国后与本土文化相互交融的结果，成为佛教"地狱观"本土化的标志之一，但读之仍令人心生畏怖，对"三趣"苦难有了更为深入的了解。

如第四章所述，唐太宗魂游地府故事最早产生于唐代，情节简单，至百回本《西游记》时情节较为完整，细节突出，尤其是故事前后勾连的部分都有交代。至唱本《唐王游地府》时描述更具体、更系统，虽然刘全进瓜部分可以和唐王入冥部分平分秋色，但是故事重心还在于通过宣扬地狱思想来劝善，因此"唐太宗游冥"是该讲唱作品的核心部分，就是想通过帝王的亲身经历，感化世间万恶，利用帝王的权威，自上而下劝人向善。由魏晋至清，本土的地狱思想传播日广，劝善的意味愈加凝重，以生人入冥的模式屡见不鲜，伴随这种故事模式的还有借尸还魂等情节，唱本中李翠莲借尸还魂就是显例。与唱本《唐王游地府》大致流行于同一时代的牌子曲《新刻李翠莲施舍金钗游地狱大转皇宫》，其中李翠莲魂游十八层地狱的一段描写与唐王魂游地府十分相似，李翠莲目睹了第一层油锅地狱、第二层锯解地狱……第十三层水牢地狱、第十四层火坑地狱等酷刑，明了做人为善的益处，这为其还魂后劝善作了铺垫。李翠莲魂游地府虽然较唐王游地府有所简化，但从两部作品传播的时间、空间来看，当时民众中仍然广泛流传着地狱思想，并通过这种思想来达到惩恶扬善的目的。由此可见，唱本《唐王游地府》在继承前代

---

① 详见［清］蒲松龄：《聊斋志异》，北京：中华书局，2013年版，第402页。
② 杜斗城：《敦煌本〈佛说十王经〉校录研究》，兰州：甘肃教育出版社，1989年版，第215页。

"游冥故事"模式的基础上，更加突出其所具有的劝善、化俗的特点。

二、突出地狱机构的世俗性

《唐王游地府》全书用一半篇幅（第五回至第八回）详述唐太宗魂游地府，按照书中所写顺序，太宗入冥后首先过了三司（追魂司、扰魂司、迷魂司）、望乡台、狂风岭、背阴山、转阳山、迷魂铺、金银桥、奈何桥等冥府机构，其后更是在判官的引导下魂游地狱，先后经历金木水火土五行脱化司、功德清白司、转劫发放司、注福注禄二司、婚姻司、钱债司、掠剽司、添减司、报应司、污秽司、孤栖垦、酆都地狱、锯解司、黑暗地狱、对读经文司、寒冰地狱、抽肠司、秤杆司、水府纠察司、油锅地狱、碓磨地狱、阿鼻地狱、钢柱铁床二狱、纠察毒谋司、清白冤枉司、子孙司、枉死城（木牢、火牢、金牢、水牢、土牢）、拔舌挖目司、滑油山（又名险恶山）、刀山地狱、善人寄库司、回春铺、天生桥等机构。

这些冥府机构名称繁杂，与佛经中所言之诸多地狱多有不同。当然，如锯解司、黑暗地狱、寒冰地狱、抽肠司、秤杆司、油锅地狱、碓磨地狱、阿鼻地狱、钢柱铁床二狱、刀山地狱等的提法及在其中该受的刑罚，我们可以在佛经中找到相同或近似的描述，但是其他一些地狱机构的名称明显来源于中国古代传统文化。如"金木水火土五行脱化司"、枉死城中的"木牢、火牢、金牢、水牢、土牢"的命名，明显取义于传统的"五行"学说，而"注福注禄二司""掠剽司""添减司""婚姻司""子孙司""钱债司"等，则又受到中国古代民间信仰的影响，缔结婚姻、养育子孙是人生之大事，是古人维护家族利益、延续香火的重要事情，"掠剽司""添减司""钱债司"等则涉及了古人对钱财的看法，反映了古人基于传统的贫富命定和亏盈戒满观而对以掠人剩财为主职的掠剩神的信仰。[①]另外，我们也注意到，像"掠剩司""子孙司"也被纳入道教神灵谱系，成为地狱冥官。南宋吕元素校定《道门定制》卷九所

---

① 刘长东：《论民间神灵信仰的传播与接受——以掠剩神信仰为例》，载于《四川大学学报》，2007年第4期。

列"地府七十二司圣位"中便有"地府管掠剩案判官""地府管增延福寿案判官"之位,元代《东岳大生宝忏》所载七十五司之名中更有"掠剩司""注福司""注禄司""子孙司"等,这也反映出中国古代民间文化与宗教文化的相互融合。总之,这些来源不同的冥府机构名称在唱本中出现,恰好强化了其所呈现的世俗性。

另外,这些地狱每一层级的刑罚都有其秩序感。总的来说,唱本《唐王游地府》中的地狱机构繁杂而有序,刑罚严酷分明。唐王每至一处都有冥官前来接驾,并详述该处刑罚由来以及该如何避免,基本上都是在世作恶多端,死后地狱受罪。

佛经中记载的阿鼻地狱是地狱中惩罚场面最为残酷之处,反映在魏晋以后的文学、绘画、造像等领域也有一个日趋俗化的过程。如敦煌变文《大目乾连冥间救母变文并图一卷》中对阿鼻地狱的描述:

> 其阿鼻地狱,且铁城高峻,莽荡连云,剑戟森林,刀枪重叠。剑树千寻以芳拨,针刺相揩;刀山万仞□横连,巉岩乱倒。猛火擎浚似雷吼,跳踉满天;剑轮簇簇似星明,灰尘扑地。铁蛇吐火,四面张鳞;铜狗吸烟,三边振吠。蒺藜空中乱下,穿其男子之胸。锥钻天上旁飞,剜刺女人之背。铁钯卓眼,赤血西流。铜叉剼腰,白膏东引。于是□刀山,入炉炭,髑髅碎,骨肉烂,筋皮折,手胆脖断。碎肉迸溅于四门之外,凝血滂沛于狱墙之畔。声号叫天,炭炭汗汗。□□雷地,隐隐岸岸。向上云烟散散漫漫,向下铁锵撩撩乱乱。箭毛鬼喽喽窜窜,铜嘴鸟咤咤唤唤。狱卒数万余人,总是牛头马面。[①]

这段描述尤显恐怖,但相较佛经来说已经有所缓和,文学描写有时重文采,读者或者听众可凭理解力去想象地狱中的种种恐怖画面,相对来说绘画和造像就显得生动多了。重庆大足宝顶大佛湾宋代凿造的"地狱变相"(第20号龛)有地狱中各种惩罚的场面,简直是世俗影子的缩化,如铁床地狱的图画:

---

① 项楚:《敦煌变文选注》(增订本),北京:中华书局,2006年版,第906页。

有一铁床置于炉火之上，火焰腾腾，床上有一骸骨；床里侧有一人用手抚己背，表情痛楚；铁床左边站一狱卒，手执一矛刺入一裸人胸部，欲将他抛上铁床；床右边站一狱卒，右手举铁骨朵槌，左手揪住一跪伏者的头发，即将他打上铁床；床右侧下方狱卒，正用吹火筒向灶内吹火。①

　　这种造像比文字更直观，更能触动人心，也是劝人向善的生动教科书，更是地狱思想越来越世俗化的标志。唱本《唐王游地府》虽极力描写地狱画面，但相对佛经以及前代一些文学作品和佛教造像来说，场面描写淡化细节，更贴近日常生活中人们所犯的各种罪孽，如同样描写阿鼻地狱中的铁床地狱，恐怖程度虽有所不及，但仍不失警戒之意：

　　　　这边直立数根柱，钢铁打成内里空。鬼卒不住将添炭，上下光亮内外红。罪人捆绑抱柱上，心疼口喊彻天宫。罪人个个只叫苦，放火烧炭不住风。再将罪人看一看，筋骨成灰体无踪。（《唐王游地府》第六回）

　　唱本《唐王游地府》流传在广大民众中，容易理解、便于流传是其主要特点，因此世俗性是其基本要求，这部作品虽产生时间晚，也不是鸿篇巨制，但是其中的地狱思想是在前代文学、艺术等影响下而产生的，尤其是繁而有序的地狱机构，既是人间世俗的缩影，亦是地狱思想传播的结果。

三、反映民间流行的"十王"信仰

　　所谓"十王"指掌管冥府审判的主事，即一七秦广王、二七初江王、三七宋帝王、四七五官王、五七阎罗王、六七变成王、七七太山王、百日平正王、一年都市王、三年五道转轮王。"十王"信仰的出现，可谓佛教观念与中国传统思想结合的产物。按照佛教观念，人死之后至转世投胎之间，存在着一个"中阴"阶段，以七日为一个期限，如果头一个七天结束仍没有寻到生缘，则可以延续到第二个七天，如果二七结

---

① 胡文和：《四川道教佛教石窟艺术》，成都：四川人民出版社，1994年版，第309～310页。

束仍没有寻到生缘，则可以延续三七，以此类推，但最多只有七七时间。也就是说在七七四十九天之内，必须找到生缘完成投胎转世。《瑜伽师地论》卷一："又此中有，若未得生缘，极七日住。有得生缘，即不决定。若极七日，未得生缘，死而复生，极七日住。如是展转，未得生缘，乃至七七日住。自此以后，决得生缘。"① 中国传统文化讲究人死之后的百日、周年、三周年为重要的祭奠日期。受到这两种文化的影响，从而形成了一七、二七、三七、四七、五七、六七、七七、百日、一年、三年这样十个重要的追念亡灵的时间节点，同时人们也想象出每一个时间点有一个阎王掌管，而亡人在这十个时间段要依次通过这十王的审查，十斋具足，则免十恶罪，而得升天，从而形成了"十王"信仰。实际上，十王信仰的出现，有赖于一部中土疑伪经的广泛传播，即《佛说十王经》，这部伪经在敦煌遗书中有很多抄本，学界已经发表了诸多的研究成果。②

以敦煌遗书P.2003号《佛说十王经》为例，每一王前都有赞文，根据赞文可知亡魂过十王处时的具体情由：

第一七日过秦广王，赞曰：一七亡人中阴身，驱羊随业数如尘。且向初王齐点检，由来未渡奈何津。

第二七日过初江王，赞曰：二七亡人渡奈河，千群万队涉江波。引路牛头肩挟棒，催行鬼卒手擎叉。

第三七日过宋帝王，赞曰：亡人三七转恓惶，始觉冥涂险路长。各各点名知所在，群群驱送五官王。

第四七日过五官王，赞曰：五官业秤向空悬，左右双童业簿全。转重岂由情所愿，伍（低）昂自任昔因缘。

第五七日〔过〕阎罗王，赞曰：五七阎罗息诤声，罪人心恨未甘情。策发仰头看业镜，始知先世事分明。

第六七日过变成王，赞曰：亡人六七滞冥涂，切怕生人执意

---

① ［唐］玄奘译：《瑜伽师地论》，见《大正藏》30：282。
② 如杜斗城：《敦煌本〈佛说十王经〉校录研究》，兰州：甘肃教育出版社，1989年；张总：《阎罗王授记经缀补考》，见《敦煌吐鲁番研究》（第5卷），北京：北京大学出版社，2000年；党燕妮：《〈俄藏敦煌文献〉中〈阎罗王授记经〉缀合研究》，载于《敦煌研究》，2007年第2期等。

愚。日日只看功德力，天堂地狱在须臾。

第七七日过太山王，赞曰：七七冥途中阴身，专求父母会情亲。福业此时仍未定，更看男女造何因。

第八百日过平正王，赞曰：百日亡人更悕惶，身遭枷杻被鞭伤。男女努力修功德，免落地狱苦处长。

第九一年过都市王，赞曰：一年过此转苦辛，男女修何功德因。六道轮回仍未定，造经造像出迷津。

第十三年过五道转轮王，赞曰：后三所历是关津，好恶唯凭福业因。不善尚忧千日内，胎生产死拔亡人。

该经既渡亡人，又突出预修功德，而终极目标在西方净土，所以又名《阎罗王授记四众预修生七往生净土经》。受持此经，命终之后，不生三涂，不入地狱。民众推崇《佛说十王经》的根本原因是其与救渡地狱有关联，基于此，十王成为地狱的主事者出现在佛教造像和文学作品中。如重庆大足宝顶大佛湾宋代凿造的"地狱变相"（第20号龛）就有十王造像，每一组造像都配有颂词，情况如下：

阎罗天子，颂词：悲增普化亦盛灵，六道轮回不□□。教化伏苦恩汝辈，故现阎罗天子形。

五官大王，颂词：破斋毁戒杀鸡猪，□□昭然报不虚。若造此经兼画像，阎王判放罪消除。

宋帝大王，颂词：罪苦三涂业易成，都缘亲命祭神明。愿执金刚憎恶剑，斩除魔□悟无生。

初江大王，颂词：罪如山岳等恒沙，福少微尘数未多，倘得善常守诸□，往生豪杰信心家。

秦广大王，颂词：诸王□使流亡人，男女修何功德因。依名议出三涂狱，更历周遭□苦辛。

变成大王，颂词：若人信不思□识，书写经文咐受持。舍命□超三恶道，此身长□入阿鼻。

泰山大王，颂词：一身危□似风灯，二□□欺□井藤。苦□不修船筏□，欲凭何□得超□。

平正大王，颂词：十佛舒光满大千，普臻魂魄会人天。帝释诸天冥密众，咸来稽首世尊前。

都市大王，颂词：一生六道苦茫茫，十恶三涂不易当。努力设斋功德具，恒沙诸罪自消亡。

转轮圣王，颂词：□后三所是关津，好恶惟恐福禁因。不善尚忧千日内，胎先产死夭亡生。[①]

在十王下方，有刀山、镬汤、寒冰、剑树、拔舌、毒蛇、锉碓、锯解、铁床、黑暗等地狱各种惩罚场面，可见，十王既掌事地狱也能救拔地狱，民众普遍信仰十王也就有据可依、有迹可循了。反映在文学领域，大都写十王是地狱的主事者，如百回本《西游记》中写唐王入冥，就有十王降阶而迎，即秦广王、楚江王、宋帝王、五官王、阎罗王、平等王、泰山王、都市王、卞城王、转轮王。云南唱本《唐王游地府》继承十王信仰，唱本中写老龙去地府告状时提到："五殿阎罗不敢擅专，请齐十王相与会议，那十王意见不同，议论纷纷。五殿阎君意欲约同十王同赴金阙，请玉旨定夺。"书中地狱掌事者即为十王，其后唐王在地狱中与老龙"三曹对案"时仍是十王前来迎接，这一点与《西游记》等小说一脉相承。

这说明明清时期"十王"信仰在民众中仍然广泛流传，十王治地狱在劝善题材作品中成了普遍现象。

综上可见，唱本《唐王游地府》以游冥故事为主线，突出了地狱机构的世俗性，以人民大众熟知的地狱酷刑和因果报应思想，反映了古代流行的十王信仰，警醒世人平日多行善事，突出了唱本惩恶扬善的"劝善"主旨。

[①] 详见胡文和：《四川道教佛教石窟艺术》，成都：四川人民出版社，1994年版，第308~309页。

结　论

　　前文粗陈其概，对云南唱本《唐王游地府》进行了版本介绍，分析了其与善书以及唱书之间千丝万缕的关系，由于该书是以"唐太宗入冥"这一故事为主线展开的，因此它与百回本《西游记》也有关联，改写以后，因其"劝善"的性质广泛流传于云南地区，受到市民的喜爱，不仅如此，由于共同的审美趣味以及文化认同，唱本《唐王游地府》还被彝族毕摩翻译成彝文，在彝族民众中也产生了强烈反响。云南唱本《唐王游地府》属于讲唱文学的一种，内容反映了我国地狱思想的嬗变和世俗化特点。当然，我们也不能忽略书中所宣传的一些"宿命论""因果报应"等思想的消极性和局限性，但是总体上看，此唱本劝善劝美的教化功用还是值得肯定的。同时，它也体现了市井文化的活跃，反映了市民生活及审美情趣，是清代通俗文学繁荣的表现。

　　遗憾的是，唱本《唐王游地府》传本稀缺，它的成书时限因缺乏实证也难以获知准确时间，但这并不影响我们对其展开研究，此书篇幅虽短小，但确有其特殊的学术研究价值，因此值得关注。

下编 整理篇

整理说明

1. 此次整理，以云南邱文雅堂民国二十四年（1935）冬月发行的《大字足本唐王游地府》石印本为底本（简称邱文雅堂本），参校云南鑫文书局民国二十五年（1936）春季石印本（简称鑫文书局本）。以上二本均为现代石印本，内容完整。

2. 另有清光绪三十二年（1906）刻本《唐王游地府》（简称清光绪刻本），文字与后出石印本多有不同，用字多存在同音替代字、俗简字现象，更显出此本的通俗性和民间性。因此本传世者甚少，目前我们所掌握者仅为全书之上卷及卷中、卷下部分书页，故而为保存其内容，凡清光绪刻本之存者，均取以校勘，并较为详细地标明其与底本之文字异同，以见刻本之基本面貌云尔。

3. 为省烦琐，凡异体字、俗体字，尤其是清光绪刻本中的俗简字，如遍作边、殿作展、阁作㕔、钱作乑、众作甲等，径改为通行字，不出校。

4. 《唐王游地府》本为民间流传的唱本，各印本的文字使用均存在不同程度的不合规范之处，除明显的文字讹误之外，整理时尽可能保持原貌，不加改动。

5. 原书除叙事与唱词排版有别外，内容并不分段，今据文意加以分段标点，以便观览。

6. 为便于读者阅读，文中给部分词语作了简单解释。

唐王地府游三十六狱七十二司歌曰：

　　善途恶路随人行，多少轮回报应清，

　　种种作为皆细讲，条条劝戒尽昭呈，

　　死生疾病分原委，富贵贫穷悉指明。

劝善篇全部

唐王游地府　卷上

第一回　袁天罡化钗赠瓜种①　李翠莲尽节寻自缢②

　　话说大唐自神尧开创，传至西府秦王，国号贞观，十有三年，时朝内有魏徵、胡敬德③、秦叔宝、徐茂公辅佐，真可算得君正臣良称有道，国泰民安乐享丰年。此话不题，却说民间造孽苦海，阴府受罪如山，玉帝宣众臣议奏。当下有天山仙袁天罡、地仙鬼谷子奏曰："臣等查得唐天子兄妹、李翠莲夫妇，俱在劫数，请旨将伊等拘到地府，遍游地狱，再放还阳间，晓谕世人，方知善恶。"玉帝依奏。但见袁天罡、鬼谷子二仙，驾起祥云，各自分头指引去路，听我道来。

　　江南青城县婴平街有一秀士，姓刘名全，娶妻李氏，小字④翠莲，

---

① 清光绪刻本"瓜种"互乙。
② "莲"，清光绪刻本作"连"，后文同，不再出校。"缢"，清光绪刻本作"溢"，误。
③ 胡敬德，鑫文书局本作"尉迟恭"。
④ 字，清光绪刻本作"女"，误。

所生一男一女，男名刘英，女名玉凤①。刘全虽然身在簧门，却又开个小当铺在县内，每日早去晚回，安然无事。有一日翠莲在门首站立，见一和尚合掌向前说道：

　　贫僧法名叫普净，住在城内永寿庵②，为因本寺观音殿，祠字拆坏③少垣墙，今蒙④十方众善主，发心修理大禅堂，只少金心与⑤银胆，望乞娘娘乐安然，慈悲共把善果备，佛显神灵降福祥。和尚连连将叩首，娘子心中自思量。

话说翠莲心中暗想说道，这付金心银⑥胆，却也所费不多，怎奈家中无有金银，忽然想着头上金钗甚便。

　　翠莲开言叫长老，你要留心听我言。我家父母本姓李，夫主名字⑦叫刘全，所生一男并一女，祖居此处是家园。师父要化金银胆⑧，一时手中不周全，愿将所带金钗子，舍与师父去庄严，愿求菩提多灵应，保佑儿女寿命延。

话说那和尚此时接钗在手⑨，说道："女善人慈悲喜舍，贫僧一无可报，只有南瓜子种一粒，奉送善人，不日自有用处。"言毕，竟忽然去了。列位你说这和尚是谁？因要起祸，致令进瓜之故，是以袁天罡假做化钗。及至得钗，不但不去修佛，并将此钗遗弃街市，令一少年好赌好嫖的人拾去。那后生拾得此钗，欢欢喜喜，心中想到：我今身无半文，不如将此钗拿⑩去当几百钱，又去嫖赌，岂不是好。他别处不当，

---

① 凤，清光绪刻本作"风"，下同，不再出校。
② 庵，清光绪刻本作"菴"，异体字。
③ 祠字拆坏，清光绪刻本作"祼字拆坏"。
④ 蒙，清光绪刻本作"嚎"，误。
⑤ 与，清光绪刻本作"典"，和"与"的繁体字"與"形近而误。下文唱词中"舍与师父去庄严"中的"与"，清光绪刻本亦作"典"，误同。
⑥ 银，清光绪刻本作"艮"，下同。
⑦ 夫主名字，清光绪刻本作"夫主现在"。
⑧ 金银胆，清光绪刻本作"金心胆"。按，古代佛之塑像塑造好后体内多中空，需要进行隆重的装藏，装藏包括经书、香、金心银胆、五谷等，其中又以金心银胆最为主要，意为佛像体内装上象征性的内脏与神识，赋予佛像以生命力。
⑨ 接钗在手，清光绪刻本作"接在手中"。
⑩ 拿，清光绪刻本作"挐"，下同，不再出校。

偏又走在刘全铺内去当。那刘全一见此钗，不胜惊异，此乃我妻之物，如何得到此人之手。即问他此钗何来，那后生答道："是相好的女娇娘所赠。"刘全亦不便再问，将钱给与他，后生去了。

    刘全反复将钗看，看来看去是金钗，如何此人拿来当，其中道理解不开。莫非妻子行不正，与他相好会阳台①，又恐家逢不测事，扒墙挖壁②做出来。因何我问③当钗汉，他说女娘送他来④，待我速速回家去，查问根由免罣怀。

话说那时刘全也无心看当铺，将酒自斟自酌，等候到晚，忧忧闷闷，走回家中。翠莲将香茶奉上一杯出来，刘全不见头上钗子，便问："你今日为何不戴金钗？"翠莲只见他怒气冲冲，若突然说出施舍与和尚，更为不美⑤，不如慢慢再说，未为不可，便答道："今日因未曾戴插。"刘全到底难信，必要拿将出来看见才是。翠莲答道："昨日忘怀，不知放在何处了。"刘全一闻此言，当下两眼圆睁⑥，开言大骂：

    用手指住高声骂⑦，胆大淫妇不成人，只说你能知大义，三从四德⑧见得明，谁知你是真淫妇，外装老实内藏奸，真赃实犯现今

---

 ① 会，清光绪刻本作"家"。按，宋玉《高唐赋序》载："昔者先王尝游高唐，梦与一妇人共枕。妇人离开时辞曰：'妾在巫山之阳，高丘之岨，且为朝云，暮为行雨，朝朝暮暮，阳台之下。'"后世遂以"阳台"喻指男女欢会之所。

 ② 扒墙挖壁，清光绪刻本作"挖墙割壁"。按，"扒墙挖壁""挖墙割壁"义同，均为挖穿墙壁，指入室偷盗行为。如清叶稚斐《琥珀匙》第五出："扒墙挖壁，非君子所为。倘我家中有人看见，实不稳便，还不速去。"本书第七回中多次出现，如："挖墙割壁为生理，图进人家盗金银。"又作"剜墙挖壁"，元高明《琵琶记》第二六出："何用剜墙挖壁，强如黑夜偷儿；不索挟斧持刀，真个白昼劫贼。"

 ③ 因何我问，清光绪刻本作"然何开我"，文意不通。

 ④ 送他来，清光绪刻本作"送将来"。

 ⑤ "他……不美"三句，清光绪刻本作"大怒气冲冠，若睒然说出施舍和尚，更去为不美"。

 ⑥ 圆睁，清光绪刻本作"睁开"。

 ⑦ 高声骂，清光绪刻本作"放声罢"，罢字误。

 ⑧ 清光绪刻本"能"作"是"，"三从四德"作"三贞九流"。按，三从四德是旧时要求女子所遵循的规范，"三从"典出《仪礼·丧服·子夏传》："妇人有三从之义，无专用之道。故未嫁从父，既嫁从夫，夫死从子。""四德"典出《周礼·天官》："九嫔掌妇学之法，以九教御：妇德、妇言、妇容、妇功。"又，古时有"三贞九烈"一词来盛赞女子不再改嫁，或宁愿殉节而亡的坚贞节操。如《刘知远诸宫调》第一二："三娘一片贞心不改，直守本夫取到。观从古三贞九烈，算来也子难学。"关汉卿《望江亭》第一折："怎守得三贞九烈，敢早着了钻懒帮闲。"白朴《墙头马上》第三折："随汉走，怎说三贞九烈？"

在①，还要吱唔②两三声。大约③不打你不认，你今做事恼煞人。用手抓住青丝发，翻身拖倒地埃尘，又把拳头往下④打，不由分说⑤半毫分。刘全正在用力打，尽打不见气稍伸。

话说刘全此时住手不打，口又骂道⑥："今晚暂且饶你，明日将你父母并亲邻叫来拷⑦出真情，才去治着你。"转眼只见一儿一女呱呱啼哭⑧，刘全只得哄他去睡，自己也便睡去。可怜翠莲坐在地下，只见桌⑨上残灯半明半暗。

坐在地下似醉痴，前思后想只自知。自从归到刘门后，夫妻恩义不为轻⑩。几年并未红过脸，为甚⑪今朝下毒情。见面便把钗来要，其中必定有原因。恐怕昨日化钗子，是个专门打拐僧⑫，化得金钗拿去卖，被夫看见这般情。又怕与夫有仇恨，哄得钗去暗用心，背地⑬血口将人咬，咬说奴家不正经⑭。前思后想多一会⑮，忽听漏滴才起身⑯。

话说翠莲此时站起身来⑰，只见房门紧闭，不由人心中不悲痛。

手把房门叫夫主，细心听奴诉苦情。自幼我也读书史，也知四

---

① 现今在，清光绪刻本作"今现在"。
② 要吱唔，清光绪刻本作"叫舍唔"。
③ 大约，清光绪刻本作"大刑"。
④ 往下，清光绪刻本作"朝上"。
⑤ 分说，清光绪刻本作"你说"。
⑥ 住手不打口又骂道，清光绪刻本作"正谁知特骂老见人"。
⑦ 清光绪刻本无"叫来"二字，"拷"作"考"。
⑧ 只见，清光绪刻本作"又见"。啼哭，清光绪刻本作"哭啼"。
⑨ 桌，清光绪刻本作"棹"，异体字。
⑩ 恩义，鑫文书局本作"恩爱"。这两句清光绪刻本作"自从归到刘门去，快去恩义实不灵"。
⑪ 为甚，清光绪刻本作"为见"，误。
⑫ 打拐，鑫文书局本作"奸拐"。
⑬ 背地，清光绪刻本作"背里"。
⑭ 此句清光绪刻本作"咬住说奴家不正"。
⑮ "多一会"，光绪刻本作"无计策"。
⑯ 清光绪刻本作"起了身"。
⑰ 此句清光绪刻本作"话说此时翠莲站将起来"。

德与三从①。男子重义女子节②，节烈二字奴也通。人虽背地将奴害，何不想妻平素中。为甚猛然生大怒，不分皂白与青红。适才若将奴打死，就到黄泉也朦胧③。妾身纵有多不是，还须看在两④孩童。任从翠莲口说破⑤，房中只当耳边风。

话说翠莲又想：今夜遭此一番冤打，虽然无人看见，但夫主说明日要问我实情⑥，奴何以招认？况昨日化钗之时，并无一人在傍，倘和尚一口咬定，奴又钝口拙舌，何能分辨？当着⑦父母邻亲，岂不羞死！

今晚奴把言错答，惹得⑧夫主起疑心。要凭亲邻与父母，与那⑨凶僧对分明。倘若难分清和白，岂不辜负⑩节烈名。与其含羞在世上，不如负屈往幽冥⑪。前后思想寻短见⑫，只是难舍儿女们。叫声娇儿刀割胆，哭声儿女剑刺心。休怪为娘心太忍，不管兄妹两个人。当时错把金钗舍，你父不明袖里情⑬。污我贪淫难受罪，怎肯含冤受灾星！

话说翠莲哭得醉如重酒，忽然抬头一看，只见一个女子在面前立

---

① 此句清光绪刻本作"看过三从与四德"。
② 女子节，清光绪刻本作"女重节"，语意更为清晰。
③ 朦胧，清光绪刻本作"朦陇"。
④ 看在两，清光绪刻本作"看见子"。
⑤ 口说破，清光绪刻本作"说破口"。
⑥ 此三句清光绪刻本作"今夜无人，虽然不睡，那人看见，似尸不妨，但夫主明日说要问我实情"。
⑦ 当着，清光绪刻本作"当下"。
⑧ 惹得，清光绪刻本作"骂得"，误。
⑨ 那，清光绪刻本作"他"。
⑩ 辜负，清光绪刻本作"姑负"。
⑪ 此二句清光绪刻本作"与其名羞在世上，不如死了得美名"。
⑫ 短见，清光绪刻本作"短计"。
⑬ 袖，清光绪刻本作"衶"，误。按，"袖里情"乃元明清时俗语，如元刘时中《南吕一枝花·罗帕传情》中云："偷传袖里情，暗表心间事。一方织恨锦，千缕断肠丝。"指青年男女通过手帕偷传相思相恋之情，还不离字面之义，后来引申为指隐藏的真实情况。如清代民间宝卷《雷峰宝卷》："安排巧计钓金鳞，白氏妙算不非轻。小青到底功程浅，那识其中袖里情。"又张纯禹主编的明清民间说唱文学作品《昼锦堂记》："玉杯在手无心饮，口不言时意不宁。意兴索然无趣味，面色无欢冷似冰。人人不解何缘故，个个难详袖里情。"本书第七回"君王观看这些鬼 不解其中袖里情"。

起，那女子身穿红衣，披头散发，手拿索子一根，嬉笑①可丑，唬得②翠莲神魂不定，心迷意乱，急于求死。就寻得一根索子，拴在窗子上，将要伸头去套③，忽又想道我今夜死去，一双儿女靠着何人？

　　啼哭拿住麻索绳，难舍儿女一双人。眼望门房不忍转，口叫④玉凤与刘英。劳心尽力⑤将你抚，抚大成人送双亲。竹篮打水空欢喜，枉费三毛七孔心⑥。我今一死归阴去，可怜儿女受苦辛。虽然家庭现有父，岂能细管你二人。怎不起来见娘面，顷刻就是无母人。翠莲只管悲伤惨，忽见女子在面前。走来傍边扯住手，追逼翠莲上吊绳。此时不觉⑦心迷乱，伸头⑧套进枉死城。不言翠莲身已死，再把刘全表分明。

话说刘全睡到天明方醒，心内自想：我今日请他父母亲邻到我家⑨来，审出实情，看他有何面目见我。开了房门⑩出来，只见妻子吊死在窗子上，气已⑪绝了。

　　刘全一见妻子死，几番冷笑骂贱人⑫。一来欺夫无廉耻，二来败节少烈名⑬。只说赠钗无人晓，谁知虚事当成真。任你含羞去自缢，究竟污名⑭洗不清。原何今日不开口，双目睁起不做声？

---

① 嬉笑，清光绪刻本作"答笑"。
② 唬得，清光绪刻本作"吓得"。
③ 此三句清光绪刻本作"寻得一索子，拴在窗子上方，才伸头去套"。
④ 叫，清光绪刻本作"迷"，误。
⑤ 尽力，清光绪刻本作"用力"。
⑥ 三毛七孔心，指心思、心机。典出《史记·扁鹊仓公列传》唐张守节正义："心重十二两，中有七孔，三毛，盛精汁三合，主藏神。"《金瓶梅》第十七回："那李瓶儿不听便罢，听了正是惊损六叶连肝肺，唬坏三毛七孔心。"
⑦ 不觉，清光绪刻本作"不见"。
⑧ 伸头，清光绪刻本作"身头"。
⑨ 家，清光绪刻本作"父"，误。
⑩ 开了房门，清光绪刻本作"开门"。
⑪ 已，清光绪刻本作"都"。
⑫ 几番冷笑骂贱人，清光绪刻本作"既冷笑容骂见人"。
⑬ 烈名，清光绪刻本作"苦型"。
⑭ 污名，清光绪刻本作"污敉"。

话说刘全自想：他今①已死，骂他也是无益，不若②通知岳父岳母，细把当钗之事以及自缢各事③叙明，特请二老前来观看。他二老见了，伤感不已。但李员外乃是无子之人④，诚恐老妻⑤难为女婿，急急呼唤。

只是哭泣吊亡灵，不住痛诉诚堪听。吾女素⑥知闺门训，冰清玉洁不乱行。虽然金钗落人手，其中必定有原因。通奸赠钗难相信，悬梁自缢有冤情。若要替他分清白⑦，须要⑧禀官检尸身。但看⑨女儿死得苦，不忍相验露身形。况且丢下儿和女，金索虽断良家存。只是叫他好殡殓，待后慢慢自分明。员外说完几句话，各各点头不做声。

话说李员外回家，刘全祭送妻子不提。却说⑩此事原是普净和尚故意做出来的圈套，若不稍为点化刘全，岂不将翠莲含冤而死之屈不伸⑪，不惟刘全不晓，即翠莲九泉之下，亦不瞑目矣。故普净俟逢翠莲七日之期⑫，照旧打扮和尚，手拿黄钱，到刘家门前放声大哭⑬，哀哀不已。刘全正在厅上⑭与李员外商议追荐之事，各各看见和尚大哭⑮。问及何故，和尚道："贫僧与尊夫人并无宿缘，但曾⑯蒙布施金钗，以致含冤⑰而死。"

今日贫僧特来辨，娘子九泉得清明。和尚口说将头叩，悲啼参

---

① 今，清光绪刻本作"自"。
② 清光绪刻本无"不若"二字。
③ 事，清光绪刻本作"做"。
④ 无子之人，清光绪刻本作"生一子之人"。
⑤ 老妻，清光绪刻本作"夫妻"。
⑥ 素，清光绪刻本作"诉"。
⑦ 清白，清光绪刻本作"清楚"。
⑧ 须要，清光绪刻本作"放要"。
⑨ 但看，清光绪刻本作"须看"。
⑩ 却说，清光绪刻本作"都说"。
⑪ 清光绪刻本无"不伸"二字。
⑫ 俟逢，清光绪刻本作"仍逢"。七日，清光绪刻本作"上日"，误。
⑬ 此句清光绪刻本作"放声大哭，到刘宅门前"。
⑭ 正在厅上，清光绪刻本作"正有所上"。
⑮ 清光绪刻本无"和尚大哭"。
⑯ 曾，清光绪刻本作"僧"。
⑰ 清光绪刻本无"含冤"二字。

拜女贤人。

话说刘全在傍听见,说道:"你这些言语,从何得来?"和尚道:"居士只疑金钗是尊娘子送与情人去了,但娘子既有情人,难道就不知居士是娘子的亲丈夫①?况且②当铺尽有,何必苦苦要来宝铺求当?此理请居士仔细参详③。贫僧前日仍留下一颗南瓜子种,以酬大德。"刘全听了,即忙各处捕寻,果然针线篮内藏着。拿出一看,一面红,一面黑,光彩异④常的瓜子。和尚又再三叮嘱刘全,好生收藏瓜子⑤,不久就要有用。说毕,和尚忽然不见了。刘全听这一番话,就如落了魂一般⑥,大叫一声,跌倒在地。

头南脚北朝天仰,面如金纸手东西。员外看见这光景,咽喉耿耿难开声。双手抱住女婿哭,你今岂可入幽冥⑦。贤婿若有差池处⑧,一双儿女靠何人。刘英扯住父亲叫,玉凤唬得泪淋淋⑨。正是不死命难尽,不多一刻又还魂⑩。还魂转来双流泪,两眼流泪大放声。我想⑪夫妻难见面,何由得会节烈人。大叫贤妻等一等,和你一路见阎君。

话说李员外看见如此悲痛,再三劝解,慢慢将刘全搀扶椅上坐着。

刘全双眼把灵望,两泪交流不住声。长吁短叹心如醉,双膝跪在二老前⑫。令爱受苦冤屈死,皆由小婿不知情。一双儿女望照

---

① 此三句清光绪刻本作"居士听疑金钗你尊娘子送与人情去了,但既娘子有情,难道有不知居士是娘子亲丈夫?"
② 况且,清光绪刻本作"但且"。
③ 此句清光绪刻本作"此理普净居士请在参详",文意不如邱文雅堂本通顺。
④ 异,清光绪刻本作"毕",盖"毕"的繁体字"畢"与"異"形近而讹。
⑤ 好生收藏瓜子,清光绪刻本作"好收住"。
⑥ 此二句清光绪刻本作"刘全不觉魂落一般"。
⑦ 此二句清光绪刻本作"双手抱住贤女婿,你归阴路汉归阳"。
⑧ 差池处,清光绪刻本作"差叫去"。
⑨ 父亲,清光绪刻本作"生人",后一句作"吓得玉凤泪淋淋"。
⑩ 不多一刻又还魂,清光绪刻本作"忽然酥醒儿把魂"。
⑪ 我想,清光绪刻本作"死尸"。
⑫ 前,清光绪刻本作"身"。

看①，我要阴司找我妻。

话说员外、安人连忙将刘全扶起，说道："休要如此，小女一死，也是他命尽了，丢我二老年纪高迈，那能丢得孙儿孙女，长成还要贤婿，由你保重为是。"二老论古比今，多方劝解，不觉已是二更②时，二老出门归去。刘全走至灵前，忽然眼中流泪。

口内连把贤妻叫，阴魂留神仔细听。纵然为夫性子③急，如何就把性命④倾。一夜悲啼到五鼓，不觉鸡鸣昏沉沉⑤。愁怀正在恍惚里，恰似翠莲在面前⑥。刘全一见心大喜，口称贤妻你可怜，只说今生难见你，谁知犹未丧黄泉。

话说刘全忽然醒来，何曾看见什么踪迹，只听得大门拍拍响声⑦，只得爬下床来开门。乃是⑧李员外，看见刘全这般光景，只说道："小女已死，哀之无益，不如多请高僧，做些功果善因，超度与他。"刘全答道："既是要紧，怎奈小婿心烦意乱，还要大人代办料理。"员外依允："这个不难，即日超度。"刘全终日⑨忧闷，不觉又是功果七七修荐⑩完满之日。李员外回家去了，刘全亦无心到铺照应生意，只同儿女在家守住。

又过月余，李员外夫妇来至刘全家中，二老喊声贤婿，老身有一言相劝：

现今小女⑪身已死，无人照管你家庭。贤婿在家看儿女，铺内生意谁用心？若丢生意不去做，银钱何由得进门⑫？待到一年半载

---

① 望照看，清光绪刻本作"交二位"。
② 二更，清光绪刻本作"五更"。
③ 为夫性子，清光绪刻本作"为未行子"，多误字。
④ 性命，清光绪刻本作"你命"。
⑤ 此二句清光绪刻本作"一更悲啼到五更，不觉鸡鸣闷沉沉"。
⑥ 在面前，清光绪刻本、鑫文书局本均作"站面前"。
⑦ 拍拍响声，清光绪刻本作"日日月月"。
⑧ 清光绪刻本此处无"开门乃是"四字。
⑨ 清光绪刻本此处无"即日超度刘全"六字，又"终日"作"终月"。
⑩ 修荐，清光绪刻本作"追修"。
⑪ 现今小女，清光绪刻本作"又见他今"。
⑫ 丢，清光绪刻本作"忘"，后一句作"金银何由用戥称"。

下编　整理篇

后，再娶妻房自有人①。二老说这一番话②，刘全尊称岳母听，那处去寻贤良女，可与令爱一般情，又恐儿女遭后母，恐怕后来苦更深③。当着我面犹自可④，背里糟蹋苦难云。小婿宁可⑤孤身过，岂忍儿女受灾星。我今⑥安排有计定，何须二老罣在心。

话说⑦刘全言道："家中事务交与岳父岳母照管，儿女带去铺内抚育，不知二老意下如何？"李员外夫妇说："贤婿果欲如此，愚亦遵命，但须自己保重⑧，以图后事。"刘全当时应道说："二老言之有理。"自是二老与刘全同居一处，彼此照应，安然无事⑨。要知后事如何，且看下回分解⑩。

第二回　鬼谷子八卦占雨水　魏丞相一梦斩龙王

话说鬼谷子奉玉旨，勾取唐王赴阴游看⑪，不敢造次，假装一位卜卦先生，开一小铺，所占应验如神。有个渔人⑫请卜一卦，先生问卜何事。渔人⑬答道："代卜明日在何处下网，方可得鱼。"先生一卜，将纸写一帖儿，诗云⑭：

　　　　明日溪源潭，午时下一网。得鱼一百斤，尾数五十双⑮。

---

① 此二句清光绪刻本作"在等月老进门日，令娶贤妻自得人"。
② 此句清光绪刻本作"二老说话方完毕"。
③ 苦更深，清光绪刻本作"受苦辛"。
④ 此句清光绪刻本作"当着刘全就小可"。
⑤ 小婿宁可，清光绪刻本作"刘全临时"。
⑥ 我今，清光绪刻本作"小婿"。
⑦ 鑫文书局本无"话说"二字。
⑧ 此句清光绪刻本作"但今务各自保重"。
⑨ 此三句清光绪刻本作"各居一处，彼此岁（安）然无事"。
⑩ 鑫文书局本作"要知后事，下回分解"。"且看"清光绪刻本作"但看"，文末多"第一回终"四字。
⑪ 赴阴游看，清光绪刻本作"走阴"。
⑫ 有个渔人，清光绪刻本作"有月须人"，误。
⑬ 渔人，清光绪刻本作"汉人"，当是"渔人"之误。
⑭ 纸，清光绪刻本作"缉"，误；"诗"作"词"。
⑮ 清光绪刻本作"午时下网是称一百斤，尾数五百双"。

我今推算定，一字不得谎。卦资银五钱，验后就要偿。

话说渔人看罢，欢天喜地说道①："若果如此，谢银不少。"急向篮内取出大鱼一尾，先送先生用酒。次日渔人果如卦上数目，一毫不错，深深一揖，谢银五钱。以后日日卜卦，日日应验。未免手中有几文余钱，心头竟畅快起来了。有一日沽一瓶酒，煎一尾鱼②，提至清溪源边自斟自酌，饮得高兴，忽有樵子作歌唱来：

山居自在乐无穷，不管人间事匆匆。潇洒优游观瀑布，清闲打坐③听松风。鸟来啼春声带巧，兴起醉酒味更浓。无事无非无烦恼，黄昏睡到日头红。

话说渔人听得，忙对樵子说道④："我也唱个玩耍。"

生性潇洒爱⑤江头，欢呼喜乐在渔舟。半竿钓钩娱岁月，全付⑥丝网度春秋。千层碧浪连天涌，万里清波⑦映日浮。晚来畅饮三杯酒，胜过良田百亩收⑧。

话说樵子又问道："渔哥，近来你的银钱广多，必有横财。"那渔人答道："樵弟，你说横财也略有点影子。"樵子⑨又问："怎么得来？"渔人答道："城内有位卜卦先生，实在能知过去未来，若常常如此，河溪无遗类。"二人言来语去，说犹未了。有个管鱼夜叉⑩听得明白，回至水府奏知。泾河老龙亦不知卜者为谁，但想朕以水族是同百姓，若此扰动⑪，水国将有不利，万万不可。待我明日进城问明⑫方可。到次日，

---

① 说道，清光绪刻本作"答曰"。
② 清光绪刻本"日"前无"一"字，"煎"作"剪"。
③ 打坐，清光绪刻本作"静坐"。
④ 此二句清光绪刻本作"话说鱼人听寿沽对樵子"。
⑤ 爱，清光绪刻本作"在"。
⑥ 半竿钓钩，清光绪刻本作"半借钓皈"；付，鑫文书局本作"副"，清光绪刻本作"平"。
⑦ 万里清波，清光绪刻本作"万层浪波"。
⑧ 百亩收，清光绪刻本作"百讼圻"。
⑨ 清光绪刻本"樵弟"后有"六畔"二字，"影子"作"阴子"，"又问"前无"樵子"。
⑩ 清光绪刻本作"那个寻渔夜差"。
⑪ 若此扰动，清光绪刻本作"取如探浪"。
⑫ 问明，清光绪刻本作"门工"，误。

老龙变一白衣秀士,来至城中。果有卜卦先生,拥挤[①]问卜者甚多。老龙向前问道:"先生与我卜一卦,若准了,谢银五十两,如不准,即要请往别处去,不容在此迷惑百姓。"先生问所卜何事。老龙道:"卜明日可有雨否?"先生算了一下,写了一小帖儿,递与老龙:

明日是庚子,午时定下雨。城内有三点,城外七点止。

话说[②]老龙看完,自想我乃当年行雨龙王,权柄操在我手[③],遂大叫道:"明日有雨,谢银要五十两[④]。如无雨,就莫见怪了。"当街说道,且不必言[⑤]。老龙回到水府,至半夜,忽听玉旨下,开读已毕[⑥],乃是命老龙行雨,城内三点,城外七点。老龙只望明日不雨,好去逐那先生,不料果命[⑦]行雨。气不过,忽然想一主意,改城内七点,城外三点,使他数目不对,逐他出城,有何不可。

次日老龙改行雨,违忤玉旨[⑧]罪不轻。长安城中七点雨,损坏多多少少民。怨气冲天玉帝怒,雷部有旨奏天庭。金阙降旨[⑨]来取斩,施刑本是天慧星,已经敕令[⑩]魏丞相,命他梦里斩龙君。老龙实在不知道,还来城里骂先生。先生听了微微笑,龙君留神听我云。昨日为你错行雨,明午未时斩你身,你身一死犹小可,千年道行化灰尘。老龙一听魂不在,双膝跪在地埃尘,口口声声求救命,还望先生救我身。先生回言违玉旨,那个敢说这人情。若要有人救得你,除非当今紫微星,明日施行监斩首,就是当朝魏徵臣。

话说老龙问道:"紫微星就是当今皇上么?"先生曰:"然也。趁早

---

① 清光绪刻本"有"作"见","拥挤"作"推挤"。
② 鑫文书局本无"话说"二字。
③ 操在我手,清光绪刻本作"操之自手"。
④ 鑫文书局本作"必谢银五十两"。
⑤ 鑫文书局本此二句只作"当街说过",无"且不必言"。清光绪刻本作"当街说过,法不必言"。
⑥ 鑫文书局本无"开读已毕"四字。
⑦ 不料果命,清光绪刻本作"不必果然"。
⑧ 改行雨违忤玉旨,清光绪刻本作"要便雨,违误圣旨"。
⑨ 金阙降旨,清光绪刻本作"金关御旨"。
⑩ 已经敕令,清光绪刻本作"已今着令"。

哀求，转谕魏徵，或可解救。"老龙忙忙①回至水府，收拾明珠百颗，半夜时来至君王面前，口称万岁救臣一命。唐王正在梦中，问道："你是何人？"答道："我是泾河老龙，因昨日行雨，伤害百姓，触犯天庭，欲将微臣斩首。"王曰："上帝斩首，阴阳相隔，叫朕如何救你？"老龙又进礼奏云：

    金阙议定小臣罪，监斩官员是凡人。就是当朝魏丞相，吾王只须说他明。伏望吾主把情讲，必能救得小龙身。

话说唐王道②："既是魏徵监斩，你且放心。"老龙献上明珠，谢恩去了。君王醒来，望见玉案上宝珠放光，回想梦中之事，知道是实。次日早朝，王故意留住魏徵伺候，将近巳时，宣他围棋，以令他有误时刻，不得去斩龙王，则不救自救③矣。及至④到了午时，魏徵倚在玉案，两眼昏迷，似醉而睡。那君王心下更欢喜，谓斩龙王之事，越发无忧了。谁知魏徵丞相，就此一睡之中，前去斩龙⑤。

    手执昆吾纯钢剑，一道金光往上行。忙了多少黄巾士，捆绑老龙候施行⑥。丞相近前睁开眼，叫声老龙仔细听。天曹命你施雨泽，为甚大胆乱胡行。损坏黎民该何罪，吾奉玉旨⑦主典刑。只听虚空一声响，龙头落地血淋淋。

话说魏徵斩罢，魂回下界，猛然失惊。唐王⑧也不怪他，因问道："卿为何困倦？"魏徵⑨道："臣非困倦，乃是奉玉旨去斩泾河老龙。"唐王听得，连忙说："这龙王要看孤家面上，饶他一死罢。他昨日特来宫中求救。"魏徵奏道："主上既已许过救他，早说还可⑩，今已过刀，万

---

① 忙忙，清光绪刻本作"速速"。
② 唐王道，清光绪刻本作"王曰"。
③ 自，清光绪刻本作"之"。
④ 及至，清光绪刻本作"死期"。
⑤ 此三句清光绪刻本作"谁知魏徵丞相已斩"。
⑥ 清光绪刻本作"施刑"，文意较邱文雅堂本、鑫文书局本为长。
⑦ 玉旨，清光绪刻本作"玉帝"。
⑧ 清光绪刻本"唐王"后有"信恨恐"三字。
⑨ 魏徵，清光绪刻本作"丞相"。
⑩ 还可，清光绪刻本作"救他"。

不能生。"君王听说，正在半信半疑之间，只见黄门官奏道："午门外洒了一阵红血雨，半空中掉下一个血淋淋龙头。"君王闻奏，吃了一惊，说道："同朕去观看，何臣保驾？"

  低头自想孤不是，昨已许他说人情。今早未曾来直讲，此时悔恨说已迟①。越思越想心不定②，由如得病战兢兢。转到宫中难安稳③，茶饭不思闷沉沉。

话说老龙死得不甘，魂来宫中寻君王讨命。唐王将将合眼要睡④，只见龙王手提一头，前来开言大骂：

  千昏君来万昏君，准我说情又说情⑤。反使魏徵⑥来杀我，假许人情害我身。千年修来万年炼，一旦根基化灰尘。讲情⑦不说反害我，双双洒手见阎君。唐王吓得兢兢战，浑身冷汗似水淋⑧。只得传齐文共武，王开金口众臣听⑨。朝阳宫中出了鬼，合眼鬼来⑩就迷人。无论满朝文共武，谁作分忧保驾⑪人。

话说秦叔宝、胡敬德⑫跪奏金阶："我王放心，臣等保驾。"二人披挂，站立宫门。果然⑬鬼怕恶人，老龙果不敢来。君王睡到三更安稳，不料又往后宫门进来⑭。魏徵带一青锋⑮宝剑镇住后门，老龙无计可施，只得投五殿阎罗天子前，去告一状。五殿阎罗不敢擅专，请齐十王相与

---

 ① 此二句清光绪刻本作"今早急急来直讲"，显脱七字。
 ② 不定，清光绪刻本作"不思"。
 ③ 难安稳，清光绪刻本作"魂不定"。
 ④ 合眼要睡，清光绪刻本作"闭眼"。
 ⑤ 此二句清光绪刻本中"昏君"作"明君"，"又说情"清光绪刻本与邱文雅堂本均作"又说清"，鑫文书局本作"不说情"，鑫文书局本是。
 ⑥ 魏徵，清光绪刻本作"魏相"。
 ⑦ 讲情，清光绪刻本作"佳情"。
 ⑧ 此二句清光绪刻本作"唐王醒来兢兢战，吓得冷汗似水林"。
 ⑨ 众臣听，清光绪刻本作"听分明"。
 ⑩ 合眼鬼来，清光绪刻本作"合合鬼儿"。
 ⑪ 保驾，清光绪刻本作"解愁"。
 ⑫ 鑫文书局本作"秦琼、尉迟敬德"，前无"话说"二字。
 ⑬ 果然，清光绪刻本作"话说"。
 ⑭ 此二句清光绪刻本作"君王听得三夜安稳，不期又往后宫门进来"。
 ⑮ 青锋，清光绪刻本作"青风"。

会议，那十王意见不同，议论①纷纷。五殿阎君意欲约同十王同赴金阙，请玉旨定夺。才欲起驾，门上报道："鬼谷子来也。"进殿上坐定②，五殿阎君曰："先生赐临，必有见教③。"鬼谷子答曰："贫道茅塞已久，岂敢谓有刍尧（荛）之见。只是前月赴阙④见驾，奉上谕阳间弃善从恶，案积如山，实为可悯，着诸臣核议具奏，当时已奏明玉帝，唐天子兄妹、李翠莲夫妻一干人等⑤，俱有因缘报复。不知⑥前此一事，着人去请唐王驾来地府，一则与老龙对理，二来与唐王遍游地府，亲见三十六狱、七十二司，处处善恶攸分，历历报应不爽，还阳后，晓谕世人，或可稍免刑罚，奉旨依议。今众王商议，又不知有何高见？"五殿阎君⑦曰："我等正为此事，议论⑧难决，意欲请旨定夺。既然先生前已奏过，我等遵谕施行便了⑨。"俟鬼谷子并众王散后，随即发金牌银盾，命⑩两个引魂童子去请唐王。二童领着一对追魂幢幡⑪宝盖，来朝阳殿前。只⑫见叔宝与敬德站立宫门。

　　二将双双来保驾，全身披挂站宫门⑬。这个本是黑煞转，那个又是左天蓬。这个举鞭恶很很⑭，那个提剑怒冲冲。敬德生来威武像，叔宝交锋杀气雄。传下神荼并郁垒⑮，至今千载显威风。

---

① 议论，清光绪刻本作"聚讼"。
② 进殿上坐定，清光绪刻本作"叙宝生坐定"，实为"叙宾主坐定"之讹误。
③ 见教，清光绪刻本作"上教"。
④ 赴阙，清光绪刻本作"赴朔"。
⑤ 清光绪刻本"一干人等"前有"以及"二字。
⑥ 不知，清光绪刻本作"不如"，于文意为长。
⑦ 阎君，清光绪刻本作"天子"。
⑧ 议论，清光绪刻本作"蹼诸"，疑有讹误。
⑨ 清光绪刻本"先生"前无"既然"二字，"遵谕"作"遵奉"。
⑩ 清光绪刻本"盾"作"代"，"命"作"有"。
⑪ 幢幡，清光绪刻本作"床旛"，后文同。
⑫ 清光绪刻本"见"前无"前只"二字。
⑬ 此二句清光绪刻本作"二将双双齐披挂，前来保驾站宫门"。
⑭ 很很，清光绪刻本、鑫文书局本均作"狠狠"。
⑮ 郁垒，清光绪刻本作"玉垒"。按，神荼、郁垒，中国古代神话中的两位神人，以善于治鬼而闻名，后被人当作门神。如王充《论衡·订鬼》引《山海经》曰："沧海之中，有度朔之山。上有大桃木，其屈蟠三千里，其枝间东北曰鬼门，万鬼所出入也。上有二神人，一曰神荼，一曰郁垒，主阅领万鬼，恶害之鬼，执以苇索而以食虎。于是黄帝乃作礼以时驱之，立大桃人，门户画神荼郁垒与虎，悬苇索以御凶魅。"

话说童子不敢前进，只得往后宰门来，谁知魏徵似睡非睡，恍惚见两个童子来帐前，遂大喝一声①："你是何人？擅敢到此。"二童曰："我乃幽冥童子，奉五殿②阎君之命，来请唐王赴阴司，与龙王对理。"魏徵曰："何时启行③？"童子曰："明日午时一定要去，望乞丞相放我等入宫。"魏徵忽然惊醒是梦，半信半疑。且说二童子进了后宰门内④，双双跪下，呈上一帖，说⑤奉十王之命，来请君王赴⑥阴司，与老龙对理。王曰："在几时去？"童子曰："明日午时去。"君王醒来，乃是一梦。不待天明，即宣魏徵进宫，谕曰："朕夜中一事⑦，似梦未醒。见二童子拿着帖来，请去阴司⑧与老龙对理，即在午时，果去得否？抑或推却不去否？"魏徵心中暗想，与我昨夜之梦分毫不差，固知此事，定然不假，因奏曰："臣亦未敢擅专，须宣徐勣上殿共议⑨。"徐勣上殿，君王又将梦里之事详述一遍，"今请卿来卜下一卦，到底去的是不去的是？"徐勣⑩曰："此乃天数大劫，容臣卜算。"奏曰："果此事不过数日，仍又还阳，何用推辞不去。况推辞亦万万不能，即请人代替亦不得的。"君王点头，半晌不言。魏徵又奏曰："陛下放心前去，臣有一好友，姓崔名珏，在世曾做户部侍郎，今在冥中得授判官之职，在生果是忠直报国，死后岂易其擅守。臣写书一封，致意主冥中各事，还阳之期，必不有误。"君王稍稍豫悦⑪。

　　君王传旨宣文武，面谕朝中文武臣⑫。孤家地府去对理，不知

---

① 此二句清光绪刻本作"恍见童子两个来帐面望，大喝一声申入雷鸣"。
② 五殿，清光绪刻本作"十殿"。
③ 何时启行，清光绪刻本作"何等致今"。
④ 此句清光绪刻本作"二童子到了后门前"。
⑤ 清光绪刻本"帖"前有"来"字，"奉"前无"说"字。
⑥ 君王赴，清光绪刻本作"唐王去"。
⑦ 此句清光绪刻本作"昨夜有一前事"。
⑧ 清光绪刻本"与"前无"阴司"二字。
⑨ 共议，清光绪刻本作"共处"。
⑩ 徐勣，清光绪刻本作"徐相"。
⑪ 豫悦，清光绪刻本二字互乙。按，豫悦、悦豫均为快乐之意。
⑫ 此句清光绪刻本作"皇上文武两班臣"。

好歹若何能。倘若①不能还魂转，今朝永别满朝人。又传旨意到②内院，宣出三宫六院人，内事朝阳③来掌管，外事徐勋与魏徵。朕若几日不回转，速立幼主管万民。六宫皇后哀哀哭，七十二妃泪淋淋。满朝文武人无数，个个伤心珠泪倾。香汤一盆来洗澡，脱去旧袍换新衣④。魏徵写下书和信，放在君王袍袖中⑤。各事安排俱已毕⑥，专等午时三刻临。追魂童子来相请⑦，七尺黄罗手中存。暗向君王颈上绞，登时别了世上人⑧。三魂渺渺辞阳世，去到阴司走一巡⑨。

话说唐王既死，大小文武百官无不下泪。金棺银椁，收殓王体，放在金銮宝殿上。魏相及各大臣上前说道："主上不日就可还阳，各位王公妃院、大小臣僚，不可啼哭，恐有乱王魂。"各各只是含泪，守着王棺不提。欲知后事如何，且听下回分解⑩。

第三回　唐秦王赴阴许瓜果　十阎君断狱封长虹

话说君王死后，渺渺茫茫，出了朝门，只说前去打猎，有三千御林军保驾前行，约走二三十里之外，见有千千万万恶犬乱咬，有⑪军士打退，君王得过月宫桥，回头一看，军士俱不见了，只得独自一人往前⑫行走。四望未曾观仔细，只见一官跪面前。

话说王曰："卿是何官？此是何地？"答曰："微臣姓崔名珏，阳世

---

① 倘若，清光绪刻本作"直到"。
② 到，清光绪刻本作"宣"。
③ 朝阳，清光绪刻本作"朝庭"。
④ 清光绪刻本"洗澡"二字互乙，"衣"作"衫"。
⑤ 此二句清光绪刻本作"魏徵三上阴书信，放在君王怀中存"。
⑥ 已毕，清光绪刻本作"明日"。
⑦ 相请，清光绪刻本作"索命"。
⑧ 此二句清光绪刻本作"暗套君王颈项上，日日辞别世上人"。
⑨ 此句清光绪刻本作"要赴阴司去走巡"。
⑩ 此二句清光绪刻本作"欲知后事，且听二回分解"。且文末多"二回终"三字。
⑪ "乱咬有"，清光绪刻本作"来咬"。
⑫ 清光绪刻本"行"前无"往前"二字。

乃户部侍郎，今作阴司判官，此地乃是阴阳界鬼门关便是。"王曰："你即崔判官么，魏徵有书一封与你①。"遂向袖中取出交付，崔判官接来拆看②，上写着：

魏徵书启③顿首拜，拜上崔兄都大堂。忆昔交游音容在，阴阳阻隔④见面难。屡蒙仁兄怀不弃，常欲与君见面谈⑤。始知台驾迁高位，掌管阴曹善恶官。今日书拜无别故，只为吾主到阴间。阴曹⑥有事请吾主，要求都堂解艰难。总望设法施鼎力，扶保吾主转回还。感⑦谢不尽书百拜，惟望尊台恕海涵。崔判看罢来书信，精忠义愤出心田⑧。

话说崔判复跪奏道："请驾放心前行，臣自保护⑨。"说话之间，只见前面有些官员，一个着签发票，一个挂号纠察，个个收签收票，一众⑩男男女女，无量其数，拴的拴，锁的锁⑪。王曰："那是什么官？"崔判曰："此乃追魂司、扰魂司、迷魂司，凡是拿世上人，俱在此处发签收票。那还魂之人，不在三司所管，或有错拿，验明即送回阳⑫。"

三司衙门今已过，君臣二人往前行。两边排列多凶恶，内里喊叫似雷鸣。君王问道是什么，那个官员甚事因⑬。崔判上前将言奏，此是城隍府施行，世人到此先查过，这才解到别衙讯。说话之间又只见，一座高山面前存。来往之人走不断，个个悲啼痛伤心。也有悲啼哭妻子，就是⑭难舍恩爱情。也有青春哭夫主，伤心不忍

---

① 清光绪刻本无"与你"二字。
② 此二句清光绪刻本作"遂向怀中取出交付，一二看念"。
③ 书启，清光绪刻本作"修书"。
④ 阻隔，清光绪刻本作"隔天"。
⑤ 见面谈，清光绪刻本作"对面言"。
⑥ 阴曹，清光绪刻本作"阴司"。
⑦ 感，清光绪刻本作"余"。
⑧ 清光绪刻本"愤"作"蓄"，且"出"与"心田"互乙。
⑨ 此二句清光绪刻本作"诗阴放上前行，臣自保驾"。
⑩ 一众，清光绪刻本作"得"。
⑪ 清光绪刻本"锁"字后无"的锁"二字。
⑫ 此三句清光绪刻本作"在主司者，或有错掌，去即还回"。
⑬ 此句清光绪刻本作"却向官员容事因"。
⑭ 清光绪刻本、鑫文书局本均作"说是"。

云南唱本《唐王游地府》整理研究

两离分。也有中年为家哭，丢得儿女未长成。也有老亲哭儿女，为已年迈不相能。君王看了开言问①，崔判殷勤奏得明②。此是思乡岭一座，人人到此痛伤心。君王心中③舍不得，想起皇宫也痛心④。太后年高忿的了，太子年轻不放心。崔判劝王往前走⑤，何须流泪动哀情。至今阴司空闲地，现有诗句作证明。诗⑥：

　　一座高山路途长，世人到此⑦想家乡。
　　心中苦切才知死，此日方知身已亡。
　　个个回头情绻绻⑧，人人张望泪汪汪。
　　夫悲妻子兄悲弟，父哭娇儿⑨女哭娘。
　　接踵悲伤接踵去，只见接踵哭断肠。

话说君王前行几里，只见一座土台，人人上去，手搭凉蓬远望。崔判曰："此台名为望乡台，世人到此⑩，看望家乡。"王曰："朕也上去看看。"但只见男女哭的哭，喊的喊。

　　台上也有叫儿女，口中无故道姓名。也有台上悲更惨，口中不住⑪叫双亲。也有望着将头点，连说贤妻甚知心⑫。又有上⑬台如酒醉，哭声夫主好恩情。君王也在朝下看，看见妃嫔众公卿。判官又乃⑭将言奏，我王细听这段情。此台虽是将家看，中间善恶自分明。善人举目无远近，恶人家乡无处寻。君王听罢将头点，题诗奉

---

① 此二句清光绪刻本作"为己年迈开言问"，中间有脱文。
② 此句鑫文书局本作"崔判殷股勤动哀情"。
③ 心中，清光绪刻本、鑫文书局本均作"心下"。
④ 也痛心，清光绪刻本作"向南门"。
⑤ 此句清光绪刻本作"判官劝王忙忙走"。
⑥ 正文中凡是题诗之前，邱文雅堂本和鑫文书局本均以"诗"字标出，而清光绪刻本均无"诗"字。下同。
⑦ 路途长世人到此，清光绪刻本作"路长远，行到此处"。
⑧ 绻绻，清光绪刻本作"倦倦"。
⑨ 清光绪刻本妻子作"妻死"，娇儿作"子来"。
⑩ 世人到此，清光绪刻本作"死人"。
⑪ 不住，清光绪刻本作"连连"。
⑫ 此句清光绪刻本作"连夫贤妻叫知心"。
⑬ 上，清光绪刻本作"见"。
⑭ 又乃，清光绪刻本作"乎又"。

劝世上人。诗：

> 一座土台名望乡，幽冥设立看家乡。
> 人人儿女归台下，个个门堂在眼旁。
> 神气已交形不远，阴阳相隔路何长。
> 善人得见恶人混，造化其中作两行①。

话说君王同崔判下了台来②，行不过二三里，到一地方，十分利害。

> 耳内听得③呼呼响，到处灰尘结烟霞。掀天括地无停息，行路之人只是扒。又见吹倒人无数，君王止步问根芽④。

话说崔判奏曰："此地名为狂风岭，不吹善人，只吹恶人。"君王不竟⑤害怕起来，不敢行走。崔判⑥曰："请主前行，有臣保驾。"王曰："何以朕走过来，却又吹不倒，这是何故⑦？"判官曰："我主乃金身玉体，孽风怎能吹得动。"说话之间，抬头又见一山。

> 顶上阴雪深⑧寂寂，周围尽是迷露遮。朦胧但觉昏惨惨，阴风吹人遍身麻。猿啼狼嗥声声吼⑨，阵阵飞来是黄沙。抬头不见天和地，哪有日月放光华。难辨四方谁是路，到处惟有树乱杈。

王问曰："此是什么山？"判官曰："此山有两样名，这边叫背阴山，那边转阳山。"有诗为证，诗：

---

① 此句清光绪刻本作"可见造化有几行"。
② "下了台来"之前清光绪刻本只有"君王"二字。
③ 得，清光绪刻本作"风"。
④ 根芽，清光绪刻本作"根苗"。
⑤ 不竟，清光绪刻本作"不觉"，是，乃不禁、不由得之义。
⑥ 清光绪刻本"起来"之后无"不敢行走崔判"六字。
⑦ 此三句清光绪刻本作"何为朕又吹不倒。问说"。
⑧ 深，清光绪刻本作"山"。
⑨ 此句清光绪刻本作"猿啼骂苦声乱吼"。

> 一座高山两样天，愁云瑞气各方迁。
> 黑风常常濛此地，红日明明①照那边。
> 晦明风雨真万古，阴错②阳差几千年。
> 世人能知阴阳理，善善恶恶谁不然。

君王过了此山，又行数里，忽见人烟凑集一条大路大街，卖茶卖酒③，尽是女人掌柜。君王行到此处，只见那些女子笑脸迎将过来④。

这个带笑开言道，客官停步饮香茶⑤。那个欢容称官长，我家美酒实堪夸⑥。这个连说⑦此汤好，天下有名是我家。那个店铺说⑧清净，又可乘凉与看花。又只见⑨一齐上前来拦住，阻得君王莫可行⑩。判官喝声好大胆，再若多言打断筋。君王看见心不悦，为何骂退这些人。判官复又将言奏，主上留神听元因。此地名为迷魂铺，茶汤并非水熬成，陛下要与龙对理，饮了此汤对不成⑪。

王曰："朕口渴，不过就吃一碗水，润润喉咙亦可。"判官曰："也吃不得，若再饮一会，越发口渴。"君王依言⑫，行了几里，果然不渴。有诗为证，诗：

> 一条街市路中央，开铺尽是女姣⑬娘。
> 个个能言夸美酒，人人发渴想茶汤⑭。

---

① 明明，清光绪刻本作"私宜"。
② 错，清光绪刻本作"过"。
③ 卖酒，清光绪刻本作"汤酒"，于文意前后相合。
④ 鑫文书局本作"前来"。此二句清光绪刻本作"君王道，那女子笑将前来"。
⑤ 清光绪刻本"带笑"作"冷笑"，"饮"作"请"。
⑥ 清光绪刻本"欢容"作"威风"，"美酒"作"酒味"。
⑦ 清光绪刻本"连说"作"说来"。
⑧ 清光绪刻本"店铺说"作"说铺多"。
⑨ 鑫文书局本无"又只见"三字。
⑩ 莫可行，清光绪刻本作"战兢兢"。
⑪ 此句清光绪刻本作"若还吃了对不成"。
⑫ 清光绪刻本无"依言"。
⑬ 鑫文书局本作"娇"。
⑭ 清光绪刻本"美酒"作"酒味"，"茶汤"二字互乙。

一杯饮下能①迷乱,两碗餐来莫主张。

若还尽意饮几盏,前后事情俱可忘②。

且说君王行了数里,早到恶水河边,举目观看,只见那:

黑气腾腾绕河边,滔滔浑水③令人惊。两边尽是悬崖岸,中间无船渡过津④。上水设立桥两座,瑞气飘飘绕眼明。下边也有桥一座,势派凶恶不同寻。世人纷纷从此去,细查鬼卒实留心。也有相让桥上过,也有推下河中心⑤。

话说管桥官奏曰:"臣管金银桥、奈何桥。往来行走之人⑥,善恶在此攸分。"君王听臣奏来:

此河名叫心水关,千年混混波涛翻⑦。架河虽有桥三座,第一桥上玉栏杆,砌的不是土与石,老君炼就紫金砖。神仙能升由此过,佛祖了禅把话传。世人若来桥上走,步步祥云踏青莲。第二桥名居中央,银砖灼灼闪碧光,走的是些念佛者,过的又为忠良官。世人若得此桥过,定是富贵立朝堂。第三桥来真可惨,雾气沉沉举步难,铁狗桥边寻人吃,铜蛇水内把人伤。善恶在世若难辨,到此分开作两行。

王曰:"孤来今过那桥?"答曰:"中桥而去。"一抬头望见桥上紫气腾腾,祥光叠叠。有诗为证,诗:

耀耀金光路接天,幽冥设立渡神仙。

善人修得此桥过,步步何愁脚踏莲⑧。

君王过中桥也题诗一首,诗:

---

① 饮下能,清光绪刻本作"吃下情"。
② 此二句清光绪刻本作"若还饮过数碗后,来至世事尽皆忘"。
③ 浑水,清光绪刻本作"水兮"。
④ 此二句清光绪刻本作"两边尽是悬吊起,中间有无过渡津"。
⑤ 此句清光绪刻本作"也有推入水中存"。
⑥ 此句鑫文书局本作"往来行人"。
⑦ 此二句清光绪刻本作"此河名儿教心水,千年混混洪水翻"。
⑧ 清光绪刻本"耀耀"作"赐赐","脚踏莲"作"无别莲"。

云南唱本《唐王游地府》整理研究

灼灼银桥映碧天，阴司修桥过官员。
世人若得往此处，富贵清闲福禄绵①。

君王又只见下桥过往之人，走至中间，鬼卒用叉打人，跌在桥下，铜蛇铁狗一齐拥上咆哮咬吃。君王也题诗一首。诗：

奈何桥下水悠悠，我替恶人心内愁。
忤逆不能登彼岸，奸淫只许落中流。
阴司大道不容走，阳世亏心你自求②。
善恶到头终有报，人生何不早回头。

话说唐王下了桥，只见两个童子打着一对幢幡，跑③到面前说道："迎请④唐王快去。"

十王正要出殿，只见祥瑞缤纷，乐音嘹亮，报道玉旨降临⑤，焚香宣读，谕知王母娘娘寿诞伊迩，冰桃雪藕，山珍海错，备办齐全，独闻阴司有一样出色南瓜，一面红，一面黑，其味更比东方朔所偷仙桃还佳，卿等定知出产地方，查缴以完庆典。十王接得此诏，面面相觑，无可着落。又见唐王已到殿门外了，十王只得前去迎接，口称："陛下远来，臣等未得迎接，望乞恕罪。"王曰："孤家有罪，何敢当此迎接。"献茶已毕，五殿阎王⑥曰："迎得陛下，只为泾河龙王诉告陛下许了救他，反又杀他，故请陛下对理。此刻要请进明台⑦，少坐一会。"君王进明镜堂，四面观看，十分齐整庄严，忽听得当的一声。

内里云板连连响，外面大炮似雷鸣。两廊走出提刑鬼，青面獠牙很恶形。双生肉角头上竖，花斑脸面突眼睛。手里斜提叉三股，虎皮战裙系腰间。牛头对着马面站，凶神恶鬼一大群。

---

① 清光绪刻本"映"作"顶"，"福禄绵"作"福绵绵"。
② 清光绪刻本"悠悠"作"忧忧"，"替"作"代"，"中流"作"流沉"，"亏心"作"魁心"。
③ 跑，清光绪刻本作"跪"。
④ 清光绪刻本"迎请"前有"众"字。
⑤ 玉旨降临，清光绪刻本作"玉帝旨意来临"。
⑥ 阎王，清光绪刻本作"开言"。
⑦ 明台，清光绪刻本作"明镜"，于文意为长。

又只见①判官请唐王上殿，五殿阎君②说道："适才冒犯陛下，慎勿见责③。"唐王答曰："正理。"五殿④入座，叫鬼卒将老龙提上来。五殿问道："今唐王在此，你有所⑤不平之事，从头诉来。"

　　老龙王走上前双膝跪下，尊一声十王爷细听元因。凌霄殿降玉旨⑥遍行雨泽，果因我错行数罪犯典刑，我只得求唐王把我命救⑦，他许我对魏相说个人情。谁知道做皇帝也说白话，反差了魏丞相斩我身形。若不许说人情我求别处，他分明误我命谁肯甘心⑧。千年修万年炼今成画饼，我今日要他来⑨还我性命。

　　唐天子走上前也将话论，叫一声十王爷细听原因。我在世朝阳宫中宵打盹，至夜半见老龙跪在埃尘⑩，梦寐中果许他把情来说，早朝后将魏徵留在宫廷⑪。到午时魏徵睡我不留意⑫，谁知他梦寐中来斩你身，他醒来说斩你我还不信，朝门外下红雨方见你形，非是我许了你怠慢不救，还是你命该死埋怨谁人。

　　十王听罢重重怒，骂声老龙你不仁，上帝命你行雨泽，为甚错数害黎民。长安城中洒七点，淹坏无数百姓们，怒气冲上要斩你，能求谁可说人情。你的罪过由自造，莫怪君王无救心⑬。老龙听罢爬半步，开言又把十王尊。

　　话说老龙说道："我千修百炼，得成万年基业。一旦付之流水，实不甘心，且有尾无头，难以变化，总求十王安我一条生路。"十王沉吟

---

① 鑫文书局本无"只"字。
② 五殿阎君，清光绪刻本作"共五殿天子"。
③ 清光绪刻本"见责"后有"于余"二字。
④ 清光绪刻本"五殿"后有"陛下"二字。
⑤ 有所，鑫文书局本作"所有"，清光绪刻本作"所"。
⑥ 玉旨，清光绪刻本作"敕旨"。
⑦ 清光绪刻本无此十字。
⑧ 此句清光绪刻本作"看分明故误我叫谁甘心"。
⑨ 我今日要他来，清光绪刻本作"今日里好好的"。
⑩ 埃尘，鑫文书局本作"尘埃"。
⑪ 此二句清光绪刻本作"梦寐中果许他魏徵说情，早朝后故意儿留他在庭"。
⑫ 魏徵睡我不留意，清光绪刻本作"见他睡我才丢心"。
⑬ 此段清光绪刻本作"上帝命你为甚么，行雨泽扰害黎民。长安中七点雨洒，淹坏了无数民人。怒气而个个冲上，又向谁里把账清？你的罪恶是你造，莫怪君王无救心"。

一会，五殿①说："也罢，封你为万里长虹，亦不失龙之根本，但要请命②唐天子才是。"十王齐向唐王请旨，唐王③题诗一首赠他。诗：

    敕封万里一长虹，映日穿云气象雄。
    远观天涯来细雨，近看海际起狂风。
    仪型不亚蜻蜓带，威武浑如碧玉宫。
    时现行藏施变化，六龙相伴又腾空。

话说老龙得封，竟自去了。十王说道："查看唐王阳寿如何。"崔判官打开生死簿一看，见注明"大唐贞观在位一十三年，寿享四十六岁"。崔判吃了一惊，暗说唐王寿尽，天位已终，十王岂有放他还阳之理，若就留此，魏相托我保驾之事，如何对他。也罢，便取笔将四字改为六字，一字上加添两画，改为三字，呈与十王观看，乃是"大唐贞观寿享六十六岁，在位三十三年"。十王看罢，就道："唐王尚有二十年阳寿，即应送他还阳。但请陛下遍游地府，细看阴司果报，转回阳世，广行劝戒，普化④众生，并及崔、李二判官之事，保驾精祥，详细昭告于人。"唐王说："孤家罪若苦海，蒙众位王兄仁慈，在在宽宥，殊无以报，回阳之日，务即着人进贡宝玩，以表寸心。"众王答道："阴府宝玩，实无用处⑤。"五殿阎君言⑥曰："方才玉旨⑦要取南瓜，与王母上寿之诏，这是陛下也见的。如得此瓜，乃为至宝。"唐王曰："看来御园中，果不见有，普天之下，皆为朕土，岂亦不能寻耶？请列位放心，孤出榜求瓜⑧一献。"十王齐声答曰："若得此瓜，感德不浅。"唐王告辞，十王齐⑨送出殿外，一拱而别。崔、李二判官随后保驾，预知后事如何，且看⑩下回分解。

---

① 清光绪刻本"五殿"后有"天子"二字。
② 请命，清光绪刻本作"请过"。
③ 清光绪刻本"题诗"前无"唐王"二字。
④ 普化，清光绪刻本作"化导"。
⑤ 此二句清光绪刻本作"阴府宝玩寔属无，俊秀一见竟无用处"。
⑥ 五殿阎君言，清光绪刻本作"五殿天子即开言"。
⑦ 鑫文书局本"玉旨"前多"有"字。
⑧ 出榜求瓜，清光绪刻本作"于君不瓜"。
⑨ 告辞十王齐，清光绪刻本作"告化为天"。
⑩ 且看，清光绪刻本作"且听"。

唐王游地府①卷中

第四回　二判官保驾游地府　两②奸王拦路诉苦情

话说唐王已别众王而走，问判官曰："往那边游起？"判官曰："先往转轮司，待臣上前③引路。"

二判官保主地府④，要看阴司报应明。看看行了三里路，劈面来了两个人。近前扯住唐王手，叫声秦王李世民，你做皇帝偏⑤受福，争夺江山害生灵，带累我等沉苦海，不得脱身受罪名⑥，正要找你把理论，谁知也到阴司行。唐王抬头⑦用目看，建成元吉在眼前。我做皇帝多劳苦，你是清闲自在人，生前百般酒肉过，还有那样不甘心，今日扯我终无用，我有别事莫劳神。二人尽扯不肯放，判官大喝二奸臣。你的罪孽是你造，何曾有差半毫分，你等若不快丢手，打入饿毙地狱门。二人听见忙跪下，口称我主听分明，主公此番还魂转，要念同胞手足情，多请僧道做斋事，颁行赦诏到幽

---

① 据鑫文书局本补"唐王游地府"五字。
② 两，清光绪刻本作"双"。
③ 鑫文书局本"臣"后无"上前"二字，清光绪刻本"臣"前无"待"字。
④ 清光绪刻本、鑫文书局本均作"二判保主来地府"，于文意为佳。
⑤ 偏，清光绪刻本作"要"。
⑥ 鑫文书局本脱落"民。你做皇帝偏受福，争夺江山害生灵。带累我等沉苦海，不得脱身受罪"几句。
⑦ 头，清光绪刻本作"起"。

冥，超度二人出苦海，阴魂保佑你为尊。建成元吉齐诉苦，引动唐王孝友心，点头答应孤知道，回阳必度你二人。二人双双辞别去，君王题诗在幽冥。诗：

　　二人在世弄威权，管你成仇惹罪愆。
　　陷害君臣冤屈死，又逼大臣赴黄泉。
　　服罪地府才知苦，淫乱宫闱恶贯盈。
　　你等奸顽沉苦海，阴司果报甚公平。

话说唐王题完诗句，往前又走。只见有一座衙门，当面五个大坑，有那男女走来，往坑中一跳，就不见了。即是飞禽走兽昆虫等，往坑中仍然如是，不见坑满，不知去向。正在要问，只见坑中走出五个官员，前来见驾。王曰："卿等何官？所管甚事？"答曰："臣等所管金木水火土五行脱化司，容臣奏来。"

受刑惟有是火坑，终日男女去游巡。个个具来坑上跳，人人腹内去投生。阴阳二气来相合，精血成胎又有形。猪羊牛马也来跳，个个俱跳木坑中，投在畜生肚子里，下地四脚就会行。龟鳖鱼虾也来跳，个个俱跳水坑中，脱生之时形不见，江河四海里藏身①。一色扁毛也来跳，个个都站金坑中，临时孵蛋生出子，飞禽鸡鸭②在世间。各色昆虫也来跳，土坑里面去无形，脱生就在泥土内，或变或出感气生。还有湿土③化生者，不在五行之内论。早上生来晚上死④，叫他在世几时辰。君王听罢脱生事，题诗八句在幽冥。诗：

　　天地生育五行中，万物原来一样同。
　　禽畜只能得一气，为人五行具全同。
　　畜等人道真难找，人堕畜类最易容⑤。
　　细观此处脱化理，人生不可自称雄。

------

① 里藏身，清光绪刻本作"里面存"。
② 鸡鸭，清光绪刻本作"啼鸟"。
③ 湿土，鑫文书局本作"湿生"。
④ 此句清光绪刻本作"早上生树隐不死"。
⑤ 易容，鑫文书局本作"容易"。按唱词考虑押韵，邱文雅堂本是。此处清光绪刻本作"易通"。

话说君王过了五行脱化司里许,又望见二官审案,剥①去衣服,与他皮毛而去,又有将皮毛剥下,与他衣服而去,来来往往不绝。王问曰:"这是何为?"只见二官俯伏奏曰:"臣所管功德清白司、转劫发放司。数世畜类,可转人身,则替他剥去了皮毛,与他衣服。或有在世为人,造孽无边,应变畜类,则将他衣服脱下,与他皮毛而去。"正是:

  二官明如镜,发放各生灵,造孽剥衣服,劫满去皮毛。查看功与过,人畜劫数清。此时多明白,领去各投生。

话说君王离了二官,行来又只见有一个衙门,人人进去拿一样东西出来,也有拿好衣服的、破衣服的、纱帽圆领的、书文的、银子的、扁担②的、锄头的、斧子的。王曰:"此是为何?"判官曰:"这是注福注禄二司。"只见二官前来接驾,王曰③:"卿二官所管福禄,如何给领?"答曰:"容臣奏来。"

  二司官走上前缓缓奏主,世上事在这里领给分明。阴功好领去的圆领纱帽,到阳世做高官去管万民。读书人积阴功大行阴骘,领文章去阳世进士举人。富豪的在世上依财霸占,领扁担东西奔终日挑抬④。放债的在世上累利叠算,领锄头做长工讨升吃升。心毒的在世上逐妻赶子,领衣钵做和尚少子无孙⑤。耕户家在世上造作谷米,到这里领耙锄去把田耕。富豪的在世上戏耍玩乐,到这里领瓢碗乞丐终身。有一等好杀生拔毛弄弩,到这里领刀枪遍地⑥当兵。有一等不务正贪花好酒,讨娼妇生淫女乌龟终身⑦。在衙门恃官势陷害良民,到这里领槌凿做贼营生。贱与贵贫与富俱由此给⑧,学

---

① 剥,清光绪刻本作"或"。
② 扁担,清光绪刻本作"扁挑"。按,扁挑,又称扁担,指挑东西的棍子,通常用竹制成。《续西游记》第十九回:"三藏看那樵子,状貌魁梧,衣衫褴褛,腰间插一把板斧,肩上负一条扁挑。"《醒世恒言》卷三十四《一文钱小隙造奇冤》:"这一蚤要到田头去割稻,同着十来个家人,拿了许多扁挑、索子、镰刀,正来下舡。"
③ 邱文雅堂本、鑫文书局本此处均无"王曰"二字,此据清光绪刻本补。
④ 终日挑抬,清光绪刻本作"挑抬过日"。
⑤ 无孙,清光绪刻本作"没禄"。
⑥ 遍地,清光绪刻本作"边外"。
⑦ 终身,清光绪刻本作"为生"。
⑧ 给,清光绪刻本作"家"。

三教归九流乃①是前因。唐天子听罢了司官所奏，留诗句劝世人各要存心。诗：

名利二字莫焦愁，各有分定不用求。
守己当思贫富理，反身须念功过由。
今生衣禄前生定，来世荣华此世修②。
地府轮回毫不漏，劝人切切记心头。

话说唐王离了福禄③二司，往前行走，见一块平地，有千万男女，打扮得齐齐整整。

男男女女无其数，个个打扮不同形。也有清秀好男女，也有含羞不做声。也有杏桃多娇艳，四顾张望眼如银。也有粗豪像大汉，指手画脚往来行。也有黑面丑陋女，假扭假捏卖风流。也有偷情斜眺望，眼里风光情更留。也有看见喜更笑，你言我语意相投。也有婆儿往来走，眼似摆合辨事因。君王看了多一会，司官接驾向前迎。

君王问曰："卿管何事？"答曰："臣乃婚姻司。此处乃人间夫妇配合之所，听臣细奏来。"

多有一夫几妇人，皆因此事胜过人。又有前世好济女，今生即多伴枕人。又有妻死再娶者，这是男人用逆心。前世修得好妻子，百般作贱没正经。今生与个痴呆女，走出堂前笑煞人，打不死来嫁不去，因此忧气绝后丁。又有妻强夫弱者，又是女人用逆心，前世配得好夫主，逆行作怪吵乱心。今生与他愚男子，痴聋瘖哑病缠身，件件要自亲手做，儿女枉自苦劳心。一生不得丈夫力，忍气吞声过光阴。君王听罢司官奏④，点头播脑把诗吟。诗：

---

① 乃，清光绪刻本作"皆"。
② 此句清光绪刻本作"今世福泽前世修"。
③ 福禄，清光绪刻本作"衣禄"。
④ 奏，鑫文书局本作"话"。

婚姻娶配世人同，好定良缘在个中。
绳系才郎遭拙女，丝牵美妇配愚蒙。
夫妻本是前生定，夙缔才能巧里逢。
劝醒世人须听命，轮回暗暗判青红。

话说君王过了此司，行不里许，只见二官上座，下面之人吵闹纷纷，不知为何。正在观看，只见二官下来接驾，王曰："卿所管何事？"

司官上前将言奏，听表钱债这般情。亲朋邻友相帮助，邻里关切来挪银。本来人家是好意，未便取要把财清。若果黑心来拖骗，此等人儿罪不轻。来生变牛与变马，毫厘丝忽最分明。或投债主为父母，勤劳儿子立门庭。若是少至千百两，二世变为伊父身。情愿苦挣成家计，不敢穿吃花分文。直待债主来为子，花费干净就丧身。试看种种填还理①，丝毫不容人昧心。阳间为子阴是债，到此查算准折清。司官奏罢一夕话，君王留诗劝世人。诗：

银钱本是眼前花，也有轮回不肯差。
莫说债来就是骗，应当还去更无涯②。
子偿父债将身卖，爷欠儿还苦立家。
变畜亦当还旧欠，损人利己不由他③。

话说君王过了此司，又到一处。只见有官员上坐，下边之人俱在那堂对正升斗戥秤之类。王问曰："卿管何事？"二官下座答曰④："臣等掠剽⑤司、添减司，所管世上暗使大秤小斗，重入轻出⑥，耳捷眼快，偷窃，诸般损人利己之事，容臣细奏。"

世间有等不良辈，奸媒刁恶⑦日不休。暗使大秤并小斗，轻放出去重回收。任你能是千倍利，转眼由入水上浮。不遭横事消灭

---

① 填还理，鑫文书局本作"循环理"。按，填还、偿还之意。
② 此二句清光绪刻本作"莫说借来就说骗，冻知还去更无差"。
③ 不由他，清光绪刻本作"报无涯"。
④ 此处清光绪刻本作"卿何事大骗"，疑有误脱。
⑤ 掠剽，清光绪刻本作"掠剩"。
⑥ 重入轻出，清光绪刻本作"轻出重进"。
⑦ 奸媒刁恶，清光绪刻本作"奸谋须恶"。

尽，定折子孙莫下收①。又有一等偷家汉，手捷眼快到处拿。见了人家银钱广，被他一裹尽数偷。此等人儿罪更大，来世变马又变牛。君王听司官奏了②，劝戒世人把诗留。诗：

  人生奸险心难休，使尽心机③彻夜谋。
  前眼收来后眼送，非财赊去义财悠。
  须看骏马思骑着，欲识后人念我修。
  富贵若从侥倖得，世人谁肯苦埋头④。

君王过了此司，走不几里，忽见狂风骤雨，密云迅雷，吼乱暄天。

  君王举目留神看，猛雨淋淋胜倾盆。迅雷喧天把耳震，飞沙走石令人惊。前头无数人跪下，霹雳一声各自惊。君王看了心中怕，忙叫司官讲分明⑤。

只见司官跪奏曰："此处名为报应司。"

  三十六雷分左右，风伯雨师霎时辰。纠察人间十恶种，端打欺天灭地人。

王曰："卿将十恶详奏。"答曰："就是那臣欺君、子忤父、妇骂婆、妻谋夫、女害娘、奴反主，一切犯上之徒。"王曰："后事如何？"司官曰："听臣再奏来。"

  十恶大罪律无赦，说来天黑地也昏。此等人儿堕畜类，千年万载不超生。若能转世知悔改，或可稍减二三分。君王听得前后话，不禁又把诗句吟。诗：

  十分大恶世间稀，地灭天诛报应奇。
  逆子忘恩将父弑，奸臣乱国把君欺。
  一切犯上无天日，多少纠察有神祇。
  未举此心先细想，水源木本可忘之。

---

① 下收，清光绪刻本作"下落"，于文意为长。邱文雅堂本、鑫文书局本涉前而误。
② 此句清光绪刻本作"君王听罢司官奏"，于唱词更为谐韵。
③ 使尽心机，清光绪刻本作"才继算尽"。
④ 此二句清光绪刻本作"富贵若果侥倖好，劝人何必阴骘修"。
⑤ 此二句清光绪刻本作"君王看魂不见了，忙呼司官讲分明"。

唐王题诗已毕，不觉又往前走，欲知后事如何，且听下回分解。

第五回　凶汉拷打酆都城　女人悲啼血湖池

话说君王离了报应司，前到一个塘子边，只见那水半红半黑①，臭不可闻。司官前来接驾。王问曰："此水叫何名色？"答曰："此乃污秽司，在世人不知禁忌，将恶浊水浆流洒佛殿，污秽经坛。或煮狗杀猫，异样饮食。又或女人身上不洁净，在灶面前洗浴，如是等罪，在此报应。容臣奏来。"

有女人身不洁井灶洗浴，二世里血崩病断送残生。吃鱼腥进经堂礼真朝斗，二世里生病痘常挂胸前。吃狗肉及牛肉看经念佛，二世里麻②疲风脸肿筋疼。行房事进经堂朝神拜庙，二世里疝气病永不安痊。这唐王听完了流传诗句，劝世人心向善遂③要虔诚。诗：

　　不存好心行善良，过多功少反招殃。
　　洁诚只在我心内，污秽何须人面藏。
　　为恶空烧千张纸，欺心枉费万年香。
　　神仙本是清净主，岂受人间枉自④赃。

话说君王过了此司，又见一个荒垦，两边俱是大塘，悲风习习，冷气森森⑤。王问接驾司官："此是何地方？为何世人在此啼哭？"答曰："此乃孤栖垦。世人无罪者，一直⑥过去，不过微微洒泪。若非无罪者，就被这狂风吹入水中，又冷又饿，永不超生，故在此啼哭。"王曰："此等人在世是何罪孽？就应此报。"司官曰："待臣奏来。"

世上人儿心肠歹，种种行为没正经。父母在世不孝敬，父母死

---

① 半红半黑，鑫文书局本作"半黑半红"。
② 麻，清光绪刻本作"病"。
③ 遂，清光绪刻本作"须"。
④ 自，清光绪刻本作"头"。
⑤ 习习，森森，清光绪刻本分别作"速速""瘦瘦"。
⑥ 一直，清光绪刻本作"直直"。

后假伤情。兄弟同居时时怨，心生非礼怀不仁。对个贤妻不说好，累次作贱不当人。嫁得好夫如鱼水，反地作见起孤心。多生几个儿和女，淹去水中实伤情。家中广有麦和米，任他撒地不做声。今世为人真如是，报应昭彰不差分。唐王听罢将头点，题诗又劝世上人。诗：

<blockquote>
阳间罪孽人自造，阴司报应急如梭。
兄弟须要连同气，儿女莫嫌生养多。
父母年高勤侍奉，夫妻不睦转调和。
银钱米谷多耗费，地府孤栖受折磨。
</blockquote>

话说君王过了孤栖垦，就有一官员前来接驾。君王看见：

<blockquote>
但觉耳内呼呼响，阵阵狂风把眼迷，一所衙门多凶恶，堂上审事把刑施。君王净听①心内想，此处刑法算出奇。
</blockquote>

王曰："此处何地？"冥官曰："此是酆都地狱。"王曰："何等人在此受罪？"答曰："容臣奏来。"

狱官细细来奏主，听奏受罪这些人，假冲②邪神将人哄，呵风骂雨鬼神嗔。毁谤圣贤拆庙宇，行凶作恶打街邻，恃势惯好欺良善，今来此地受苦刑。若是罪满脱生去，二世为人更不成。假降邪神哄人者，来世颠狂病缠身。喝风骂雨有报应，二世中风不语人。悔骂圣贤拆庙宇，报在来生痰迷心。打街骂巷欺良善，来生化子讨饭吞。总然皆有轮回理，试听君王把诗吟。诗：

<blockquote>
幽冥有狱号酆都，拷打凶魂刑法殊。
每日三推横霸汉，终朝六问凶恶徒。
生前势力今何在，死后身受法律诛。
奉劝世人须向善，免沉苦海堕三途。
</blockquote>

话说君王过了此地，又往前行。抬头见一刑法，甚是古怪，君王异之。

---

① 净听，鑫文书局本作"净观"。
② 冲，鑫文书局本作"充"。

罪人央①放在中间，獠牙鬼卒站两边。抬起纯钢锯一个，罪人啼哭声震天。看看将人锯两段，满地碎肉血如泉。君王观看浑身战，心内恓恓问甚因。

司官答曰："此等是奸淫无度，起心不良，故受此锯解之罪。"王曰："后事如何？"答曰："听臣奏来。"

世间万恶淫为首，男女通奸了不成。女人和奸欺夫主，公婆就是眼中钉。恐怕公婆知道了，暗起毒心害婆身。吵得公婆分开去，又怕丈夫得知情。千谋百计画了策，总想毒药害夫君。丈夫被他活害死，又叫奸夫起毒心。奸夫听信挑唆话，回家糟蹋枕边人。朝打夜骂②来作贱，百般休逼没良心。两人作害成一处，只望长久过光阴。谁知老天报应速，各想前情各疑心。男子疑妻心③不正，女又恐夫搭外人。男人想害这妻子，女人再想害男人。这样男女罪太过，因此来受锯解刑。君王听罢前后话，题诗八句戒奸淫。诗：

  奸淫冥报实无穷，奉劝世人各要通。
  百种罪愆由此起，万般恶孽在其中。
  当思色败成何益，回想情浓总是空。
  堪笑人心不悛改，冤家偏遇对头翁。

话说唐王离了此地，往前行走，渐渐昏黑。王曰："天晚了，歇下罢。"只见一官接驾，答曰："这是黑暗地狱，不是天晚。"随取出眼镜，与君王带着。只见有一座城池，内中悲啼不绝。王曰："这是为何？"答曰："容臣奏来。"

此地终朝无天日，昏昏惨惨黑沉沉。到处铁树细锋刺，撞着些儿就损身。满地俱是铁针刺，若要举步实难行。为官口吃君王禄，不思报国爱黎民。只是贪财虐百姓，那管死活不留情。世上还有忤逆子，全没天理丧良心。试看此身从何得，怎不孝顺敬双亲。久不

---

① 央，鑫文书局本作"却"。
② 夜骂，鑫文书局本作"暮骂"。
③ 心，鑫文书局本作"行"。

下雨将天咒，若下多日又恨声。此等之人无天理，打入此狱受苦情。奸臣罚去把牛变，耕种五谷养黎民。犁不动时将棍打，杀死剥皮又抽筋。逆子就把驴子变，与人驮载赶路程。由他生灾多疾病，也是驮重不驮轻。恨天骂地罪不小，变个青蛙水上行。未曾下雨先叫喊，就同咒天骂地形。君王听罢一夕话，题诗作句劝后人。诗：

> 黑暗狱中一座城，终朝每日暗昏昏。
> 树有锋芒贪官慎，地作针刺逆儿嗔。
> 变牛受尽犁头苦，化蛙原因造孽成。
> 世人若不回心早，永堕地狱不超生。

话说唐王过了此处，行里许，天日清亮，平坦大路，见有些善良之人，往来行走。有司官接驾，唐王曰："这些善人如此，未知他的来生结果如何？"答曰："听臣奏来。"

有等存心修道路，隔水搭桥济人行。出门不要自行走，人夫轿马随后跟①。有等赈济因功大，扶困扶危救孤贫。来生必然大富贵，天地神明俱敬钦。又有诵经念佛号，敬重三宝与六亲。若还力行无罪过，二世去做安闲人。有等放生戒杀者，飞禽走兽也沾恩。此等人儿修天道，二世享福寿康宁。又有义夫与节妇，为人能全纲常心。这等人儿得正气，来世福禄耀门庭。世间多少受福者，俱是修得乐道人。

王又问："世上有先贫后富，又有先富后贫，却是何故？"答曰："此是自作自受，听臣奏来。"

富贵本是两样理，须要前生积善因。今生为人也要好，培植心地享太平。若是倚财行刻薄，折尽富贵又遭贫。现在贫穷广积修，暗赐福禄到门庭。善缘是作终身宝，德行就为子孙金。只得修积分贫富，那怕人间用巧心。

王又问曰："修积二字，富的才可行。如贫的将何修积？"答曰：

---

① 随后跟，鑫文书局本作"前后跟"。

"听臣奏来。"

　　举心动念是一般，无论贫富在心间。有的千金不介意，无的半文总教难。富的如能将前作，穷的那能得周全。岂知以力修积者，更比以财修积难。君王听奏点头想，留题诗句赞善人。诗：

　　　　多少修善人不知，冥间注定复何疑。
　　　　忠臣千载垂旌表，孝子万年作品题。
　　　　种种立功天地喜，般般积德鬼神嘻。
　　　　贫凭精力富资助，功可昭昭福可期。

君王将诗句题完，又往前走，欲知后事如何，且看下回分解。

第六回　管理司官五七样　细述阿鼻十八层

　　话说①君王正往前走，又见二官员接驾。王问曰："卿等所管何事？"答曰："臣等所管，对读经文司。"王曰："为何有童子执幡引路者，又有上枷锁鬼卒押解者，是何故？"答曰："容臣奏来。"

　　世上有等男和女，存心皈依受法门。又有和尚道士辈，身在法门心不诚。此回与他对经典，细查斋戒可诚虔。若是两项多②诚实，童子执幡引路行。送往积善人家去，注福注寿去投生。若是念经多错乱，打在阴山难超生。查着吃斋心不净，送往别处受苦刑。君王听罢司官奏，题诗又劝世上人。诗：

　　　　多少行善人不修，痴心只向法门求。
　　　　经文错乱难为对，斋戒不真自招尤。
　　　　假借佛门逃罪过，须存善念免沉流。
　　　　人心只依天心做，一心皈依佛道俦。

　　话说唐王同二判官往前行走，只见阵阵寒风，吹得毛骨竦然。只见

---

① 鑫文书局本无"话说"二字。
② 多，鑫文书局本作"心"。

一官接驾，王曰："卿管何事？"答曰："臣所管寒冰地狱。"王曰："这是何等之人，受此报应？"答曰："乃是那取①鱼的、执丝网的、造作渔船的、打猎的，支圈网，安地弓，毒害生灵，俱在这里受此苦报。"君王听罢，不觉题诗一首，于幽冥之中，以示垂戒之意。诗曰：

> 寒冰地狱冷浸浸，刺杀罪人鲜血淋②。
> 好作渔人害水族，惯为猎户③伤山禽。
> 招罪此世沉沦死，转劫再生虎豹身。
> 欲脱苦难须痛改，何难福地不同登。

君王辞了司官，前行数里④，又见二官上座审事，下边设立两样刑法，真是奇异。

直竖一根木柱子，一边垂定秤一杆。铁钩穿透人背骨，吊起身躯一大团。那边也立直木柱，捆绑罪人到仰翻。鬼卒上前晃一晃，手执尖刀破胸膛。君王看了心不忍，急问接驾是何官。

二官答曰："臣管抽肠司、秤杆司。"王曰："何等人受罪？"答曰："此乃世上人⑤，刁拐掣骗，丢包剪路⑥。又有替人告状，挑唆词讼，破人身家，坑人性命，在此受这苦刑。再听臣奏来。"

世上有等盗贼人，都是打劫下毒情。不管贫富人好歹，劫物到手坏良心。若遇经商投⑦客店，烧起闷烟盗金银。来此受这秤杆罪，二世脱生病缠身。时常带有心疼痛，绞肠痧症⑧赴幽冥。君王听罢题诗句，劝人莫犯此等刑。诗：

---

① 取，清光绪刻本作"打"。
② 鲜血淋，清光绪刻本作"血淋淋"。
③ 惯为猎户，清光绪刻本作"是人独声"。
④ 前行数里，清光绪刻本作"前行十里"。
⑤ 清光绪刻本"人"后有"受罪"二字。
⑥ 刁拐，诱拐之义。《流星马》四折："颇奈黄廷道无礼，他背着我私奔逃走，又把我茶茶小姐刁拐将去了。"剪路，即剪径，拦路抢劫之义。
⑦ 投，清光绪刻本作"歇"。
⑧ 绞肠痧症，清光绪刻本作"绞肠索阴"。

> 世间为盗贼，剪路又丢包。
> 不管人贫富，还将闷烟烧。
> 秤钩穿住脊，尖刀腹内绞。
> 做此营生者，急急回头早。

君王辞了二司，又前①行几里，见一官接驾。王问："何官？"答曰："臣乃水府纠察御史。"唐王只见波浪滔天，尸骨满积。王②问曰："此是何故？"答曰："此乃江湖上图财害命，这些人在此受罪。"王曰："这受罪人或是害人者，还是被人害者？"答曰："那被害之人，已在枉死城去了，此乃是害人的人。"王曰："这些人后事如何？"答曰："此等人要待善人在世，或作水陆大忏，或又遇③大赦方可出狱，然亦不过变牛马填还，究无了期。"君王听罢，作诗劝后人。诗：

> 奉劝江湖人要贤，存心切莫贪银钱。
> 图财只顾眼前好，害命造成死后怨。
> 伊落江心容易转，你留水狱远牵缠。
> 纵然逢赦能侥倖，变畜还钱世世连。

那时君王过了水府，走了半里，又见一样刑法，甚是凶恶。

> 无数鬼卒纷纷乱，个个提叉往上梭。下面设立一铁架，上安圆圆一口锅。鬼卒架内烧起火，内有滚油大翻波。手拿罪人把衣脱，鬼卒用力将他拖。扯起只往锅内梭，哎呀一声不见他。君王听了唬一跳，不知何罪受折磨。

王问曰："此等是何罪，受此恶刑？"答曰："此乃明火大盗劫财害命、贪官污吏烧人房屋、屠宰牲畜，得受此罪。"

> 在世明火为强盗，路上掳抢把人伤。赃官贪银良心坏，非刑屈打害良民。屠户宰杀为生理，刀刀杀去在心中。此来受这油锅罪，二世投生有灾星。疾病多是卷皮烂，去了一层又一层。即或祈求稍

---

① 鑫文书局本无"前"字。
② 鑫文书局本无"王"字。
③ 遇，邱文雅堂本作"过"，鑫文书局本作"遇"，据改。

减点,流痰火毒不离身。司官发完一夕话,君王开口把话言。

王曰:"只见世上人,病有调治,可以愈者,这是何情?"答曰:"医只可医假病,有真病名为冤孽,非修身悔过,怎能得好?"君王听罢,随口即吟:

但知造罪孽,真病难医好。倘若医假病,酒不解真愁。

话说唐王过去,行不里许,又见下面设立两样刑法,甚是厉害,只见那:

鬼卒踹起铁碓嘴,罪人捆送入锅中。连春带捣五六下,不觉春碎骨成脓。宽宽大大一个磨,周围却有一丈圆。将人捆绑头朝下,丢入中间面向天。鬼卒用力来推转,喊声不住磨里边。听得磨声连连响,血水淋漓满地延。君王看见正要问,接驾司官跪面前。

王问:"这些人因何受此苦报?"答曰:"此乃杀生害命,三元五腊,不行善事,专好奸淫嫖赌,俱受此报。听臣细奏。"

冥府设下磨与碓,碓磨专春造罪人。初一十五三皇戒,理应焚香拜圣贤。可恨世人这般恶,咒咒骂骂不安宁。和尚吃酒并吃肉,奸淫嫖赌念假经。拿到此处来受苦,二世为人不安宁。头昏眼花耳又响,就是碓磨跟着行。君王听罢司官奏,留诗奉劝世间人。诗:

幽冥设碓磨,谷米春不过。只见凶徒棍,专打造恶人。
五腊无慈善,三元不弥陀。此中受苦罪,时听咕噜魔。

君王过了此二狱,走了半里,只见接驾官,生得一样古怪。

黑漆脸儿光又亮,碧绿二眼似流星。血盆口配火扇耳,两边獠牙赛铁钉。君王看了心头怕,不胜战慄[①]问原因。

司官答曰:"此乃阿鼻地狱,计一十八层。就有一十八等人在此受罪。"王曰:"是何一十八等?"答曰:"听臣细奏。"

[①] 慄,邱文雅堂本作"㗚",误,据鑫文书局本改。

十八层臣弑君死难转劫，十七层子弑父永不造生①。十六层弟弑兄永难出狱，十五层媳害婆造逆非轻。十四层妻谋夫良心丧尽，十三层奴害主天理难容。十二层女弑娘全无日月，十一层徒害师大反人情。第十层子打母背亲养育，第九层兄灭弟手足不亲。第八层犯长上欺灭天地，第七层兄奸妹大坏人伦。第六层骂圣贤折毁庙宇，第五层专害命不顾人情。第四层儒释道奸淫嫖赌，第三层做贪官欺君害民。第二层暗下药将人毒害，第一层收的是种种奸淫。

王又问曰："此等人到底受刑，后来如何结果？"答曰："听臣再奏。"

人若受此地狱苦，莫想来世又脱生。此处刑法虽不见，九种变物令人惊。蜈蚣壁虎将人咬，毒蛇蝎子螯人疼。出气又吸人的气，还有毒水往下淋。若是有日来放出，不见脚手没眼睛。皆因造下弥天罪，永堕地狱不超生。

王曰："此等人万无不脱身之理。"答曰："待臣再将放生簿子，细奏出来。"

遇天赦进地狱罪孽减等，方能脱离此狱畜道超生。臣弑君子弑父将牛来变，出母胎遭棍打老来抽筋。弟弑兄脱生去变个黑狗，看家门守家户替主留心。妻谋夫女害娘将鸠来变，每日里只防死直到黄昏。淫和尚好奸人去投骡子，挂素珠在尾后还是善刑。图财帛害人身将猪来变，被屠户来宰杀即剖肝心。兄奸妹脱生化将鸠来变，脑心窝指出来不认六亲。小奸大脱生化变作跎子，是人样是人形活比畜生。这就是脱生的阿鼻地狱，一一的细奏来与王听闻。唐天子听罢了司官所奏，题诗句在狱前奉劝世人。诗：

阿鼻名传世上奇，地狱之中有谁知。
千年受罪无生路，万载沉沦少出期。
畜类也难来故处，人生②尚可想回时。
这样恶孽居然造，不识人心怎自迷。

---

① 造生，鑫文书局本作"超生"。
② 生，鑫文书局本作"身"。

话说唐王辞了此狱,又只见前面二官司座下边两个刑具,不知何用。

这边直立数根柱,钢铁打成内里空。鬼卒不住将添炭,上下光亮内外红。罪人捆绑抱柱上,心疼口喊彻天宫。罪人个个只叫苦,放火烧炭不住风。再将罪人看一看,筋骨成灰体无踪。

君王见二官前来接驾,因问曰:"此是何等人,得此苦报,后事又世①如何?"答曰:"听臣奏来。"

铁柱铁床刑两样,专炼世上昧心人。暗行毒害将火放,烧人房屋精打光。明赌假咒将人哄,骗人银钱没良心。凶手好打伤人命,将身损人自焚身。今生遭此刑两样,来世为人苦一生。或手或脚带残疾,脚爬手软不能行。君王听罢这般理,留得警句诫后人。诗:

种种报应人不怕,件件作恶满天下。
铁床只就制凶徒,钢柱原来治恶霸。
莫使奸心放火烧,休叫磕骗把人诈。
大都不改此间来,难免身尸一齐化。

话说君王过了钢柱铁床二狱,又见二官上坐,下面男男女女,一个扯一个,手拿酒肉果品之类,同在镜台面前对证。王问曰:"这是何故如此?"二官答曰:"臣所管纠察毒谋司、清白冤枉司,那些人在世上暗使阴谋,下毒害人,阳世不得明白,到此镜台下,详细分明。"王曰:"后事如何?"答曰:"听臣奏来。"

欺心暗害伤天理,更比持刀重几分。药下肚肠俱已断,七孔流血命归阴。阳世不能分皂白,到此镜台即分清。再查他的轻与重,清白按律定罪名。此等打入轮回路,堕入阿鼻不超生。层层地狱受重苦,殿殿台前去典刑。罪满即是脱生去,报应生灾亦不轻。二世得个哽食病,又喘又咳过光阴。君王听得司官奏,打破镜台照分明。留得诗句在阴府,劝人切莫用亏心。诗:

---

① 鑫文书局本无"又世"二字,于文意为长。

图谋不轨人难防，明镜照来澈底彰。
昧己才能施巧针，丧良方设毒心肠。
不图仇孽今生解，反结冤家后世殃。
只顾目前多遂意，层层地狱永收藏。

话说君王离了二司，又见一所有三个女官接驾，只见有无数的孩童，无数的男女，或领一个孩童，或领五六七八个不等，又有一个都领不到手的，眼泪汪汪而去。王问曰："这是何地，这干人为何如此？"三宝圣母[①]答曰："此乃子孙司，是世人儿女多少贤愚，俱在这里领去，容臣细奏。"

世人在此领儿女，查看善恶重与轻。若是为人阴德好，领个龙虎榜中人。若是为人能周济，领个贤孝好郎君。在世为人行孝道，领个上等行孝人。今生若是逆父母，还是领个忤逆人。今生欠债不肯还，领个债主去托生。一生苦赶又苦省，儿女债主得现成。这世生心去磕骗，帐主相随去投生。不管父母无何有，吵闹今世不安宁。若是今生行善好，多领几个好郎君。恶的养个死一个，无儿孤苦老来贫。若是今生奸又巧，自盘算计过用心。此处领个呆子去，痴聋瘖哑不像人。还有瞎子摸走路，这是父母没德行。一报要还他一报，才有子孙这样人。又有一世没生长，无儿无女苦伶仃。此中因此有两样，细奏吾主得知闻。或有男子是和尚，也因前世有夙缘。或是为人不孝顺，应当绝嗣没子孙。世间儿女这里定，那能错得半毫分。为人若是守本分，辈辈留传好子孙。

君王问曰："那女官在那台下，又是为何？"圣母答曰："那是奶母，按他领得男女多寡，散给乳汁多少，前去脱生。"又只见捆绑无数女人，前面俱有一个碗盏的，似汤非汤，似水非水。有一鬼卒执一小刀，向那女子心上戳一刀，血流满地。鬼卒又向无数孩童，匆匆议论，各与小刀一把，才分散众女人领去。王曰："这又是做什么的？"圣母答曰："那

[①] 三宝圣母，邱文雅堂本、鑫文书局本均作"三宝圣母"，而本书第七回中两本均作"三霄圣母"，是。按，三霄圣母，也称三霄娘娘，为云霄、琼霄、碧霄的合称，是道教中的三位女仙。三霄圣母具有送子、疗疾等主要神职。

是堕胎人,世上有那妇女与人私交身有孕,吃药打胎,若堕一二月者,或可无妨,五六月四肢已分,关系性命,故在此定报应。那被戳出血者,即是用药之人,那刀与小孩,即是打下之儿,此处付刀与他领去,来世伊母临盆时,刀割母肠,以偿前命。"君王听罢,提诗一首。诗:

> 今生子孙前世修,好歹贤愚各自由。
> 豪富欲多求不得,贫家愿少生不休。
> 无辜造孽将胎打,果报临盆母命丢。
> 世事纷纷真可叹,有心堕去后难求。

君王辞了子孙司,再往前去,预知后事如何,且待下回分解。

第七回　五司官惊跌唐天子　众孤魂大闹枉死城

话说君王辞了三宵圣母,走来里许,就有一官同着大力鬼王叫声接驾,将君王唬了一跳,如同打雷。司官奏曰:"此乃大力鬼王。"君王只见他:

> 一双怪眼绿又亮,两道朱眉吐烟霞。蓝靛脸上花斑点,血盆口内露獠牙。莺头鼻子高又大,两只金环在耳挂。晃里晃荡高二丈,两手粗长似铁爬。浑身犹如黑漆染,青筋暴露把刀拿。虎皮战裙腰间系,双足却似镔铁塔。一声惊动唐王驾,焦面鬼王就是他。

君王正在沉吟,只见口称接驾,来了五个鬼王,形样各自不同。

> 这一个宽皮脸上天蓝色,张开大口非寻常,一双圆眼如珠宝,满头红发竖如枪。腰中倒挂青锋剑,胡须浊乱似锋芒,此为东方青帝鬼,前来接驾到此方。那一个红胡倒竖天生就,满目鲜红赛火光,莺头鼻儿阔大嘴,浑身朱染亮汤汤。青红眉毛玛瑙眼,赤发长稍丈二长,坐镇火牢为鬼主,特地前来接我王。又一个满头黄发身高大,面目灰白似病形,须遮大嘴阔五寸,项下胡子连毛生。手内拿着金瓜斧,斜竖两眼亮又明,西方使者金德鬼,同来迎接紫微

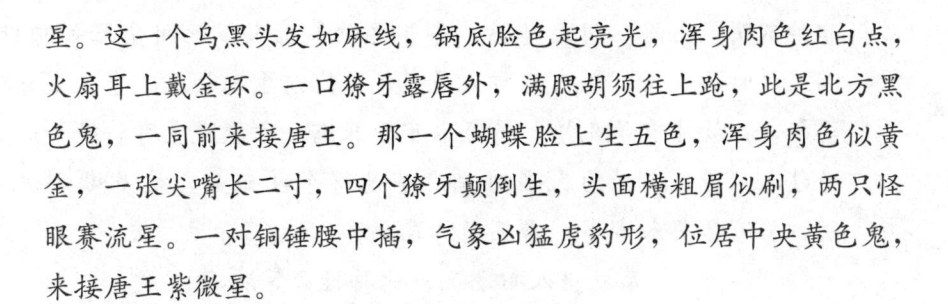

星。这一个乌黑头发如麻线,锅底脸色起亮光,浑身肉色红白点,火扇耳上戴金环。一口獠牙露唇外,满腮胡须往上跷,此是北方黑色鬼,一同前来接唐王。那一个蝴蝶脸上生五色,浑身肉色似黄金,一张尖嘴长二寸,四个獠牙颠倒生,头面横粗眉似刷,两只怪眼赛流星。一对铜锤腰中插,气象凶猛虎豹形,位居中央黄色鬼,来接唐王紫微星。

君王看罢五色鬼王,低头无语,内心又惊。正欲行走,忽见又来一人:

　　晃荡身体高三丈,一色打扮粉白形。头戴白巾长五尺,身穿大布白衣衿。刮骨脸上白又亮,斜视二目甚光明。一嘴闹腮连耳下,满头黑发乱纷纷。披下耳旁分八字,吾王又觉心内惊。又见一座城高大,怨气朦胧冷冰冰。

王曰:"此是何地?"答曰:"枉死城。"抬头一看,门头上"木牢"二字。君王观看,只见有:

　　无数男女和少妇,个个打扮不同形。男子头戴冠似冕,女子身穿罗衫裙。不是麻绳便是带,个个含悲叫可怜。君王观看这些鬼,不解其中袖里情。

王曰:"这些男女为何?"答曰:"此乃木牢,这些人是在阳世上吊死的孤魂,皆由在生心高气傲,不受教训,惊公唬婆,诈夫坑人,陷命之辈。"王曰:"后事如何?"答曰:"听臣奏来。"

　　女子不受爹娘训,媳妇违傲公婆心。好吃懒做行不正,还说父母不是人。公婆未曾说几句,恶言回答了不成。夫主说的是好话,寻死撒泼哭①沉沉。舍着一命来吊死,破人家产坑夫君。这些妇女心肠歹,永堕此间不超生。又有男子心不正,磕骗银钱没良心。债主讨银说几句,就把性命却来拼。舍生一死累债主,惊动官府验尸身。这等吊死伤天理,永在木牢受罪名。又有好人遭横事,种种是

---

① 哭,鑫文书局本作"咒"。

非辨不明。七思八想无可奈，昏昏也做吊死人。此间受罪如阳世，满罪之时再查情。又有无靠来吊死，是他前生勒杀人。今生冤鬼来要命，无故才有吊死情。待至木牢受罪满，方能脱生再转轮。此辈受过木牢苦，二世为人多难星。不是得个吐血病，就是啾唧过光阴。司官奏罢木牢事，君王题诗在幽冥。诗：

    奉劝世人心莫高，休将性命等鸿毛。
    欺心枉自伤天理，寻死当然困木牢。
    绳带不离项上系，衣衿敝坏心中焦。
    当前若把心安定，庶免后悔在今朝。

唐王题完诗句，只见前头门上横挂着"火牢"二字，君王去看，但只见：

    一牢烈火滔天红，赤光内映碧空中。受罪各往里面死，那见尸骨入棺中。浑身烧得皮肉卷，尽是乌焦又巴弓[①]。唐王观看心不忍，此等造孽何无穷。

司官答曰："此是火牢。这些乃是杀人放火，刻薄成家，伤生害命，遭天火焚烧，死后在此受罪。"王曰："后事如何？"答曰："听臣奏来。"

    世上有等不良辈，杀人放火出他心。暗烧房屋将人害，无故烧山绝生灵。此等人儿天有眼，多遭烈火化自身。阳世未绝魂先死，来在此牢受罪名。遇着天赦将生脱，二世一生有灾星。罪重得个麻风病，脱下一层又一层。眉毛堕落鼻柱塌，走到人前个个嫌。罪轻或可减一等，脱身打猎在山林。君王听罢司官奏，题诗奉劝作证明。诗：

    须知损人惟利己，造下冤孽无穷几。
    积来罪案如山重，去受祝融大火洗。
    人生不可灭良心，身体难逃遭恶死。
    永堕此牢难脱生，遇有天赦才可起。

[①] 乌焦巴弓，原为《百家姓》中的四个姓氏，后作为成语常用来比喻烧得墨黑。

话说君王题完诗句,又只见前面门上挂着"金牢"二字。但只见烘的一声,跑出千千万万有头无脑、有手没脚[①]、有眼没鼻的,或是提枪持刀、披甲戴盔,蜂拥围住唐王,扯的扯,拉的拉,判官管司也难禁止,唬得唐王昏倒在地。只有大力鬼王走来,大喝一声:"该死饿鬼,还不撒手!"众鬼方才不敢动手,仍面面相觑,不肯甘心放那唐王过去。判官扶起唐王,忙去奏知十王。十王将众鬼拘到殿前问道:"你等有个甚么大干系,甚么大冤屈之事,从头一一说上来。"众鬼答曰:十王爷容禀。我等是:

当兵丁入营伍苦说不尽,今日里将下情细诉爷听。有元帅查院伍点起花名,抛父母别妻子要去当兵。到军前安营寨埋锅造饭,到夜里去巡更谁敢慢心?打仗时着刀枪中箭伤命,头一边身一边尸首碎零。家庭内眼巴巴望我回转,到今时父母妻所靠何人?唐天子来这里正好讲理,放我们转轮回也好脱生。

十王听罢,说道:"你等虽有苦楚,但不可造次而行。"又吩咐崔判道:"你可奏知唐王,这些人也是为国亡身,理应赏赐伊等金银财宝,多做功果超度,以便施德,放他超生而去。"

判官领命不题,且说唐王得判官扶起之时,又往牢里去看,还有无数冤鬼。

斧伤脑盖刀刺心,手提人头血淋淋。咬牙好似疼难忍,闭目摇身不住停。君王又把司官问,这些鬼魂为甚情?

话说司官答曰:"这等人乃是世上行凶打架,提刀提斧[②],两相拼命,又有起意杀人,受刑身死,在此牢受罪。"王曰:"后事如何?"答曰:"听臣奏来。"

世上逞凶滋事汉,两相对理把气争。此等人魂虽做鬼,时常受罪四处疼。又有生前受人骗,持刀动斧损自身。遇着天赦方减等,脱生二世有灾星。又有好人遭凶死,只为言语两相争。谨防凶手行

[①] 鑫文书局本作"有头没脑、有脚无手"。
[②] 提斧,鑫文书局本作"拿斧"。

逃走，刀斧伤身送残生。要来此处等罪满，待到罪尽去脱身。君王听罢司官奏，题诗几句劝人心。诗：

动刀动斧两相争，柱死城中受罪深。
可叹世人心不悛，凶徒何日尽归真。

话说君王题罢诗句，只见崔判官带着众鬼回来，对唐王说起，十王请他赏赐银两，再广行功果超度，详奏一遍。王曰："功果自是要做，只是金银仍要待回阳之后，送来便了。"判官曰："不须如此，现今寄存司，近有一阳间善人，姓相名长者，寄下十余库金银，吾王要舍，何不暂借两库，散给众魂。"王曰："如此更好。"即便写了一纸借约，递与崔判官。速请大力鬼王及五司鬼王，到寄库司投文，开库发银，运至柱死城中。取出实①册，按名散给，自辰至酉，方才散完。众鬼各自散去，王曰："寡人有诗一首，请给府门。"诗：

只为到此对理来，一遇冤魂诉苦灾。
俯念其情真痛也，追思往事寔哀哉。
救生多得十王力，普济全亏寄库财。
待到为王回大地，积修功果启尘埃。

话说唐王题完诗句，又只见前面门上横挂着"水牢"二字。但只见：

一片汪洋皆是水，四下波翻映日明。到处俱无舟共筏，一望无际令人惊。尸骨成堆有千万，犹如浪渣水上行。层层叠叠无定处，随风荡漾似浮萍。君王看罢将言问，此等人儿是何因。

答曰："这干人乃世上心性急的投河丧命，女人惊唬公婆，好吃懒做，跳水淹死之辈，在此受罪。"王曰："后事如何？"答曰："听臣奏来。"

男子居心受人骗，舍命投河赴幽冥。姑娘为打父共母，媳妇忤逆公婆心。尊长指教是好话，他说生事骂他身。愿舍一命去投水，

---

① 实，鑫文书局本作"寔"。

害着自己命难存。这等人儿罪本大，来在这里不脱生。有等被人推下水，还要专等那凶身。等得那人来到此，抵他之罪去脱生。又有好人跌下水，也要受罪此间存。这是前世将人害，今世冤魂缠他身。脱生多有手肿病，肚大胸高气难伸。君王听罢题诗句，奉劝世人要改心。诗：

    投水之人自不谅，背天害理行不良。
    身体甘愿填沟井，冤魂到此受飘荡。
    可惜一身归鱼腹，堪怜千载没收场。
    皆因一念来差错，万劫难修到生方。

话说君王题完诗句，往前又走。抬头只见有"土牢"二字，横挂门上，往内一看：

  土块叠成千百个，底下压了许多人。个个身子埋土内，只留头脸在外边。两手在地扒与撑，想要爬出万不能。君王看罢将言问，此等又是何鬼魂？

司官答曰："此等是阳间挖墙掘壁①，鼠盗窃偷人财物，逃去他乡，全不顾父母抛妻别子。又遇墙倒土压，石打沙陷②而死，送在此间受罪。"王曰："后事如何？"答曰："听臣奏来③。"

  挖墙割壁为生理，图进人家盗金银。盗人财物远逃去，坑害别人受苦情。自己父母也不管，家有妻儿不关心。此等人儿良心丧，被雷打死④送残生。就是逢赦有轮转，去变老鼠土内藏。白日出来怕人见，夜晚出来走壁梁。君王听得司官奏，题诗规戒做贼人。诗：

---

① 掘壁，清光绪刻本作"割壁"。
② 陷，清光绪刻本作"埋"。
③ 清光绪刻本"奏来"前有"一一"二字。
④ 被雷打死，清光绪刻本作"被遭雷打"。

只才石板压凶因，尽是鸡鸣狗盗人。
挖墙为生消岁月，割壁作事度春秋。
时时空闲将心丧，常常闹风起意谋。
阳世遭逢土打死，阴曹受苦万年留。

君王吟诗已毕，五司各官将王送出枉死城外，齐称[①]我主回去大行善因，超度起些[②]枉死孤魂。或有出外当兵[③]之人，丢下父母妻子，主上须加周恤[④]，方为生顺死安。王曰："今日多蒙众位扶助，待孤家回阳之日，一一遵行[⑤]。"说罢两相分手，各官回城。君王问崔李二判官，再往前行走。欲知后事如何，且看下回[⑥]分解。

---

① 称，清光绪刻本作"尊"。
② 起些，清光绪刻本作"这些"，是。邱文雅堂本、鑫文书局本形近而误。
③ 出外当兵，清光绪刻本作"出兵"。
④ 周恤，清光绪刻本作"周济"。
⑤ 行，清光绪刻本作"命"。
⑥ 清光绪刻本作"且听下回分解"，鑫文书局本"回"作"卷"。按，本书卷中至此结束。

唐王游地府　卷下

第八回　柱死城外还有狱　天生桥下回转阳①

话说君王离了柱死城里许，只见有二官前来接驾，下边设立两样刑法：

这边设立一棵杆，罪人捆绑柱上存。一个鬼卒前面立，手里拿着一把叉②。用刀挖开罪人口，铁钩伸进把舌割。拿起小刀晃一晃，割了舌头挖去牙③。那边也是立一柱，捆绑罪人背交加。鬼卒也是迎面站，看来又是一样刑。一把尖刀拿在手，只向④罪人剖胸膛。周围用刀削一转，不禁⑤又把眼珠挖。君王看罢心默想，这样⑥刑法苦无涯。

王曰："此等罪人，是何果报？"答曰："臣乃拔舌挖目司，管一切说嘴弄舌，颠倒是非，挑唆词讼，破人婚姻，到此受拔舌之罪⑦。又有见人美色就起淫心，见财物就起偷心，到此受挖目之罪。"王曰："此两

---

① 回转阳，清光绪刻本作"得回阳"。
② 一把叉，清光绪刻本作"数个钗"。
③ 此句清光绪刻本作"就把舌头扫去牙"。
④ 只向，清光绪刻本作"只认"。
⑤ 不禁，清光绪刻本作"不觉"。
⑥ 清光绪刻本"看罢"作"观看"，"这样"作"今朝"。
⑦ 清光绪刻本"拔舌之罪"后有"王曰后事如何且听奏，司官又云"十三字。

等后事如何？"二司官答曰："容臣一一奏来。"

敲嘴弄舌将人哄，挑张唆李搬是非①。倘若人家有口舌，伊来从中作祸根。这边说的那边话，那边又说这边言②。弄得两家生嫌怨，又在中间做好人。若是二家去告状，他在中间得金银。有等女人也如是，加油加酱③了不成。挑人夫妻日吵闹，弄人兄弟不相亲。搬人父子不见面，唆人姐娌两离分。般般利口伤人语，种种说话弄舌根。此处来受割舌罪，脱生后世有灾星。割了一半舌尖去，二世说话听不真④。若将舌头割吊了，定是哑吧不做声。此是口过轮回苦，受的报应罪不轻。见人东西暗偷去，明赌假咒瞎眼睛。将他二目都挖去，来生走路⑤黑沉沉。见人美色生淫念，挖出眼来挑瞳人。不肯指路与人走，挖去一只独眼睛。好吃假意这里定，都是才生过用心⑥。君王听罢司官奏，题诗几句劝世人。诗⑦：

天道明明不得休，世人何故不回头。

今朝弄巧人间事，他日定受冥司究。

见色生淫宜有报，损人利己怎无忧。

人生切早自当醒，免到临时事折周。⑧

唐王题诗已毕，又往前走。只见一座高山横拦无路，望山前看去：

只见高山多峻险，并无芳草与茂林。青绿紫红光闪闪，其中道路甚难行。往来之人步难稳，个个爬身手足行。大半翻身朝下坠，势如瓜滚命便倾。十中只有一二个，安然稳步把路行。君王看罢忙止步，问道高山是何名。

---

① 搬是非，清光绪刻本作"是非生"。
② 邱文雅堂本作"那边言"，鑫文书局本作"这边言"，是，据改。清光绪刻本作"这边情"。
③ 酱，清光绪刻本作"醋"。
④ 此二句清光绪刻本作"割了一口戏火舌，后来说话听不真"。
⑤ 走路，清光绪刻本作"无路"。
⑥ 此两句邱文雅堂本"这里"后空一字，清光绪刻本作"这里定"，据补。鑫文书局本作"好吃懒做这里到，罚他受苦也该应"。
⑦ 诗，清光绪刻本作"诗曰"。
⑧ 此诗清光绪刻本作"天雨昏昏不可愁，世人何故不回头。今朝巧弄人间已，变个哑巴与小人。若还更遭挖了眼，来世一生不安然。口过之事罪难满，地府轮回事不周"。

话说崔判答曰:"此山名为滑油山,又名险恶山,善人走得,恶人难行。"王曰:"朕可去得?"答曰:"我主放心。"及至近山,只见有千万层刀尖朝上,有四个人一齐滚下山去,二个跌在刀上,二个滚在刀旁。王问曰:"下面如何是刀?"判官答曰:"下面乃是刀山地狱,跌在刀山之人,乃是在世存心奸险,暗偷人家物件,明赌假咒,手折脚倒,到此报应。"王曰:"后世如何?"答曰:"听臣奏来。"

  世人在世存奸险,掠偷人物没良心。只说假咒将人哄,谁知报应不差分。此处滚落刀尖上,跌断手足割断筋。此等人儿超生转,二世为人有灾星。伤着头来头有病,伤着背儿烂成坑。伤着脊骨生搭背,伤着心口心内疼。此乃刀山报应苦,不在刀中一干人。因他在世不好善,到此刀山真可怜。君王听罢一夕话,题诗奉劝世间人。诗:

   此山远看不多高,上有滑油下有刀。
   善者登临全不惧,奸刁止步罪难逃。
   万剑不穿行善辈,尖刀只戳恶人腰。
   世事静观无不报,好善修良①把名标。

话说君王那时行过了滑油山,行来半里,又只见有一山,同鱼鳞一般。

  并无沙石又无土,好似密密同鱼鳞。近看全是钱式样,滚滚金光耀眼明。空有其数千万象,尽是破碎不成形。君王看罢将言问,此山如何是破钱。司官一旁将言答,我主今且听奏明。此乃世上烧钱纸,轻轻怠意不留心。或是子孙祀先祖,诚心焚化金共银。又有酬神将还愿,不管化的清不清。或有预修来寄库,金银广多化不均。又有一等用棍拨,性急还用扇来搧。此等虽然做好事,岂知半点无善行。故此积成山一座,银钱成锭无一文。君王听罢司官奏,题诗奉劝化纸人。诗:

---

① 好善修良,鑫文书局本作"好修良善"。

> 一座高山名破钱，层层叠叠势绕天。
> 皆因急欲成功过，非是居心敬不虔。
> 只见敬神神不佑，但知寄库库何填。
> 嗣后切嘱焚烧者，不可挑拨是自然。

话说君王题罢诗句，只见司官上前朝见。王曰："卿管何事？"答曰："臣所管一切善人寄库，填还金银之事。适才主上所借去二库之银，俱在此处搬去的。"王曰："这财主是何方人，为何有这许多银寄在此间？"答曰："此人住在阳世杭州城外，姓相名良，妻子李氏，家道贫寒，男的挑水卖，女人打草鞋，每日积得几文，就请僧道寄送于此，现今已积得一十二库，陛下今日借去两库，如来阴世填还，阴阳相隔，未便交纳。不如请陛下还阳之后，亲交相良收清更妙。"遂将唐王所立欠约呈还。王曰："朕回阳自必清偿，无容渎奏。"遂别了司官，前行里许，见两路俱是大路。王问判官往那一条路去，答曰："左边乃是阳山，右边乃是又转阴界。请主左边前去。"君王依奏，只见红日当空，一阵热气，蒸得君王浑身是汗。二判官恐怕唐王迷糊，再将前进瓜借银各项之事，从中再奏一番。唐王曰："孤自留心。"来至山下，有一官员，请主铺内请坐。王曰："卿管何事？"答曰："所管回春铺。"王曰："孤家口渴，不过得茶一杯方好。"答曰："茶不便益，酒是有的。"忙斟一杯进与唐王，一饮而尽。说道好酒，连吃三杯，还想要吃。司官曰："世上善人只得一点尝尝，今主上已过三杯，再不有了。"王曰："此酒何名？为何这样好吃？"答曰：此酒名为回春酒，有诗为证：

> 要知此酒问根芽，两朵梨花密种插。
> 随风资生却有汁，似雪发育实无渣。
> 传留自古须坤道，遗产于今在女娃。
> 佛像神仙皆饮过，人从襁褓岂离他。

话说君王此时神清气爽，离了回春铺，走来至天生桥上，倚靠栏杆坐下。只见崔判官拿一封书，呈上说道："这是臣回复魏丞相之书，请主带回，陛下还阳，须要大行善果。切切不可将借银进瓜之事，偶尔忘却了。"唐王道："不须叮嘱。"将书收在袍袖内。一转面见桥下金鱼撕打,唐王正在看到好处,不期二判官将唐王尽力一推,跌入水中,淹得唐王大喊大叫救命起来。崔李二判官回转阴府去了不提。

且说金銮殿上王棺之中,忽然霹雳响动,声音俨然,唬得皇后太子妃嫔文武百官,一齐忙乱。惟徐勋早知道是唐王还阳,上前令金瓜武士,将棺撬开,扶起唐王。但见满身金汗淋漓,抬进后宫调治。唐王三日内诉说之言,俱是阴间之事。魏徵命官吏书录以传后世。

孤家前日去打猎,一出朝门领三军。遇着恶犬千千万,众军打退让孤行。走至月宫桥一座,回看三军影无形。正当独自往前走,鬼门关前崔判迎。丞相之书①来投递,他保孤家进幽冥。追魂三官查生死,发票差来提世人。城隍衙门常审事,三拷六问重加刑。一去到了思乡岭,男女啼哭痛伤情。望乡台上回头看,观看皇宫内院人。狂风岭前风瑟瑟,背阴山后冷冰冰。迷人铺前偏口渴,卖茶女子笑吟吟。不吃茶汤向前去,恶水河边令人惊。河中建造桥三座,金桥银桥放光明。下有奈何桥一座,中间善恶有攸分。五殿堂前去对理,封去老龙许进瓜。二判保朕游地府,建成元吉诉苦情。先看十王转轮处,六道四生跳坑渠。转劫发放多清白,孤王又到衣禄司。细看男女为婚处,嚷闹纷纷讨债的。掠剽②增添分轻重,报应雷鸣世间稀。污秽司中是臭水,孤栖垦上哭啼啼。酆都拷打行凶汉,男女锯解报无私。黑暗狱中四般苦,女人悲啼血湖池。忠直孝义真可好,积善修德福禄齐。寒冰狱中无人语,破抽肚皮像割鸡。水府狱中尸荡漾,滚油锅内人如泥。碓磨二狱刑何惨,永不超生是阿皮③。铜柱铁架④炼火盗,分别冤枉明镜奇。儿女子孙因果定,堕胎报应定无私。柱死城中牢五座,金木水火土五司。木牢本是吊死鬼⑤,焦头烂额火烧司。金牢冤鬼千百个⑥,个个讨命诉苦情。

---

① 书,邱文雅堂本作"事",鑫文书局本作"书",是,据改。
② 掠剽,清光绪刻本作"掠剩"。
③ 阿皮,清光绪刻本同邱文雅堂本,鑫文书局本作"阿鼻"。
④ 架,清光绪刻本、鑫文书局本均作"梁"。
⑤ 鬼,清光绪刻本作"伤"。
⑥ 此句清光绪刻本作"一伤怨司有千个"。

围定孤家不肯放，借得金银两库藏。普济众魂各散去，又才转路到水司。土牢压入无人样，各官送朕出枉死。割舌挖眼是非处，朕与世人留下诗。滑油山下刀山狱，造罪之人难逃此。破钱山畔寄库所，金银本是自修持。转阳山上热不过，回春铺内酒味奇。天生桥下鱼撕打，忽然跌在冷水池。多少因果都看过，无边凶恶受刑拘。君王昏迷三日上，忽然惊醒转回阳。地狱见了多多少，果是前后尽细详①。

话说唐王睁眼一看，只见皇后、太子、妃嫔、内侍围列两旁，毕竟后事如何，且看下回②分解。

第九回　遣官偿还阴司债　发榜召来进③瓜人

话说唐王调治养息三日后，渐渐清醒。因问曰："这是哪里？"长孙后上前答曰："陛下今已回阳三日了。"朕曰："孤家只知跌在冷水池中，不知回阳已是三日。"翻身起来，向袖中取出书信一看，又不是前日魏徵之书。只见封皮面上写着"魏丞相仝启"数字。君王传旨，明日早朝，大会文武百官，内侍传宣不提。却说君王问皇后、妃嫔说道："朕到幽冥，司司遍游，狱狱尽看，只为不得回阳了，今又得相会，实出万幸。"大排筵宴庆贺不题。次日五鼓，唐王升殿，百官朝贺已毕，王④宣魏徵上殿，说道："寡人去到阴司，果见崔判官，将丞相书文交与他看，他与朕不离左右，保驾遍游地府。今有回书在此。"丞相拿去拆看，保驾官将书拆开，众目同看：

魏相用目观仔细，字字行行写⑤得真。崔珏⑥修书三顿首，复

---

① 细详，清光绪刻本作"冥奇"。
② 鑫文书局本无"且看"二字，清光绪刻本作"且看下文分解"，且后有"八回终"三字。
③ 进，清光绪刻本作"造"，误。
④ 清光绪刻本"王"后有"曰"字。
⑤ 写，清光绪刻本作"认"。
⑥ 珏，清光绪刻本作"官"。

达丞相钧座前。接得华翰来示嘱，敢不遵命保主行。五殿堂前对罢理，查看吾主寿元何①。不料打开生死簿，小弟一看吃一惊②。上写着贞观寿享四十六，大唐在位十三春。屈指替主算一算，就是此时寿数清③。十王若是知如此，陛下万难出幽冥。小弟只得生巧计，笔下生花启④圣明。四字改作成六字，一字之上添二横。方才呈与十王看，多增主寿二十春。生前不能将主报，至今只望报君恩。吾主对着十王面，许进南瓜到幽冥。枉死城中遇冤鬼，众魂围着吾主身。阴司借得银两库，普济孤魂才得清。银主原是相长者，江南杭州城外人。此人贫苦无名望，还银须得盘问明。两件事儿烦兄长，谏主即行不可停。外乞劝主广行善，普济世间死共生。专此布覆呈尊览，临颖不尽恕罪名。

魏徵看罢书信，跪伏金阶，奏道："陛下，书上所言主上所许十王进献瓜果、阴司借银等事，嘱臣谏王即行，请主细看书内之言。"将书呈上玉案，君王细看一遍，开言说道："朕的阳寿已终，得崔卿加寿还阳，此德实为难忘⑤。但朕看阴司果报，尽知阳间善少恶多，朕欲出榜，戒劝天下处处。但访寻瓜果之事，实为紧要。"君王又问两班文武说道："朕前在幽冥所借寄库银两，乃系杭州民人相长者之物，今何臣赍解银两去还他？"有胡敬德⑥出班奏曰："微臣愿往。"王即草成榜文一道，敕礼部抄明白。次日又差工部选取高僧设坛，启建皇醮大斋，超度孤魂。又着兵部赈济天下阵亡兵卒官长之父母妻儿，又着户部普济天下穷民，传旨已毕，百官散朝不提。

且说敬德领旨到江南，将榜文交有司官星夜印造，分发各处张挂，四处寻访，并无此人。有一日敬德出公馆，亲自私访。走至一小巷口，见一老头子，年方五旬，有挑水桶，竟过前来。敬德即唤公差上去问他

---

① 清光绪刻本"寿元"与"何"互乙。
② 此句清光绪刻本作"小弟举目惊又惊"。
③ 清，鑫文书局本作"尽"。
④ 启，清光绪刻本作"起"。
⑤ 忘，鑫文书局本作"望"。
⑥ 有胡敬德，鑫文书局本作"尉迟敬德"。

姓名,何乡何里,做何生业。公差问明来禀道:"他姓相。"敬德即吩咐公差,替他挑那一对①水桶,领他来至公馆。敬德便问道:"你既姓相,是什么名字?妻子姓什么?夫妇二人做何生理?从实告诉本爵。"那老儿连忙跪下,口称:"大人在上,小人姓相名良,妻子姓李,小的挑水卖,妻子打草鞋。"敬德听罢,叫道:"相长者,你有好处了。因我主魂游地狱,被恶鬼扯住,多承崔判官指引长者所寄阴司十二库金银,我主所借两库金银,今特前来奉偿。"便命人速将金银抬将出来。那相老儿,听得此言,唬了一跳,连忙口称大人容禀:

　　跪上半步将言禀,尊声老爷听端详。小的虽然是姓相,夫妻素来最贫寒。小的将力挑水卖,妻子辛苦打草鞋。真是日无呼鸡米,夜间并无鼠耗粮。身上衣服无寒暑,破屋半间天照亮。从来没有铜钱剩,哪有两库金共银。大人还须仔细访,再行打听姓相人。杭州住民千万户,恐怕同姓又同名。今日小人出此话,怕的大人错还银。相良说罢将头叩,敬德开言把话云。

　　敬德说:"下官访查不差,你毋庸稍疑,将银领去就是。"长者回道:"大人还须别访,小人断不敢错收。"强至再三,决然不受。敬德无可如何,因奏明圣上,替长者建立一府第,与二老过活,称为相府。长者答谢道:"这是大人恩上加恩,小的夫妇结草难报。"敬德又恐相良懊悔,即令杭州有司官选择地基,即行兴工,置买田粮。又拨忠厚干办人员四名,与相良调理各务。诸事分派已完,方才回朝复命。唐王听奏大喜,另颁诏书,大加旌奖相良夫妇不提。且说江南各官俱领了榜文去张挂,有青城县将皇榜张挂街首,不一时烘动了合城兵民,百姓齐来看榜,只见上写着:

　　大唐天子皇帝诏,晓喻天下军共民。劝为行善戒恶事,尔等各自宜警心。切为老龙错行雨,律犯天条罪不轻。玉帝降旨将他斩,施刑剑子是魏徵。不意老龙来见朕,梦里送珠诉苦情。次日朕会众文武,独留丞相是魏徵。与朕下棋他倦睡,讵知梦里斩龙君。老龙

---

① 一对,鑫文书局本作"一担"。

魂来把命讨，昼夜前来诉苦情。朕命文武来保驾，尉秦二将站宫门。老龙无法归阴府，将朕告诉在幽冥。十王发鬼来请朕，相邀地府对证明。五殿堂前对罢理，封他长虹在天空。十王请游地府狱，细看阴司善恶明。三十六狱无限苦，七十二司澈底清。些须小过皆有报，毫发善果亦足钦。婚姻子嗣皆注定，银钱衣禄有攸分。今生疾病前生种，这世修积后世因。朕躬亲游三日整，死去还魂见分明。特此出榜晓天下，普示贤愚军共民。尔等各宜加猛省，即速改恶莫乱行。阳间造恶暂能隐，阴司受罪不非轻。孽重永沉苦海内，罪轻脱生带灾星。汝等从善归天道，家家户户享清平。朕心仁望归天理，各处一律要奉行。朕在幽冥来对理，曾许十王瓜一枚。必须寻得稀奇种，青红兼白两相宜。瓜子红黑分两面，方可进献与阴司。军民若有此瓜者，即来揭榜不可迟。进瓜之人职不小，封为极品在丹墀。凛之慎之须揭榜，仕宦军民莫迟疑。

话说那时看榜人多口众，纷纷议论，你言我语。

  有一个说："为因老龙错行雨，带累吾主赴幽冥。"这个说："人言阴司有地府，如今看来果是真。"那个说："现今吾主亲游遍，出榜劝戒天下民。"这个说："榜中亲载轮回理，善恶报应澈底清。"那个说："看来还是行善好，切莫错过乱胡行。"这个说："你我从今须改恶，各自警戒要小心。"那个说："榜中要寻此瓜种，方可进献五阎君。"这个说："这样瓜种人间少，访尽天下恐难寻。"不言军民齐讲论，再把那死妻的刘全表分明。

话说刘全自妻子吊死之后，把家事丢与李员外照管，将儿女带至铺内抚养，到也清净。不觉已过三年了。这时正在铺内闲坐，忽听得外面乱乱哄哄，他便走将出来，方知是众人争着看榜。他也跟着众人前去看看，原来是唐王魂游地府，如今还阳，出榜劝戒天下之事。及看至访寻瓜种进献五殿等论，刘全不觉心内猛然想起，昔日妻子施钗之时，那和尚所送瓜子一粒，正是一面红一面黑，与榜中所说无异。急速回到家中，将唐王赴阴、寻瓜进献等说，细细告诉丈人李员外得知。刘全又说："此瓜种，如今现在我家。如果能结得瓜来，进献天子，则功名富贵,一齐俱到,请问员外此时还种得否?"员外答曰:"人云有心栽花花不发,无心插柳柳成阴,将后若果结出瓜来,自是美事,如其不结,又有谁人知道呢?贤婿以种的为妙。"刘全依着丈人之言,将瓜子埋入土中,不满三月,即得一瓜,异样可爱,与榜中颜色相合。刘全便将儿女家事及铺中货物,尽交付与丈人李员外照管。带了瓜果,竟往县中揭榜,遂同县官解赴到京,呈进天子。天子大喜,敕封刘全为大理寺正卿,满门老幼男女俱加封赠不提。

却说唐王虽得此瓜,无人进到阴司而去。又复召文武百官于宫殿前,王曰:"卿等有谁为朕进瓜者?"但满朝臣子文武两班无一人答应。唐王只得再出榜文,上道:

今日孤家要进瓜,挂榜招募军和民,有能舍生取义者,与朕阴间走一巡。男子七岁封官职,女子八岁受皇恩。后代儿孙官不绝,长在宫中做大臣。君王圣旨多时久,何曾见个进瓜人。

不言圣旨发下无人肯去,却说刘全在班中心内暗想道:"妻子得此瓜种,身作屈鬼,我刘全得此瓜子,身为显官。我今何不替主上前[1]进瓜,去到五殿,或得见我妻子一面,亦未可知。"心思勃发,遂俯伏跪奏道:"臣刘全愿去替主进瓜。"君王言道:"爱卿你肯待朕[2]前去么?"刘全答道:"臣情愿前去!"

这才是:

天子见奏龙心喜,爱卿连连叫几声:"替孤进瓜无妨事,必然去了可回程。"这刘全跪爬半步重启奏:"吾主龙耳听臣言:臣有一男并一女,现今寄托在外庭。女儿小名叫玉凤,儿子名字叫刘英。为臣若是不回转,蒙主恩赐切莫轻!"唐王闻奏:"孤知道,自将俸禄与二人。"君王随又传下旨,晓喻城隍社稷神。内官领旨忙不住,城隍庙内把诏焚。金銮殿上传圣旨,两班文武听分明。白绫即将刘全绞,不觉片刻命归阴。君王传旨看尸首,不可挪移到别厅。不言

---

[1] 鑫文书局本无"上前"二字。

[2] 鑫文书局本无"待朕"二字。

唐王朝内事，再表刘全进瓜人。

话说唐王将刘全绞死，到阴司进献瓜果去了。欲知后事如何，且听下回分解。

第十回　刘全舍命赴阴府　翠莲借尸还阳间

话说刘全死后，阴魂将瓜顶①在头上，来至庙内。有社令二司，引着刘全来至城隍司，领了文书，又到追魂三司挂了号，进②了鬼门关，往前缓缓而行，这刘全：

> 跟着社令往前走，来到思乡岭一层。眼见世人悲切切，刘全观看也痛心。望乡台上用目③看，看见儿女在家庭。狂风岭上难住步，背阴山下路不明。前行来④到迷魂铺，不吃茶汤往前行。恶水河边低头望，金桥银桥放光明。奈何桥下水乱滚，不容恶人桥上行。刘全沿途留神看，不觉来到⑤五殿门。鬼卒通传进瓜事，阎君⑥升殿令人惊。只听得云板当当内里响⑦，外面大炮似雷鸣。无数鬼卒排边站，多般凶恶显露形⑧。斜起眼睛恶恨恨，见几个怒张大嘴是凶形⑨。牛头对着⑩马面站，凶恶判官左右分。刘全正在四面看，忽听传上⑪进瓜人。刘全唬得战兢兢，即便连忙答应声⑫。低头直往里面走，阶前跪下把瓜呈。⑬

---

① 顶，清光绪刻本作"领"，误。
② 进，清光绪刻本作"见"。
③ 用目，清光绪刻本作"睁眼"。
④ 前行来，清光绪刻本作"转身又"。
⑤ 来到，清光绪刻本作"就是"。
⑥ 阎君，清光绪刻本作"天子"，下同，不复出校记。
⑦ 鑫文书局本作"只听云板当当响"。
⑧ 露形，清光绪刻本作"路行"，亦通。
⑨ 此句清光绪刻本作"见几个雄作大嘴怒嗔嗔"，鑫文书局本作"见几个怒张嘴凶"。
⑩ 对着，清光绪刻本作"恒对"。
⑪ 传上，清光绪刻本作"传旨"。
⑫ 此句清光绪刻本作"刘全连忙声答应"。
⑬ 此句清光绪刻本作"阶前双膝来跪下，望上进瓜把话云"。

话说刘全口称大王,"小臣①奉唐王旨意,前来进瓜",将瓜呈上。阎君细看一番,恰恰正合王母娘娘万寿之期,因问刘全道:"世人多有贪生恶死,你今竟舍死忘生,实实难得。你莫非要官高禄②广,抑是要加添阳寿,绵远后嗣么?"刘全答道:"小人一样也不要。只是小人的妻子,死得不明白,伏望大王开恩,赏见一面。"阎君道:"你妻子因何而死?叫什么名字?"刘全道:"小人妻子,姓李名翠莲,三年前为将金钗一支,施与和尚。小人不知,回家要钗,故畏罪以致吊死。"阎君说道:"既是吊死,还可相会。"吩咐李判官拿一谕帖,领刘全到木牢寻他妻子。李判遂领着刘全来到枉死城门首,只见有一鬼王坐着,生得十分凶恶。刘全不敢前行,李判将谕帖与鬼王看过,刘全方得走进牢门。判官大叫一声,李翠莲在哪里?不期里面连连答应,声音甚多。判官因向刘全说道:

木牢受罪人千万,谁知你妻假和真。你把家园细细讲,待我与你询亲人。刘全见问忙告禀,老爷留神听分明。祖居江南青城县,罗平乡内是家门。名唤翠莲本姓李,三十二岁命归阴。他的丈夫就是我,我与妻子是同庚。养个女儿叫玉凤,一个儿子叫刘英。只为金钗来吊死,如今整有三年春。判官听罢刘全话,转身又进木牢门。

话说李③判官进牢里细细盘问数人,方才巡得李翠莲,所诉之事,半字不差。判官说道:"今日你丈夫到此,可随我出去相会。"翠莲跟着判官来到牢外,刘全一见,心如刀割,双手将翠莲扯住,叫声:"贤妻,我刘全来了。"

这刘全紧行几步④来扯住,两眼纷纷泪长倾。大叫贤妻抬头看,还可认得我刘全。那晚为夫虽性急,何必烈性赴黄泉。金钗施僧怎不讲,说话吱唔动疑心。因此我才出言重,一时得罪枕边人。

---

① 清光绪刻本"话说"作"但只见","大王"之后无"小臣"二字。
② 清光绪刻本"禄"后有"爵"字。
③ 鑫文书局本无"李"字。
④ 鑫文书局本作"刘全紧行来扯住",语意不完整。

那知你就寻短路，可怜屈死不辨明。别下刘全还犹可，丢下儿女实惨情。早上听儿啼哭母，晚上女儿哭母亲。一日悲啼直到晚，一夜嚎啕不住声。那日和尚来分辨，你夫死了两三巡。翠莲扯住亲夫手，口口声声叫痛心。金钗是我化和尚，也是一时动善心。那晚你来要钗子，非我吱唔不说明。只因看你多怒气，唬得奴家不敢云。只说把话来缓住，待后慢慢再说明。你动疑心将我打，奴家思想前后因。不意想到着急处，昏昏沉沉吊死人。不顾儿女年幼小，那管夫妻两离分。如今错了悔不及，为何你也到此行。你我做了短命鬼，一双儿女靠何人？刘全复又开言道，贤妻留神听我云。

刘全叫声："贤妻，你有所不知。只因唐王魂游地府，许进五殿瓜果。回阳之日，出旨巡觅，我将和尚所赠你的瓜子布种，结得一瓜进呈。龙心大喜，即封我为大理寺正卿。唐王又巡人进瓜，无人肯来。是我想你不过，愿替唐王前来进瓜，见了五殿天子，说我舍死忘生[①]，世上少有，加我显爵阳寿，高官厚禄等项，我俱不要，只要见你一面，故尔才得与你相见。"翠莲听罢，转悲为喜，原来相公已做了官。今得相会一场，妾有要紧数言，切莫忘怀。

翠莲开言尊夫主，相公留神仔细听。妾心有句闲言语，你可牢牢记在心。夫主若是回朝转，必然要娶枕边人。第一择个贤良女，莫贪颜色爱青春。宽怀看顾儿和女，我在阴世[②]也放心。若是讨个不贤妇，儿女难免受灾星。各人养的各人爱，前儿是他眼中钉。自己为人不贤惠，反说儿女不成人。朝打夜骂还犹可，专怕恶人起毒心。不念儿女孤又苦，须看吊死这般情。说罢双膝来跪下，两目滚滚泪长淋。刘全听得心胆碎，扶起贤妻叫几声。贤妻负屈身已死，我岂重婚再娶亲。宁可孤单过一世，岂叫儿女受人凌。今日既来得相会，你我怎肯又离分。情愿同你阴司过，不愿回阳去做人。判官听得开言讲，叫声刘全你且听，今日夫妻得相会，不可迟延久住停。快快回去要缴旨，误了日期了不成。刘全回言我不去，愿同妻

[①] 邱文雅堂本作"亡生"，鑫文书局本作"忘生"，据鑫文书局本改。
[②] 阴世，鑫文书局本作"阴司"。

子一处存。说罢连忙又扯住，夫妻痛苦更伤情。判官看罢心内想，转转等着口问心。

话说判官意欲命鬼卒将他妻子打开，怎奈他是唐王钦差，多不便打。只得奏知五殿天子，吩咐刘全速速回阳去。刘全道："我不去了。"翠莲说："不可如此，夫主且听妾一劝。

莫贪奴家要在此，即速回阳不可停。君命在生[①]非小可，必须缴旨奏圣明。二来家中无人管，一双儿女未长成。原来这里多苦楚，我今说来你且听。水桶不离肩头上，绳子常系颈项边。冷来那有衣服穿，饿来茶饭没得吞。宁在阳世做猪犬，莫来枉死做孤魂。夫君且把心丢下，舍却奴家快回程。沿途之上莫想我，须把儿女放在心。我死一人已不好，你若不回谁看承？"刘全回言无妨事，说与贤妻仔细听："我来进瓜功劳大，已曾对王面奏明。君王差官去照看，有俸有禄给儿身。儿孙自有儿孙福，你我夫妻莫挂心。就是苦楚愿同受，且在阴司过几春。"夫妻说罢又痛哭，那管判官叫破唇。

话说判官叫道："刘全，天子有旨，命你快快回去。"刘全也不答应，夫妻二人只是抱头痛哭。判官无奈，只得复奏。五殿天子道："既是如此，将他妻子一并带来。"判官遵旨，将刘全夫妇带到，只见刘全夫妻二人拉着手同行，唯恐逃走各散了。来至五殿，双双一齐跪下，天子问曰："刘全，你今何不速速回去？"答曰："小人不去了，情愿同妻子在阴司居处。"天子道："你乃差来进瓜之人，一则要覆唐王旨意，二来你的阳寿未满，不可在此久停，速速回转为是。"刘全答道："若要叫小人回去，求大王天恩，赐小人妻子一同回去。若专命小人一个回去，小人宁住此间，决定不去的。"天子一听，心中暗想，他今不去，不值紧要，但令阳间之人，说我阴司全无礼信德行，遂命判官查看生死簿，上注明刘全夫妇阳寿并不该绝，日后还有好处。天子曰："也罢，寡人准你夫妇还阳。"即命鬼使前去查看李翠莲尸首如何。鬼使看来回报，

[①] 在生，鑫文书局本作"在身。"

日久难还。天子正在沉吟，忽把簿上展开看来。时值唐王御妹李翠英，前生系福建富室张元之妻，嫉恶妒忌，故未生子。张元又讨李翠莲为妾，得生一子。张元一死，李翠英即以妾子为己子，不容翠莲同享富贵，以致翠莲抱恨，自缢身亡。今将翠英尸身借与翠莲还魂，一一偿还前孽，投机之至。天子对刘全说道："朕今还你夫妇一齐还魂，但翠莲原身朽坏，伊与唐主御妹翠英，本有夙孽未偿，今将御妹拿来阴司，将你妻子送在阳世，做一个借尸还魂故事，流传万古。"刘全夫妇叩头谢恩。天子即差无常鬼前去勾取公主翠英阴魂，不在话下。

且说翠英公主乃高祖东宫所生，性格温柔，容貌端庄，唐王甚是钦爱。有一日公主早来梳洗已毕，但觉神思困倦，便唤了四个彩女，同往御花园游玩，忽想着要打鞦韆顽耍，公主正在理绳端坐，被二鬼在空中将索子一扯，公主坠下，登时气绝，魂魄已被鬼卒勾去，彩女忙报皇后。唐王听说，同至御花园来看视不题。且说刘全夫妇阴魂一同走至天生桥上，同看水中金鱼撕打，不觉被后面二鬼使推跌水中。此时御花园中①李翠英大叫道："夫主救奴。"原来翠英公主已死，将要殡殓，忽然伸起手②，大叫一声夫主救奴，便渐渐苏醒。宫中大小妃嫔，个个欢喜，俱一齐来至面前看公主③。

慢慢翻身呵呵气，微睁二目泪淋淋④。口中连连叫夫主，看来你是不良人。适才还阳忽分别，转眼你就改变心。跌在水中你不救，那管还魂枕边人。一双儿女何处住⑤，快快前来见娘亲。公主所说这些话，竟把众人作一惊。唐王上前叫御妹，公主低头不做声。彩女齐把公主叫，翠莲翻眼看众人。

这时唐王复又连叫数声御妹，公主答道："奴家不是什么御妹，奴乃李翠莲，同夫君刘全在⑥五殿一路而来，我跌在水中，他不管我，今

---

① 清光绪刻本无"此时御花园中"六字。
② 此三句清光绪刻本作"原来翠英公主将要殡殓，忽伸手来"。
③ 清光绪刻本"面"作"棺"，"公主"前有"这"字。
④ 二目泪淋淋，清光绪刻本作"二官泪汪汪"。
⑤ 何处住，清光绪刻本作"在何处"。
⑥ 在，清光绪刻本作"同"。

一双儿女果在何处?"说罢两泪交流。众妃嫔一齐前来说道①:"公主未出闺门,如今死而复生,偏要寻找丈夫儿女起来,岂不是异事。"唐王心中暗想,替朕阴司进瓜者刘全也,今朕妹口称同他一路而来,此中想来定有原故。想刘全亦不久还魂,始知端的。只见那门官奏道:"刘全昨夜还魂,特来见驾。"刘全进来答曰②:"微臣去到阴司,献上瓜果,五殿天子大喜,有回表一道,进呈御案。"又奏道:"微臣舍死忘生,忠心报君③,五殿加臣官职,增臣寿算,臣俱不要④。臣乃奏称⑤有一妻子,名唤翠莲,误将金钗施⑥人,负屈⑦而死,乞恩赏见一面。天子即差鬼使与臣到木牢相会后,天子必要臣回还。臣复奏一心要与妻子一路同还阳世,方合臣愿。天子无奈,查看多时,向臣说道:'这也是你夫妇的缘法,御妹翠英公主与臣妻子翠莲,夙世因果未报。今将翠英公主尸首,就将你妻子魂魄送去,做一个借尸还魂的新样。'不知此事果实,望陛下鉴察。"

  唐王听罢刘全奏,肚内参详口问心。昨夜御妹还魂转,不认宫中半个人。句句说的刘家话,只巡儿女问夫君。今日爱卿来启奏,并无一字是虚情。宣出公主来上殿,话说刘全是夫君。天子想罢忙传旨,速宣公主到金銮。时间只听环佩响,出来借尸女佳人。刘全一见朝下退,公主紧步把他追。刘全唬得双膝跪,俯伏金阶不做声。公主叫声亲夫主,细听妾身把话论。我们一齐跌下水,你不管我那边存。如今儿女在何处,怎不领来见我身。这是哪里我不晓,和你双双转家门。刘全一言不敢答,默默跪在地埃尘。公主急得心如火,开言大骂怒生嗔。枉死城中你寻我,向我悲伤诉苦情。五殿天子开恩我,奴家才得转还魂。地狱言语今何在,今朝好事未调成。不认奴家快快讲,何必区区做哑人。刘全回答臣不敢,你是金

---

① 前来说道,清光绪刻本作"将起来说"。
② 刘全进来答曰,清光绪刻本作"出班奏曰"。
③ 君,鑫文书局本作"国"。
④ 此三句清光绪刻本作"臣官职,加臣寿算,臣不要",有脱文。
⑤ 称,清光绪刻本作"臣"。
⑥ 施,清光绪刻本作"化"。
⑦ 屈,清光绪刻本作"后",误。

枝玉叶人。唐王听着将头点，明白在心把话云。

话说唐王说道："借尸还魂，果然是真，刘爱卿你只管相认，她身体虽然是御妹，而魂魄却是你的妻子。朕今即认为御妹，是无妹而有妹。今卿认为妻子，是无妻而有妻。岂不是两全其美的事①。"即传旨将御妹妆奁备办整齐，待彩女陪送，封刘全为驸马，即命内侍送公主驸马进英华宫中为婚，一时热闹不题。

且说他唐王又向那两班文武开言说道："朕见经典殊多错乱，烦卿等访巡高僧，去西天②拜求真经，回来设③建大醮，超度孤魂。今朕游遍地府，亲见诸事，又是御妹喜事，命光禄司宰杀猪羊，大赐群臣廷宴。"宴后大事已毕，刘全在宫中已住了月余，夫妻辞朝，回至青城县，重会父母儿女，祭祖兴家。刘全夫妇又生了④二子，连刘英共有三子，俱做显官，后来⑤刘全夫妇寿俱百岁。

此本是⑥行善因果，奉劝世人行善改恶，吾愿普天下人人读之，其所以近⑦善戒恶者，岂浅鲜也哉。

诗曰：

> 阳世阴间两不同，纷纷因果在其中。
> 若非唐王亲游遍，多少报应岂能通。

又诗曰：

> 魂游地府世间稀，万古唐王作⑧品题。
> 详⑨说般般报应理，此书看着劝善诗⑩。

---

① 此句清光绪刻本作"岂不两全其美"。
② 清光绪刻本"去""西天"互乙。
③ 设，清光绪刻本作"别"。
④ 生了，清光绪刻本作"恭兄"，疑有误。
⑤ 清光绪刻本无"后来"二字。
⑥ 是，清光绪刻本作"善皆"。
⑦ 近，清光绪刻本作"观"。
⑧ 作，清光绪刻本作"著"。
⑨ 详，清光绪刻本作"立"。
⑩ 诗，清光绪刻本、鑫文书局本均作"师"。

参考文献

一、元典类

《白莺哥行孝》，清河祥督刊，民国十四年（1925）。

《翠莲宝卷》，周燮藩：《中国宗教历史文献集成》第 120 册，合肥：黄山书社，2005 年。

《梦斩泾河龙》，《永乐大典》第一万三千一百三十九卷，收入《古本小说集成》第四辑，上海：上海古籍出版社，1994 年。

《唐王游地府》，清光绪三十二年（1906）刻本。

《新刻李翠莲施舍金钗游地狱大转皇宫》二卷，日本早稻田大学图书馆藏清刻本。

常谨：《地藏菩萨灵验记》，《卍续藏经》第 87 册。

陈高华等：《元典章》，天津：天津古籍出版社；北京：中华书局，2011 年。

大字足本《出门苦情全本》，云南鑫文书庄石印本，民国二十五年（1936）。

大字足本《滴水珠全传》，云南鑫文书局石印本，民国三十七年（1948）。

大字足本《二十四孝全传》，云南鑫文书局石印本，民国三十七年（1948）。

大字足本《开宗义富贵图》，云南鑫文书局石印本，民国三十七年（1948）。

大字足本《老开宗富贵图》，云南鑫文书局石印本，民国三十七年

（1948）。

大字足本《柳笑春白扇记》，云南鑫文书局石印本，民国三十七年（1948）。

大字足本《龙牌记全传》，云南鑫文书庄石印本，民国二十五年（1936）。

大字足本《唐王游地府》，云南邱文雅堂石印本，民国二十四年（1935）。

大字足本《唐王游地府》，云南鑫文书局石印本，民国二十五年（1936）。

大字足本《唐王游地府》，云南鑫文书局石印本，民国三十七年（1948）。

大字足本《王玉莲西京记》，云南鑫文书局石印本，民国三十七年（1948）。

大字足本《赵五娘孝琵琶全传》，云南鑫文书庄石印本，民国二十五年（1936）。

郭思九、陶学良：《查姆》，北京：中国国际广播出版社，2016年。

胡文和：《四川道教佛教石窟艺术》，成都：四川人民出版社，1994年。

李昉等：《太平广记》，北京：中华书局，1961年。

李复言撰，程毅中点校：《续玄怪录》，北京：中华书局，2006年。

李生福、张和平：《西行取经记》，贵州：贵州民族出版社，1997年。

李世忠、施学生、李卫东翻译：《唐王书》，《彝文文献译丛》（第4辑），1983年。

鲁迅：《古小说钩沉》，《鲁迅全集》（第八卷），北京：人民文学出版社，1973年。

牛僧孺撰，程毅中点校：《玄怪录》，北京：中华书局，2006年。

潘林宏、施文贵翻译：《唐王游地府》，楚雄彝族自治州人民政府：《彝族毕摩经典译注》（第五卷），昆明：云南民族出版社，2007年。

蒲松龄：《聊斋志异》，北京：中华书局，2013年。

普学旺、艾芳、普梅笑、李海燕译注：《唐王记》，昆明：云南教育出版社，2016年。

沈括撰，金良年点校：《梦溪笔谈》，北京：中华书局，2015年。

实叉难陀译：《地藏菩萨本愿经》，《大正藏》第13册。

释道世著，周叔迦、苏晋仁校注：《法苑珠林校注》，北京：中华书局，2003年。

司马光编著，胡三省音注：《资治通鉴》，北京：中华书局，1956年。

宋濂等：《元史》，北京：中华书局，1976年。

完颜纳丹等撰，郭成伟点校：《大元通制条格》，北京：法津出版社，2000年。

吴承恩著，黄肃秋注释，李洪甫校订：《西游记》，北京：人民文学出版社，2010年第3版。

袁枚编著，申孟、甘林点校：《子不语》，上海：上海古籍出版社，1986年。

张鹭：《朝野佥载》，北京：中华书局，1979年。

重庆大足石刻艺术博物馆、重庆市社会科学院大足石刻艺术研究所：《大足石刻铭文录》，重庆：重庆出版社，1999年。

朱一玄：《明成化说唱词话丛刊》，郑州：中州古籍出版社，1997年。

二、论著

北京图书馆：《民国时期总书目（1911—1949）文学理论·世界文学·中国文学》，北京：书目文献出版社，1992年。

蔡铁鹰、王毅：《〈西游记〉成书的田野考察报告》，郑州：中州古籍出版社，2018年。

杜斗城：《敦煌本〈佛说十王经〉校录研究》，兰州：甘肃教育出版社，1989年。

方国瑜：《云南史料丛刊》（第二卷），昆明：云南大学出版社，1998年。

高志英、苏翠薇：《云南原始宗教史纲》，昆明：云南大学出版社，

2016年。

何耀华：《云南通史》（第一卷），北京：中国社会科学出版社，2011年。

刘荫柏：《〈西游记〉研究资料》，上海：上海古籍出版社，1990年。

刘长久、胡文和、李永翘：《大足石刻研究》，成都：四川省社会科学院出版社，1985年。

龙倮贵：《彝族图腾文化研究》，昆明：云南民族出版社，2013年。

孙昌武：《佛教与中国文学》，上海：上海人民出版社，2007年。

王海涛：《云南佛教史》，昆明：云南美术出版社，2001年。

项楚：《敦煌变文选注》（增订本），北京：中华书局，2006年。

杨宝玉：《敦煌本佛教灵验记校注并研究》，兰州：甘肃人民出版社，2009年。

尹富：《中国地藏信仰研究》，成都：巴蜀书社，2009年。

游子安：《劝化金箴——清代善书研究》，天津：天津人民出版社，1999年。

元阳县民族事务委员会：《元阳民俗》，昆明：云南民族出版社，1990年。

张总：《地藏信仰研究》，北京：宗教文化出版社，2003年。

中国曲艺志全国编辑委员会：《中国曲艺志·云南卷》，北京：中国ISBN中心，2009年。

朱一玄、刘毓忱：《〈西游记〉资料汇编》，天津：南开大学出版社，2002年。

左玉堂、陶学良：《毕摩文化论》，昆明：云南人民出版社，1993年。

三、学术论文

艾芳：《汉族题材彝文古籍文献〈唐王记〉研究》，《西部论丛》，2020年第2期。

白菊春：《彝族民间宗教信仰及其价值研究——以楚雄彝族自治州南华县于栖么村"罗鲁"为例》，陕西师范大学硕士学位论文，2016年。

车瑞：《西游戏·西游记·西游宝卷——"刘全进瓜"故事研究》，《戏剧之家》，2019年第14期。

陈志良：《唐太宗入冥故事的演变》，周绍良、白化文：《敦煌变文论文录》，上海：上海古籍出版社，1982年。

段江丽：《善书与明清小说中的果报观》，《明清小说研究》，2002年第1期。

葛陵：《彝族译著文献研究综述》，《普洱学院学报》，2015年第4期。

郭永勤：《明清小说的悲剧意识和"大团圆"思维结构》，《天中学刊》，2018年第3期。

黄豪：《论明代佛教善书的民间刊刻和传抄》，《西华师范大学学报》（哲学社会科学版），2017年第4期。

矶部彰：《社会阶层带来的文学变化——谈刘全进瓜、李翠莲还魂故事》，《中国文学研究》（第十一辑），2008年6月。

李金发：《彝文叙事诗〈西行取经记〉与〈西游记〉之比较》，《时代文学》，2012年第2期。

李蕊芹、许勇强：《略论明清传奇说唱系统中刘全进瓜故事的嬗变》，《四川戏剧》，2012年第5期。

罗曲、秦晓莉：《彝族传统文学翻译作品里的"善"——以〈唐王游地府〉为例》，《文史杂志》，2011年第2期。

马旷源：《论唐王游冥府的神话在彝族、回族民间文学中的变异》，《马旷源民族文化论集·西游记考证》，昆明：云南美术出版社，2008年。

马绍云：《享誉西南的云南唱书四大书局》，《五华文史资料》（第20辑），2008年。

苗怀明：《明成化刊本说唱词话综述》，《贵州文史丛刊》，1998年第4期。

普学旺、龙珊：《清代彝文抄本〈董永记〉整理与研究》，《民族文学研究》，2018年第2期。

璩龙林：《明清通俗小说的果报思想与贞节观书写》，《辽宁师范大学学报》（社会科学版），2016年第4期。

尚丽新、孙书琦：《北方李翠莲故事宝卷源流考》，《常熟理工学院学报》（哲学社会科学版），2020年第6期。

孙茜：《儒释道的融合——明清时期的道教劝善书》，《中国宗教》，2019年第8期。

谭正璧、谭寻：《明成化刊本说唱词话述考》，《文献》，1980年第3期。

万晴川：《明清小说与善书》，《中国典籍与文化》，2009年第1期。

薛钦文：《彝文典籍〈劝善经〉研究》，中央民族大学硕士学位论文，2012年。

杨甫旺：《彝文文献中的译文长诗研究——以〈唐王书〉、〈唐僧取经〉为例》，《楚雄师范学院学报》，2009年第1期。

杨宗红：《论明末清初话本小说的劝善性及其文化背景——以其与善书关系为考察中心》，《安徽大学学报》（哲学社会科学版），2013年第2期。

游子安：《从宣讲圣谕到说善书——近代劝善方式之传承》，《文化遗产》，2008年第2期。

于红：《清代南方唱书研究》，山西大学博士学位论文，2016年。

张菊玲、伍佳：《新近发现的古彝文〈西游记〉》，《民族文学研究》，1985年第3期。

张守连：《明成化刊本说唱词话研究》，复旦大学博士学位论文，2003年。

张祎琛：《清代善书的刊刻与传播》，复旦大学博士学位论文，2010年。

赵毓龙、胡胜：《论张大复〈钓鱼船〉对"刘全进瓜故事"的改造》，《社会科学辑刊》，2011年第6期。

赵毓龙、胡胜：《试论清阙名〈进瓜记〉传奇对"刘全进瓜故事"的改造》，《辽宁大学学报》（哲学社会科学版），2011年第3期。

郑红翠：《明清幽冥故事与小说叙事手段》，《明清小说研究》，2014年第3期。

郑红翠：《唐太宗入冥故事系列研究》，《哈尔滨工业大学学报》（社会科学版），2014年第7期。

郑珊珊：《晚明清初"劝善"文化与白话短篇小说创作》，四川大学博士学位论文，2014年。

朱恒夫：《小说拾零》，《明清小说研究》，1994年第1期。

附　录

一、张鹭《朝野佥载》卷六

太宗极康豫，太史令李淳风见上，流泪无言。上问之，对曰："陛下夕当晏驾。"太宗曰："人生有命，亦何忧也。"留淳风宿。太宗至夜半，奄然入定，见一人云："陛下暂合来，还即去也。"帝问："君是何人？"对曰："臣是生人判冥事。"太宗入见，冥官问六月四日事，即令还。向见者又迎送引导出。淳风即观玄象，不许哭泣，须臾乃寤。至曙，求昨所见者，令所司与一官，遂注蜀道一丞。上怪问之，选司奏，奉进止与此官。上亦不记，旁人悉闻，方知官皆由天也。

二、敦煌遗书《唐太宗入冥记》

（前缺）阁。使人□□（答曰）：□□（只为）□□□□（至），□（为）□□（今受）罪未了。□□语，惊而言曰："忆得武德三年至伍年收六十四头□□日，朕自亲征，无阵不经，无阵不历，杀人数广。昔日□□，今受罪犹自未了，朕即如何归得生路？"忧心若醉。□□即引行，帝乃随逐，入得朝门萧［墙］立定，通事捨□（舍人）□：□唐天子太宗皇帝李厶乙（某乙）生魂。使人唱喏，引至殿□□设拜，皇帝不施拜礼。殿上有高品一人喝云："大唐天子太宗皇帝，何不拜舞？"皇帝未喝之时，犹校可，一见被喝，便即高声而言："索朕拜舞者，是何人也？朕在长安之日，只是受人拜舞，不惯拜人。殿上索朕拜舞者，应莫不是人？朕是大唐天子，阎罗王是鬼团头，因何索朕拜舞？"阎罗王被骂，□□羞见地狱，有耻于群臣。遂乃作色动容，处分左右，

189

□□阎罗（判官）推勘，页（领）过□□□唱喏，便引□□□□□□□□长安去也。今问□□判官名甚？□□□判官慄恶，不敢道名字。帝曰："卿近前来轻道。""□□□姓催名子玉。""朕当识。"才言讫，使人引皇帝至□□院门，使人奏曰："伏惟陛下且立在此，容臣入报判官□□□□速来。"言讫，使者到厅前拜了："启判官，奉大王处分，将太宗皇帝生魂到，领判官推勘，见在门外，未敢引入。"□（催）子玉闻语，惊忙起立，惟言"祸事"。兼云："子玉是人臣，□□远迎皇帝，却交（教）人君向门外祗候，微臣子玉□□乖礼！又复见任辅阳县尉，当家伍百余口，跃马肉食。□是皇帝所司（赐），今到冥司，全无主领之分，事将□怠。若勘皇帝命尽，即万事绝言。或若有寿，□□长安，伍百余口，则须变为鱼肉。岂不缘子玉冥司□乖。"此时催子玉忧惶不已。皇帝见使人久不出来，心口思惟："应莫被使者于催判官说朕恶事？"皇帝□时，未免忧惶。于是催子玉忙然，索公服执槐笏□□下厅，安定神思。须臾，自通名衔，唱喏走出，至皇帝前拜舞，叫呼万岁，匍面在地，专候进旨。皇帝问曰："朕前拜舞者，不是辅阳县尉催子玉否？"□□（催子玉）称臣。"赐卿无畏，平身祗对朕。"此时皇帝缘心□□，便问催子玉："卿与李乾风为知己朝廷否？"催子玉答曰："臣与李乾风为朝廷。"帝曰："卿既与李乾风为知己朝廷，情分如何？"子玉曰："臣与李乾风为朝廷已来，□□管鲍。"帝曰："甚浓厚！李乾风有书与卿，见在□□。"催子玉闻道有书，情似不悦。皇帝遂取书，分付催子玉，跪而授之。拜舞谢帝讫，收在怀中。皇帝问催子玉："何不读书？"催子玉奏曰："臣缘卑，不合对陛下读□□□（朝廷书），有失朝仪。"帝曰："赐卿无畏，与朕读之。"催子玉既□□□命拜了，对帝前拆书便读。子玉读书已了，情意□□，更无君臣之礼。对帝前遥望长安，便言："李乾风□□真共你是朝廷，岂合将书嘱这个事来！"皇帝闻此语，毛地自容。遂低心下意，软语问催子玉曰："卿□书中事意，可否之间，速奏一言，与宽朕怀。"催子玉答曰："得则得，在事实校难。"皇帝又问（闻）道校难之□，□意惨然。遂即告子玉曰："朕被卿追来，束手□至，且缘太子年幼，国计事大，不忘归生多时。如□□朕三五日间，与卿却到长安，嘱咐（付）社稷与太子了，□来对会非晚。"皇帝此时论着太子，涕泪交流。子玉见君王惆怅，遂即奏曰："伏维（惟）陛下，且赐宽怀。过□□臣商量。"皇帝遂依催子玉所请，进步而行。催子玉前，皇帝随后，入得屏墙内东面，见有廿所已来，皇帝问从者，第六曹司内有两人哭，为何事得尔许哀？催子玉奏曰："不是余人，健（建）成、元吉二太子。"皇帝闻之，□□语催子玉曰："朕不因卿追来到此，凭何得见兄弟□？"催子玉奏曰："二太子在来多时，频通款状，苦请追取陛下。□□称诉冤屈，词状颇切，所以追到陛下对直。陛下若不见□□（二太子），臣与陛下作计校有路；陛下若入曹司，与二太子相见，□□怨家相逢，臣亦无门救得陛下，应不得却归长安。惟陛下不用看去，甚将稳便。"帝闻此语，更不敢□□，遂俗俗上厅而坐。其催子玉于阶下立，通曹官入□□（起居）皇帝，唱喏走入，拜了起居，再拜走出。帝问催子玉曰："适来厅前拜者是何人？"催子玉奏曰："是六曹官。"帝又问："何为六曹官？"催子玉奏曰："阳道呼为六曹官，阴道呼为六曹官。"皇帝曰："卿何不上厅与朕相伴语□？"催子玉奏曰："臣缘官卑，不合与陛下同厅对坐。"帝曰："卿至（在）长安之日，卿即官卑，今在冥司，须□（伴）□上来。"催子玉拜了，□□□坐。皇帝既（举）头而看屏墙外，（阙文）亦（一）见便识。催子玉以手招之，（阙文）走到厅前拜了，上厅立定（阙文）在长安之日，有何善事，造何□□（功德）？（阙文）子童（童子）向前叉手启判官云："皇（阙文）来并无善事，亦不书写经像，（阙文）阴道与（以）功德为凭，今皇帝（阙文）帝却归生路。催子玉又问（阙文）□□善童子启判官曰："皇帝（阙文）下大赦，三度曲恩。"催子玉曰："（阙文）判放着三万六千五百五十（阙文）造多少功德？"善童子曰："此事（阙文）量功德使即知。"催子玉问（阙文）

（上缺）将来，逡巡取到，放在案□□□□□□□本院，唤即须来。"六曹官唱喏，却归本□（院）。□□□皇帝曰："此案上三卷文书，便是陛下命禄。及造□□，一一见在其中。今欲与陛下检寻勾改，未敢擅□。"皇帝曰："依卿所奏，与朕尽意如法勾改。"催子玉却据□□而坐，检寻文簿，皇帝命禄归尽。遂依命禄上□□命禄额上添禄，又注："十年天子，再归阳道。"催子玉添禄已讫，心口思惟："我缘生时官卑，不因追皇帝至□□，凭何得见皇帝面？今此觅取一员政（正）官。"遂□□笏奏曰："臣与陛下勾改之（文）案了。"皇帝曰："如何也？卿□速奏朕知。"催子玉又心口思惟："我不辞便道注得'□□天子'即得，忽若皇帝不遂我心中所求之事，不可却□□三年五年，且须少道。"崔子玉奏曰："微臣何无得（德），〔得〕陛下□（圣）躬到此。但臣与陛下添注命禄，更得五年，却□（归）阳道。""朕若到长安城，天上（下）应有进贡物，悉赐与卿。"崔子玉又心口思惟："此度许五年，即赐我钱物。□□更许五年，必合得一员政（正）官。"遂再奏曰："臣缘□□，昔言已注得五年归生路，臣与李乾风为知己□□（朝廷），将书来苦嘱，非不勤殷。臣与李乾风更与陛下□五年，计十年，再归长安城。"皇帝再闻所奏，语崔子玉："朕深愧卿与朕再三添注，朕若到长安城，□□（天下应）有进贡钱物，悉总赐卿。"崔子玉又心口思维："皇帝两度只与我钱物，尽不道与崔子玉官职，将知皇帝大惜官职。"崔子玉见皇帝不道与官，心口思惟，良久不语。皇帝遂问崔子玉："卿适来奏朕，□朕却归阳道。朕到长安取卿，卿须朝朕。"崔子玉曰："臣当朝陛下。"帝曰："卿早晚放朕归去？"崔子玉奏曰："伏惟朕（陛）下通一纸文状，以为案底。"帝曰："朕□之日，不曾解通文状，如何通得。"崔子玉又心口思惟："□不痛嚇，然可觅得官职？"子玉遂乃奏曰："陛下若不通文状，臣有一个问头，陛下若答得，即却归长安；若答不得，应不及再归生路。"皇帝闻已，忙怕极甚，若（苦）嘱崔子玉："卿与我出一个易问头，朕必不负卿。"崔子玉觅官心切，便索纸祗揖皇帝了，自出问头云："问：大唐天子太宗皇帝去武德七年，为甚杀兄弟于前殿，囚慈父于后宫？仰答！"崔子玉书□□与皇帝。皇帝把得问头寻读，闷闷不已，如杵中心，抛问头在地，语子玉："此问头交（教）朕争答不得！"子玉见□□（皇帝）有忧，遂收问头，执而奏曰："陛下答不得，臣为陛下代答得无？"皇帝既闻其奏，大悦龙颜："依卿所奏。"崔子玉又奏云："臣为陛下答此问头，必□陛下大开口。"帝曰："与朕答问头，又交（教）朕大开口，何□？"子玉奏曰："不是那个大开口，臣缘在生官卑，见任辅阳县尉。乞陛下殿前赐臣一足之地，立死□幸。"皇帝语子玉："卿要何官职？卿何不早道！"又问："是何处人氏？"崔子玉奏曰:"臣是蒲州人氏。"皇帝曰:"□(赐)卿蒲州刺史兼河北廿四州采访使,官至御史大夫,赐紫金鱼袋,仍赐蒲州县库钱二万贯,与卿资家。"崔子玉奉口敕赐官,下厅拜舞,谢皇帝讫,上厅坐定。答问头次,报:"天符使下。"崔子玉问:"何来?"使启判官:"判官往□□授蒲州刺史兼河北廿四州采访使,官至御史大夫,赐紫金鱼袋,仍赐辅阳县正库钱二万贯。今日天符崔子玉云。"皇帝曰:"天符早知,朕闻阴补阳授,盖不虚矣。"崔子玉□□与皇帝答问头,此时只用六字便答了,云:"大圣灭族□□。"崔子玉书了似帝,欢喜倍常。崔子玉呈了收却,又曰:"陛下若到长安,须修功德,发走马使,令放天下大赦,仍□□门街西边寺录,讲《大云经》。陛下自出己分钱,抄写《大云经》。"崔子玉遂依帝命,取纸一依前功德数抄写一本,度与皇帝,收得插在怀中。皇帝语子玉曰:"朕稍似饥馁,如何得饭?"子玉奏曰:"陛下若饥,臣当取饭。"崔子玉左右处□□(下缺)

[录自项楚:《敦煌变文选注》(增订本),北京:中华书局,2006年,第1965~1995页]

三、《永乐大典》本"梦斩泾河龙"

《西游记》:长安城西南上有一条河,唤作泾河。贞观十三年,河边有两个渔翁,一个唤张梢,一个唤李定。张梢与李定道:"长安西门里有个卦铺,唤神言山人,我每日与那先生鲤鱼一尾,他便指教下网方位,依随着百下百着。"李定曰:"我来日也问先生则个。"这二人正说之间,怎想水里有个巡水夜叉听得二人所言,"我报与龙王去。"龙王正唤做泾河龙,此时正在水晶宫正面而坐,忽然夜叉来到言曰:"岸边有二人却是渔翁,说西门里有一卖卦先生能知河中之事,若依着他算,打尽河中水族。"龙王闻之大怒,扮作白衣秀士入城中见一道布额,写道:神相袁守诚于斯讲命。老龙见之就对先生坐了,乃作百端磨问,难道先生问:"何日下雨?"先生曰:"来日辰时布云,午时升雷,未时下雨,申时雨足。"老龙问:"下多少?"先生曰:"下三尺三寸四十八点。"龙笑道:"未必都由你说。"先生曰:"来日不下雨剉了时,甘罚五十两银。"龙道:"好如此,来日却得厮见。"辞退,直回到水晶宫。须臾一个黄巾力士言曰:"玉帝圣旨道你是八河都总泾河龙,教来日辰时布云,午时升雷,未时下雨,申时雨足。"力士随去,老龙言:"不想都应着先生谬说,到了时辰,少下些雨,便是问先生要了罚钱。"次日申时布云,酉时降雨二尺。第三日老龙又变为秀士入长安卦铺,问先生道:"你卦不灵,快把五十两银来。"先生曰:"我本算术无差,却被你改了天条,错下了雨也。你本非人,自是夜来降雨的龙,瞒得众人瞒不得我。"老龙当时大怒,对先生变出真相。霎时间,黄河推两岸,华岳振三峰,威雄惊万里,风雨喷长空。那时走尽众人,惟有袁守诚巍然不动。老龙欲向前伤先生,先生曰:"吾不惧死,你违了天条,刻减了甘雨,你命在须臾,剐龙台上难免一刀。"龙乃大惊悔过,复变为秀士,跪下告先生道:"果如此呵,却望先生明说与我因由。"守成曰:"来日你死,乃是当今唐丞相魏徵来日午时断你。"龙曰:"先生救咱。"守成曰:"你若要不死,除是见得唐王与魏徵丞相行说,劝救时节或可免灾。"老龙感谢,拜辞先生回也。玉帝差魏徵斩龙,天色已晚,唐皇宫中睡思,半酣神魂出殿,步月闲行。只见西南上有一片黑云落地,降下一个老龙当前跪拜。唐王惊怖曰:"为何?"龙曰:"只因夜来错降甘雨,违了天条,臣该死也。我王是真龙,臣是假龙,真龙必可救假龙。"唐皇曰:"吾怎救你?"龙曰:"臣罪正该丞相魏徵来日午时断罪。"唐皇曰:"事若干魏徵,须教你无事。"龙拜谢去了,天子觉来却是一梦。次日设朝,宣尉迟敬德总管上殿,曰:"夜来朕得一梦,梦见泾河龙来告寡人,道因错行了雨,违了天条,该丞相魏徵断罪,朕许救之。朕欲今日于后宫里宣丞相与朕下棋一日,须直到晚乃出,此龙必可免灾。"敬德曰:"所言是矣。"乃宣魏徵至,帝曰:"召卿无事,朕欲与卿下棋一日。"唐王故迟延下着,将近午,忽然魏相闭目笼睛寂然不动,至未时却醒。帝曰:"卿为何?"魏徵曰:"臣暗风疾发,陛下恕臣不敬之罪。"又对帝下棋,未至三着,听得长安市上百姓喧闹异常。帝问何为,近臣所奏:"千步廊南十字街头,云端吊下一只龙头来,因此百姓喧闹。"帝问魏徵曰:"怎生来?"魏徵曰:"陛下不问,臣不敢言,泾河龙违天获罪,奉天帝圣旨令臣斩之。臣若不从,臣罪与龙无异矣,臣适来合眼一霎,斩了此龙。"正唤作魏徵梦斩泾河龙。唐皇曰:"本欲救之,岂期有此。"遂罢棋。

(录自《古本小说集成》编委会:《古本小说集成》第4辑第153册,上海古籍出版社,2017年,第1~4页)

后　记

　　这本小书的写作，陆陆续续用了近三年的时间，最初因陈志良先生的文章而初识唱本《唐王游地府》，后来偶然的机会，我在孔夫子旧书网上购得木刻残本以及云南邱文雅堂、云南鑫文书局石印本，遂对这部讲唱作品产生了浓厚的兴趣。机缘巧合，又在查阅文献的过程中发现了彝文《唐王游地府》的译本以及相关研究文章，感于唱本《唐王游地府》曾流传之广且与彝族文化产生了共鸣，于是决定对这部作品进行整理与研究。

　　原以为这部作品短小，整理、研究起来并不困难，但在实际写作过程中才发现很多观点因为资料不够充分使得相关论述显得不够有力，如唱本《唐王游地府》的产生年代问题，目前尚未能解决。另外，由于笔者对彝族文化了解不多，故而文中有关彝文《唐王游地府》部分的论述可能存在缺陷甚至错误。但此书算是对自己近几年研究工作的一个总结，所以不揣简陋，付梓刊行，还请方家批评指正。

　　感谢在书稿的写作、出版过程中给予关心、支持的学校和学院领导。感谢科研处的领导和校学术委员会的专家，是你们的支持让本书获得了学校学术著作出版基金的资助，使我省却了不少经济压力；感谢学院领导对本课题的关心，并予以学科建设经费支持。当然，还要感谢四川大学出版社的徐凯编辑，在她的精心编校下，本书才能顺利出版。

　　在本书的写作过程中，我得到了先生包得义的大力支持，从文献查找、章节建构到稿件校阅，都有他无私的帮助。儿子尚幼，在我写作的时候却也乖巧懂事，这也是促使我坚持写作的一大动力。

  囿于学识与资料，书中难免有疏漏，恳望同仁批评指正。

王树平

2021 年 5 月